COFFEE & CRIME
VERLAG
www.coffee-and-crime.de

W0215567

Stephanie Ahlen

Schattenseiten

Ein Hawaii-Krimi

COFFEE & CRIME
VERLAG
www.coffee-and-crime.de

© 2021 Stephanie Ahlen

Verlag: Coffee & Crime, Münster

ISBN
Paperback: 979-8-75-361877-1
e-Book: 978-3-00-069870-5

Das Werk, einschließlich seiner Teile, ist urheberrechtlich geschützt. Jede Verwertung ist ohne Zustimmung des Verlages und des Autors unzulässig. Dies gilt insbesondere für die elektronische oder sonstige Vervielfältigung, Übersetzung, Verbreitung und öffentliche Zugänglichmachung.

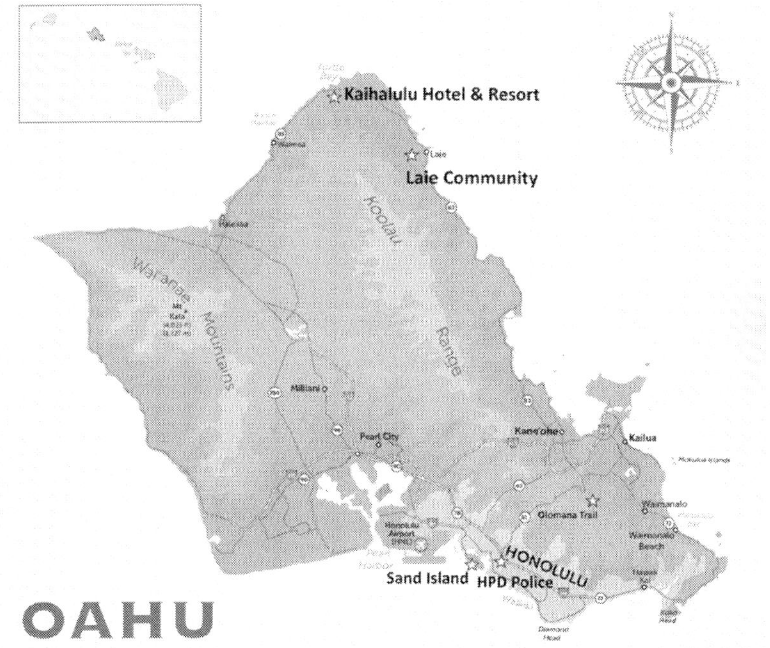

Kaihalulu Hotel & Resort
Laie Community
Koolau Range
Wai'anae Mountains
Mililani
Pearl City
Kane'ohe
Kailua
Olomana Trail
Waimanalo
Waimanalo Beach
HONOLULU
Sand Island
HPD Police
OAHU

Kapitel 1

Mittwoch, 14. Februar — Honolulu, Hawaii

Der anbrechende Morgen brachte lange, sanfte Wellen nach Waikiki.

Die Sonne war gerade aufgegangen und ließ das Meer silbrig und verheißungsvoll schimmern. Um diese Zeit, bevor die Touristen aus ihren Hoteltürmen und Ferienapartments in Richtung Strand strebten, war Waikiki ein friedlicher Ort, an dem sich Banker, Kellner, Studenten und Lehrer versammelten, um vor der Arbeit zu surfen, zu paddeln oder zu kajaken. Es spielte keine Rolle, ob man Geld hatte oder nicht, in welcher Gegend von Honolulu man zu Hause war, ob man in einer 6-Schlafzimmer-Villa im vornehmen Kahala oder in einem Einzimmer-Apartment in Kaimuki lebte. Hier auf dem Wasser galten eigene Regeln: Nimm keinem die Welle weg und paddle niemandem, der bereits auf seinem Board steht, im Weg herum. Ach ja, und leg dich nicht mit den Locals, den Einheimischen, an …

An manchen Tagen konnte es vor Waikiki recht anarchistisch zugehen. Heute aber war man nicht draußen, um für die Triple Crown zu trainieren, sondern um sich vor dem Arbeitstag ein wenig Frieden zu gönnen. Ähnlich einer morgendlichen Yoga-Einheit.

Kalei Kahamoku, Detective beim Honolulu Police Department, saß rittlings auf seinem Surfboard und blickte in Richtung Ozean. Er wusste, dass es heute kaum surfbare Wellen geben würde, aber darum ging es ihm nicht. Er wollte allein sein mit sich, seinem Board und der Stille dieser frühen Morgenstunde. Er war heute lange vor Sonnenaufgang in seinem kleinen Hinterhaus im Stadtteil Manoa aufgewacht, nachdem er einen ziemlich blutrünstigen Traum mit seiner Ex-Freundin Malu in der Hauptrolle gehabt hatte. Er hatte versucht, sich an Details zu erinnern, und darüber nachgegrübelt, warum sein Unterbewusstsein Malu als bösartige Medusa besetzt hatte, die ihm nach dem Leben trachtete. Malu war eine ausgesprochen sanfte Person, die als Krankenschwester im Queens Hospital in Honolulu arbeitete. Tatsächlich war ihre fürsorgliche und mütterliche Seite schuld daran gewesen, dass ein Zusammenleben mit ihm, Kalei, nicht von langer Dauer gewesen war. Selbstverständlich hatten die Schichtdienste, die ihre Berufe zwangsläufig mit sich brachten, dazu geführt, dass die beiden sich tagelang nur im Bad oder im Schlafzimmer getroffen hatten. Das war aber nicht der Hauptgrund, warum Malu Kalei vor drei Wochen verlassen hatte.

Kalei wollte gerne glauben, dass seine Arbeit bei der Criminal Investigation Division des Honolulu Police Departments Malu abgeschreckt hatte, aber in Wirklichkeit war es seine Unfähigkeit gewesen, mit ihr einen Schritt weiterzugehen. Malu wünschte sich Kinder, und zwar so bald wie möglich. Ohana, Familie, wurde bei ihr und ihren Geschwistern großgeschrieben und während ihre beiden älteren Schwestern bereits respektable

Männer geheiratet und Kinder in die Welt gesetzt hatten, wartete Malu seit einem Jahr auf eine Geste von ihm, die signalisierte, dass er bereit war, sie zu heiraten.

Der Abschied war tränenreich gewesen, aber in keiner Weise böse. Warum träumte er jetzt davon, dass Malu auf brutale Weise hinter ihm her war? Nachdem er eine Weile im Dunkeln gelegen hatte, war ihm das Fehlen jeglicher Geräusche in seinem Haus aufgefallen und ganz plötzlich hatte er die Leere und Stille nicht mehr ertragen. Er war in seine Boardshorts gesprungen und hatte sich ohne Frühstück mit seinen Surfbrettern in seinem Pick-up auf den Weg nach Waikiki gemacht.

Um halb sieben in der Früh hatte er nicht mal eine Viertelstunde gebraucht und war rechtzeitig zum Sonnenaufgang am Strand gewesen und vom 'The Wall'-Surfspot aus in Richtung Diamond Head gepaddelt.

Nun saß er bereits seit fast einer Stunde auf seinem Surfbrett, aber seine Stimmung hatte sich trotz des traumhaften Ausblicks kaum gebessert. Er schaute auf den weiten Ozean hinaus. Wenn er jetzt geradeaus lospaddelte, würde der nächste Stopp Tahiti sein. Nichts wäre dazwischen, außer viereinhalbtausend Kilometer Wasser. Wenn er sich allerdings um 180 Grad drehte, würde er direkt auf einen der belebtesten und bekanntesten Strände der Welt mit seinen bis auf wenige Ausnahmen mehr oder weniger hässlichen und einfallslosen Hotels und Apartmenttürmen schauen.

Entschlossen wartete er die nächste akzeptable Welle ab und paddelte los, als er beinahe von einem Siebenjährigen gerammt wurde, der, stolz auf seinem Brett stehend, an ihm vorbeisurfte. Der Kleine schrie ihm wütend etwas zu, das sich Kalei als Kind niemals zu einem Älteren zu sagen gewagt hätte, und rauschte an ihm vorbei.

Kalei beschloss, dass er heute auf den Wellen weder Frieden noch Antworten finden würde, und entschied, dass es Zeit war, zur Arbeit zu gehen. Er sah sich um, um nicht ein weiteres Mal peinlich aufzufallen, legte sich bäuchlings auf sein Brett und hielt mit wasserschaufelnden Händen auf den Strand zu. Als er näherkam, meinte er, an der Kalakaua Avenue ein ziviles Einsatzfahrzeug mit Blaulicht auf dem Dach zu sehen. Und nachdem er noch ein paar Meter weiter gepaddelt war, glaubte er sogar, seinen Partner Chris Logan am Strand stehen und zu ihm herüberwinken zu sehen.

Erst gestern Abend hatten die beiden zusammen ein paar Bier im 'Kanpai' getrunken, bevor Chris zu seiner Frau und seinen drei Kindern ins Palolo Tal gefahren war und Kalei in sein Häuschen im Nachbartal Manoa. Dass sie beide mehr als ein Bier getrunken hatten, hatte sie, wie so oft, nicht weiter gestört. Und wie üblich hatte sie auch keiner von den Kollegen der Streifenpolizei angehalten.

Kalei erreichte den Strand mit einem letzten kräftigen Zug und Chris, der seine Hosenbeine bis zum Knie hochgekrempelt hatte, kam ihm entgegen und hielt sein Board fest.

"So früh wollte ich dich noch gar nicht wiedersehen, Mann", begrüßte Chris seinen Partner, während er Kalei dabei zusah, wie dieser die Sicherungsleine seines Boards von seinem Knöchel löste.

"Ich kann mir auch nicht vorstellen, dass du für einen morgendlichen Strandspaziergang hier bist", erwiderte Kalei und sah zu Chris' aufgerüstetem Dodge Charger hinüber. Das Fahrzeug war Chris' Privatfahrzeug, das er auch im Dienst nutzen konnte. Dafür bekam er eine monatliche Subvention vom Honolulu Police Department.

Er hob sein Handtuch vom Sand auf, begann, sich Gesicht und Haare abzutrocknen, und wünschte sich, Chris hätte einen Kaffee von Starbucks gegenüber mitgebracht. Könnte sein, dass er gestern Abend ein Bier zu viel gehabt hatte. Sein Magen erinnerte ihn plötzlich daran, dass er noch nichts gegessen hatte.

"In diesem schicken neuen Resort an der Turtle Bay ist heute Morgen ein Tourist aus Europa tot aufgefunden worden. Unwahrscheinlich, dass er sich selbst ertränkt hat. Die Kollegen vom Distrikt 2 in Wahiawa haben uns noch vor Sonnenaufgang angerufen", hörte er Chris' Stimme durch sein Handtuch hindurch.

Kalei ließ das Handtuch sinken, sah seinen Partner an und wartete auf weitere Erklärungen. Aber Chris hatte seinen Blick gerade an zwei Blondinen Anfang zwanzig festgesogen, die in winzigen Bikinis lachend an ihnen vorbeischlenderten. Das Gesetz verbot Oben-ohne-Baden oder -Sonnen an den Stränden von Hawaii, aber die Bikinihersteller fanden erstaunliche Wege, winzige Stoffteile so zu vernähen, dass man kaum mehr von einem Kleidungsstück sprechen konnte.

"Ein toter Urlauber?" Kalei boxte Chris auf den Arm, um seine Aufmerksamkeit zurückzuerlangen.

"Ich verstehe schon, warum du morgens so gerne herkommst", murmelte dieser, während er den Blick widerwillig von den Mädchen abwandte. Eine der beiden drehte sich zu Chris um und winkte ihm zu, woraufhin sie und ihre Freundin kichernd die Köpfe zusammensteckten.

"Das Opfer und seine Ehefrau kommen aus England, offensichtlich keine Billigtouristen, und unsere Kollegen in Wahiawa haben, ganz wie es sich gehört, sofort das HPD angerufen. Darum werden wir gleich die Ermittlung und den darauffolgenden lästigen Papierkram übernehmen, während die Kollegen an der North Shore sich wieder der angenehmen Aufgabe widmen können, Falschparker aufzuschreiben oder einen zugekifften Surfprofi zu verhaften.“

"Bis zur Turtle Bay sind es mindestens neunzig Minuten Fahrt", lautete Kaleis Kommentar dazu.

"Und wenn wir nicht sofort losfahren, kommen wir auch noch in die Rushhour um Pearl City herum", ergänzte Chris das Elend.

"Nicht ohne Frühstück", entschied Kalei und steuerte auf den Coffee-Shop auf der anderen Straßenseite zu. Eigentlich hasste er Starbucks, aber der verdammte Kafferöster aus Seattle hatte auf diesem Abschnitt der Kalakaua Avenue nun mal das Monopol. Chris folgte ihm bereitwillig.

Die Fahrt zur North Shore der Insel Oahu dauerte tatsächlich deutlich länger als eine Stunde. Nachdem Chris und Kalei sich bei Starbucks mit Getränken und Bagels versorgt hatten, brauchten sie allein zwanzig Minuten, um überhaupt bis zur Schnellstraße H1, dem Highway Number One, zu kommen. Das lag unter anderem daran, dass Chris darauf bestanden hatte, dass Kalei sich sorgfältig jedes Sandkorn von der Haut und aus den Haaren wischte, bevor er sich in seinen geliebten Dodge Charger setzen durfte. Zudem war ihm verboten worden, die Sitze vollzukrümeln.

Der Verkehr staute sich auf der Hauptstraße von Waikiki in Richtung Downtown. Kurz hinter dem Ala Wei Kanal, der dafür sorgte, dass an regenreichen Tagen das Wasser aus den Bergen und Tälern ins Meer floss, hatte die Stadt sich dazu entschlossen, die Betondecke der Fahrbahn aufzureißen, um irgendwelche Arbeiten durchzuführen. Ein dicker Kollege von der Verkehrspolizei stand mit weißen Handschuhen auf der gesperrten Fahrbahn und lotste den Verkehr in Richtung Highway.

Fahrradfahrer und Mopeds mit Surfboards in speziellen Halterungen an der Seite schlängelten sich rücksichtslos durch die langsam fahrenden Autos und berührten mehr als einmal andere Fahrzeuge. Vor und hinter ihnen ragten große doppelstöckige Ausflugsbusse zwischen den Autos hervor, die die Touristen zu den Inselattraktionen nach Pearl Harbor, zu den Tauchspots im Osten der Insel oder zum Skydiving im Norden brachten.

Sobald sie auf dem Highway waren, ging es für kurze Zeit etwas flüssiger voran, allerdings nur bis kurz nach dem Internationalen Flughafen, wo der Verkehr zunahm und sich die Fahrbahn in sechs Spuren aufteilte.

Chris Logan steuerte seinen Dodge mit antrainierter, hawaiianischer Gelassenheit weiter in Richtung Norden. Sie passierten Pearl City mit durchschnittlich 30 Kilometern pro Stunde und nahmen schließlich die Ausfahrt, die zu den weltberühmten Surf Spots Oahus führte.

Nachdem sie die Ananasfelder der Dole Plantage hinter sich gelassen hatten und nun bergab gefahren waren, konnten sie in der Ferne bereits die Strände der North Shore und den kleinen Strandort Haleiwa sehen. Malus ältere Schwestern wohnten in Haleiwa und Kalei und sie hatten viele ihrer seltenen gemeinsamen freien Wochenenden beim Barbecue mit ihrer großen Familie verbracht. Kalei überlegte, ob ihm diese Treffen in Zukunft fehlen würden.

Gleich hinter Haleiwa führte sie der Highway an der Küste entlang. Die Big Wave-Saison an der North Shore war immer noch in vollem Gange und es tummelten sich zahlreiche Surfer, Zuschauer und Touristen entlang des Highways. Die Parkplätze an den wichtigen Stränden wie Waimea Bay, Pipeline und Sharks Cove waren bereits voll besetzt. Der 'Eddie Big Wave Surf Contest' wurde noch bis Mitte März veranstaltet und zog massenweise Menschen in die Gegend.

Sämtliche Ferienwohnungen, legale wie illegale, waren in dieser Zeit belegt. Der Contest war nach dem legendären Rettungsschwimmer und Surfer Eddie Aikau benannt, von dem bekannt war, dass er furchtlos die größten Wellen jagte und keine Scheu hatte, selbst unter den härtesten Bedingungen zu paddeln.

Die Teilnehmer warteten sehnsüchtig auf einen anständigen North Swell, hohe Wellen, die von Stürmen im nördlichen Pazifik gebildet wurden.

"Das Spektakel hier wird unsere Ermittlungen nicht gerade erleichtern" bemerkte Chris mit Blick auf die vielen Leute, die sich auf den Straßen und an den Stränden befanden. “Hier geht es mal wieder zu wie beim gottverdammten Karneval.”

"Ich hoffe, es stellt sich nicht heraus, dass der getötete Engländer ein berühmter Surfprofi ist", erwiderte Kalei. Er musste an Andy Irons denken, einen hawaiianischen Surfstar, der 2010 im Alter von nur 32 Jahren in einem Hotelzimmer in Texas tot aufgefunden worden war. Man war zuerst von einem durch Denguefieber verursachten Tod ausgegangen, später stellte sich heraus, dass Irons ein massives Problem mit Alkohol und Drogen gehabt hatte und an einem Herzinfarkt gestorben war. Der Presserummel, der nach seinem Tod entstanden war, war gigantisch und schmutzig gewesen.

Sie passierten schweigend die Waimea Bay, wo überdimensionale Plakate auf die laufenden Wettbewerbe aufmerksam machten.

Als sie endlich die lange Auffahrt zum Kaihalulu Hotel & Resort hinauffuhren, hatten sie fast die gesamte Insel einmal von Süden nach Norden durchquert. Die Fahrt hatte wie erwartet knapp zwei Stunden gedauert. Chris musste auf dem Weg zum Hauptgebäude zweimal an Wachhäuschen anhalten und ihre Polizeiausweise vorzeigen. Erst nach einem eingehenden Check hob sich die Schranke vor ihrem Wagen. Chris stoppte den Dodge Charger direkt vor dem Haupteingang im Valet Parking Bereich und präsentierte einem eifrig herbeieilenden Angestellten seine Dienstmarke. Daraufhin wurde er auf einen abgelegenen Angestelltenparkplatz geschickt, wo sie bereits ein Streifenwagen aus Wahiawa erwartete. Natürlich sollte keiner der Gäste mitgekommen, was im Hotel passiert war.

Kalei und Chris verließen den Wagen, Chris streckte seine Arme in die Höhe und dehnte seine Wirbelsäule nach der langen Fahrt. Der Charger war nicht das bequemste Fahrzeug für eine Tour über die Insel. Durch einen Seiteneingang wurden sie von einem uniformierten Police Officer in den Innenbereich des Kaihalulu Beach Resorts geleitet.

Kapitel 2

Das Kaihalulu Beach Resort lag abgelegen von der nächsten Siedlung inmitten einer üppigen Vegetation und an einem wunderschönen weißen Sandstrand. Obwohl sämtliche Strände in Hawaii öffentlich waren und Hotels und Apartmentanlagen keine privaten Abschnitte exklusiv für ihre Gäste sperren durften, begaben sich nur wenige Einheimische oder Gäste anderer Hotels hierher. Wenn man nicht auf seinem Recht bestand, den Strand nutzen zu dürfen, wurde man vom Hotelpersonal einfach fortgeschickt und am Betreten der Anlage gehindert, auch wenn das eigentlich unzulässig war.

Der Police Officer führte sie durch einen diskreten Personalflur und von dort durch einen Notausgang in den parkähnlichen Gartenbereich des Luxushotels. Dort befanden sich auch, sorgfältig verteilt, die Strandvillen. Sie waren die teuersten und exklusivsten Unterkünfte des Kaihalulu. Sauber geharkte Wege mäanderten zwischen den Rasenflächen und Wäldchen hindurch und geleiteten sie zu einem Beach House direkt am Strand. Dort war bereits die übliche Mannschaft eingetroffen: Spurensicherung, Beamte der Crime Investigation Unit, Gerichtsmedizin. Die meisten hatten ihre Autos allerdings vor dem Hotel abstellen müssen und waren zu Fuß gegangen oder mit einem Golfwägelchen hergebracht worden. Lediglich der Transporter der Spurensicherung parkte seitlich neben dem Haus.

Ein weiterer Officer, der neben der Eingangstür positioniert war, reichte ihnen Plastiküberzieher für ihre Schuhe. Einmalhandschuhe hatten die Polizisten stets selbst dabei. Chris und Kalei schoben sich an einem der Spurensicherer vorbei, der gerade das Türschloss überprüfte, ins Haus.

Dort wurde ihr Blick zunächst auf die offene Terrasse gelenkt. Nahezu die gesamte dem Ozean zugewandte Seite des Hauses war offen und gab den Blick auf Hibiskusbüsche und Frangipanibäume, ein Stück Strand und das azurblaue Wasser des Pazifiks frei. Kalei blieb kurz im Eingang stehen, um die weiteren Details der Szenerie in sich aufzunehmen. Im Wohnzimmer herrschte weder Chaos, noch lag irgendwo ein Toter herum. Keine Markierungen auf dem eleganten dunklen Echtholzparkett, keine Blutspritzer an den Wänden oder auf den edlen Möbeln. Der Raum war teuer und geschmackvoll im Pacific Lifestyle eingerichtet. Es dominierten Holz und warme Erdtöne, hier und da eine Zimmerpflanze oder ein Blumenarrangement.

Gerichtsmedizinerin Susan Young betrat das Wohnzimmer von der Veranda aus. Sie wohnte auf halbem Weg zur North Shore beim Wheeler Army Airfield - ihr Mann war Pilot bei der US Air Force. Deshalb war sie schon deutlich früher als alle anderen Kollegen am Tatort gewesen.

Susan war gerade dabei sich die Handschuhe abzustreifen, ließ es aber bleiben, als sie Kalei und Chris erblickte. Sie winkte die beiden zu sich.

Die beiden Ermittler hatten die Verandatür noch nicht ganz erreicht, als plötzlich eine junge Frau neben ihnen auftauchte.

"Logan, wehe du patschst auch nur irgendetwas in diesem Raum an", raunte Eli Kealoha von der Spurensicherung ihnen im Flüsterton zu. Eli steckte in einem weißen Schutzanzug, hatte Überzieher, Handschuhe und eine Schutzbrille auf, trotzdem fiel sie durch ihre extravagante Frisur auf - ein Haufen wirrer schwarzer Haare mit der ausrasierten linken Schädelseite sowie die Ausläufer eines Tribal-Tattoos, das sich von ihrem linken Arm bis zum Hals erstreckte.

Ihre normalerweise Lara-Croft-ähnlichen Klamotten blieben unter ihrem weißen Tatortanzug verborgen. Eli war normalerweise keine leise Person und vergriff sich auch gerne mal im Ton, da aber anzunehmen war, dass sich Angehörige des Opfers in der Villa befanden, mäßigte sie sich glücklicherweise.

Chris Logan drehte sich gespielt empört zu ihr um und präsentierte ihr stumm seine Hände, die in sterilen Handschuhen steckten. Vor einer halben Ewigkeit hatte er sich mal an einem Tatort ein Glas Wasser in der Küche eingeschenkt und es dann zwischen Leichenteilen und Beweisstücken vergessen. Seitdem war es ein Running Gag zwischen ihm und der Spurensicherung, sich gegenseitig der Nachlässigkeit zu bezichtigen.

Eli boxte ihm mit ihrer behandschuhten Hand gegen den Brustkorb und verschwand auf die Terrasse. Chris vergewisserte sich mit einem schnellen Blick auf sein Hemd, dass an dem Handschuh kein Blut gewesen war.

Susan Young schaute der jungen Frau leicht genervt hinterher und wandte sich Kalei zu, der sich nicht an dem Geplänkel beteiligt hatte.

"Wir haben ein männliches Opfer", begann sie ohne weitere Begrüßung. "Weiß, zwischen Mitte bis Ende dreißig. Wurde von der Ehefrau leblos im Jacuzzi gefunden."

Sie drehte sich wieder zur Terrasse um und wandte sich nach links, wo man einen wunderschönen Blick auf verschiedene Schattierungen aus Blau und Grün hatte. Auf der Terrasse befand sich ein Whirlpool, ein sogenannter Jacuzzi. Die Blubberei war natürlich inzwischen abgeschaltet worden. An der von ihnen abgewandten Seite des Beckens konnte man einen nassen Haarschopf erkennen. Die Gerichtsmedizinerin, Kalei, Chris und Eli Kealoha traten an das Becken heran.

Im Wasser lag ein junger, gut gebauter Mann. Kleine Unterwasserlampen beleuchteten den Körper von allen Seiten. Der Oberkörper, Mund, Nase und Augen waren unter Wasser, nur die dunkelblonden, wirren Haare befanden sich über der Wasseroberfläche. Er war unbekleidet und hatte die Augen halb geschlossen. Die vier blickten ein paar Sekunden stumm auf ihn hinab.

"Warum ist das Wasser grün?", fragte Chris nach einer Weile in die Runde. Eli lag eine schnelle Antwort auf der Zunge, aber Susan Young brachte die junge Frau von der Spurensicherung mit einem Blick zum Schweigen. Susan schätzte dumme Sprüche am Tatort gar nicht. Ein schwarzer Humor und Zynismus waren bekanntermaßen eine Methode der Tatortermittler, um mit den grausamen Gegebenheiten und der Gewalt, mit der sie in ihrem Beruf immer wieder konfrontiert wurden, umzugehen. Aber die Gerichtsmedizinerin hatte wenig Verständnis für diese Art der Stressbewältigung. Ihr gelang es, auch ohne aufgesetzte Abgebrühtheit professionellen Abstand zu ihren Fällen zu halten, was zweifellos eine hilfreiche Eigenschaft in ihrem Beruf war.

"Es handelt sich um einen Badezusatz, der vom Hotel bereitgestellt wird", erläuterte sie daher schlicht. Tatsächlich nahmen Kalei und Chris nun den wohlriechenden, blumigen Duft wahr, der vom Wasser aufstieg. Tote im Wasser dufteten meistens weniger angenehm.

Kalei sagte: "Kein Blut, keine Schnittverletzung, kein Einschuss. Könnte es sein, dass er eines natürlichen Todes gestorben ist?"

Die Gerichtsmedizinerin lächelte nachsichtig. Natürlich würde sich die Todesursache erst bei der Autopsie bestätigen, trotzdem hatte sie einen starken Verdacht, der für einen gewaltsamen Tod sprach und den sie gerne mit den Ermittlern teilte.

"Ich vermute", sie betonte das Wort mit ihrem erhobenen Zeigefinger, "dass der junge Mann von hinten angegriffen wurde. Der Täter hat ihm eine Schlinge, bestehend aus einem Schal, einer Krawatte oder einem anderen weichen Tuch um den Hals geworfen und festgezogen." Sie ballte beide Hände zur Faust, um die Handbewegung zu demonstrieren.

"Der Mann im Jacuzzi war jung und kräftig. Er wird sich gewehrt haben, darauf deuten Abschürfungen am Körper, vor allem an seinem Hinterkopf, den Armen und dem Hals hin. Deswegen hat sich der Täter vermutlich auf ihn geworfen und ihn mit seinem Körpergewicht unter Wasser gedrückt. Solange, bis er schließlich ertrunken ist."

"Ein Kampf also", stellte Kalei fest. Er bemerkte einige Kerzen und Badeölfläschchen, die neben dem Jacuzzi auf dem Boden lagen. Wachs war in kleinen Tropfen um das Becken herum verspritzt und zu weißen Mustern getrocknet. Ob man darin ein ähnliches Muster wie in Blutspritzern erkennen konnte?

"Hat man die Schlinge gefunden?", wollte Chris von Eli wissen. Sie schüttelte den Kopf, sodass ihre Frisur durcheinandergeriet. "Bisher nicht. Spricht übrigens für die Vermutung von Doc Young, dass der Mann sich nicht selbst getötet hat."

Die nächste Frage der Ermittler würde sich zweifellos mit dem Zeitpunkt des Todes beschäftigen. Da ein genauerer Zeitpunkt ebenfalls erst durch die Autopsie bestimmt werden konnte, kam Susan Young auch hier dummen Fragen zuvor, in dem sie von sich aus sagte, dass der Tod vermutlich zwischen 22 Uhr abends und den frühen Morgenstunden eingetreten war.

Chris war erstaunt aufgrund der präzisen Zeitangabe. "22 Uhr abends?"

"Um Viertel vor zehn hat sich unser Opfer beim Zimmerservice noch eine Flasche Highland Park Single Malt Scotch Whisky bestellt. Diese Flasche hat er dann kurz darauf höchstpersönlich und lebendig von einem Angestellten des Hotels in Empfang genommen. Er hat auch die Rechnung selbst abgezeichnet", sagte Susan. "Danach wird er in den Whirlpool gestiegen sein."

"Wer ist das Opfer?", fragte Eli in die Runde hinein. "Ein Tourist?"

Auf diese Frage hatte Yuna Takahashi, Detective im Rang eines Lieutenants und leitende Ermittlerin am Tatort, eine Antwort. Sie war von der anderen Seite an den Jacuzzi herangetreten und stand nun im Schatten eines großen Hibiskusbusches. Der grünliche Schimmer des Jacuzzi beleuchtete ihre kleine Gestalt von unten.

"Das Opfer heißt Jamie Hayward und hatte zusammen mit seiner Frau Julia diese Villa seit vorgestern gemietet." Detective Takahashi deutete mit der Hand auf Haywards Kopf.

"Er ist nicht nur ein Tourist", fuhr sie ernst fort, "sondern auch ein Kollege von uns, sozusagen. Er ist Police Officer in England. Abteilung Wirtschaftskriminalität bei der London Metropolitan Police."

Kalei hörte die Worte "London" und "England" und ihm wurde kurz heiß. Ein Polizeibeamter.

Lani war bei der Londoner Polizei. Sie würde von dem Todesfall erfahren. Sie würde sich erinnern. An ihre Zeit in Honolulu und an ihn, Kalei.

Kapitel 3

Derselbe Tag London, England

Zur selben Zeit war es auf der anderen Seite des Erdballs bereits später Abend. Genauer gesagt hatte Nathan, der Barmann, gerade zum ersten Mal die Glocke über der Bar geläutet. Das bedeutete, wie überall auf der britischen Insel, dass die Gäste des Bricklayers Arms Pub jetzt ihre letzte Runde Getränke bestellen mussten. In einer halben Stunde war Sperrstunde und das Pub durfte nichts mehr ausschenken. Üblicherweise zerstreuten sich die Leute dann recht schnell. Kaum war der letzte Hall der Glocke verklungen, standen die ersten Durstigen bereits an der Theke und verlangten nach einem weiteren Ale, Apple Cider oder einem Lagerbier

Nathan bediente die Handpumpe für die Ales, während seine neue osteuropäische Angestellte an der anderen Anlage Lagerbier zapfte. Zufrieden beobachtete er, wie das Mädchen das Glas bis zum Rand mit Stella Artois füllte und dann gewissenhaft den Schaum mit einem Spatel abschöpfte. Der Barmann wusste, dass die Europäer Bierschaum schätzten und das Abschöpfen des Schaumes regelmäßig mit ratlosem Erstaunen quittiert wurde. Aber verdammt, sie waren hier in England und hier trank man sein Bier nun mal ohne Schaum, und das nun schon seit Hunderten von Jahren. Bis vor zwei Jahrzehnten hatten die meisten Pubs nicht mal Lagerbier aus dem Ausland ausgeschenkt. Und wenn es nach Nathan ging, hätte man das auch besser so beibehalten.

Ein Bier war ein Real Ale und hatte gefälligst keine Kühlschranktemperatur zu haben. Nur so entfalten sich die feinen Aromen. Und wer braucht schon Kohlensäure im Bier? Davon musste man nur aufstoßen.

Während er routiniert weitere Ales ausschenkte, fiel sein Blick auf die blonde Frau, die bereits seit zwei Stunden bei ihm am äußeren Ende der Bar saß, aber in der ganzen Zeit nur zwei kleine Gläser eines französischen Importbiers getrunken hatte. Am Anfang hatte er versucht, sie in ein freundliches Wettergespräch zu verwickeln, aber sie hatte nur einsilbig geantwortet. Sie war offenbar in ihr Buch vertieft und wollte nicht beim Lesen gestört werden.

Er beschloss, es ein letztes Mal zu versuchen. "Letzte Runde, meine Liebe. Darf es noch was sein?"

Die Frau sah auf und blickte ihm zum ersten Mal direkt ins Gesicht. Sie hatte einen verstörend intensiven Blick aus blauen Augen, trotzdem bemerkte er die dunklen Schatten unter ihnen sofort. Nathan vermutete, dass sie eine Krankenschwester oder sogar eine Ärztin war, jemand, der unregelmäßig und oft nachts arbeiten musste. Er schätzte sie auf Anfang dreißig.

Die Frau blickte schnell zu einem Tisch neben dem Fenster hinüber, an dem ein Paar saß, das schon den ganzen Abend den billigen australischen Cabernet getrunken hatte. Ihre Gläser waren noch zu zwei Dritteln voll und offenbar veranlasste diese Tatsache die Frau am Tresen dazu, noch ein Half Pint zu bestellen. "Ein

Letztes", sagte sie und schob Nathan ihr leeres Glas über die Theke.

Der Barmann nutzte die Gelegenheit, um seiner jungen Angestellten, die gerade den Zapfhahn neben dem seinen bediente, ein wenig näherzukommen. Scheinbar unabsichtlich berührte seine Hüfte die ihre und er registrierte erfreut, dass sie nicht zurückwich.

Als die Fremde das Glas in Empfang nahm, erschien ein verschwörerisches Grinsen auf ihrem Gesicht. Sie beugte sich vertraulich zu Nathan vor und flüsterte: "Ich an deiner Stelle würde die Kleine nicht so offensichtlich anbaggern. Sie bekommt jedes Mal einen Heidenschreck und würde am liebsten einen Meter von dir abrücken. Ich gebe ihr noch eine Woche, bevor ihr die Sache zu bunt wird und sie sich einen anderen Arbeitgeber sucht." Sie prostete ihm zu und nahm einen ordentlichen Schluck.

Bevor Nathan noch etwas erwidern konnte, signalisierte das iPhone der Frau lautlos einen eingehenden Anruf. Sie schaute kurz aufs Display und ein genervter Ausdruck erschien auf ihrem Gesicht. Erst nach einigen Sekunden entschloss sie sich, das Gespräch anzunehmen.

Wie alle Barmänner war auch Nathan neugierig und hätte gerne dem Gespräch gelauscht, aber die Frau hatte sich bereits von ihm abgewandt und war auf dem Weg zur Tür.

Regnerisches, englisches Februarwetter erwartete Lauren vor dem Pub und sie zog sich entnervt die Kapuze ihres Hoodies über den Kopf, während sie den Anruf ihres Chefs, Detective Chief Inspector George McAllister, annahm.

"Lauren, wo bist du gerade?", bellte es aus dem Gerät.

"Hallo, Chief. Ja, es geht mir gut. Danke der Nachfrage. Ich habe frei und sitze in einem Pub."

"Das Pub ist aber nicht zufällig das Bricklayers Arms in Earls Court?", fragte McAllister misstrauisch.

"Äh, Chief. Die haben hier einen ganz fantastischen Shepherd's Pie und den esse ich nun mal für mein Leben gerne und ...", log Lauren, kam aber nicht weit damit.

"Ich habe dir ausdrücklich verboten, Sean Pennywater weiter zu observieren", explodierte der Chief Inspector am anderen Ende der Leitung. "Pennywater ist kein Verdächtiger mehr. Sein Alibi steht wie eine Eins und sein Anwalt wird uns verklagen, wenn wir ihm weiter zusetzen. Das habe ich nicht nur einmal gesagt, sondern bereits ein Dutzend Mal", knurrte er.

"Pennywater ist überhaupt nicht hier, Chief", verteidigte sich Lauren lahm und überzeugte sich mit einem Seitenblick, dass Sean und seine Flamme immer noch mit ihrem Rotwein beschäftigt waren.

"Ich habe mich hier mit einer Freundin getroffen. Sie wohnt um die Ecke und es war ihre Idee, herzukommen."

"Sag deiner Freundin, dass sie den Rest des Abends ohne dich auskommen muss", wies McAllister sie an. "Ich will dich in einer Viertelstunde in meinem Büro sehen."

"Aber, Sir", protestierte Lauren, "ich kann meine Freundin auf keinen Fall hier allein lassen. Sie ist total betrunken und so ein fieser Kerl gräbt sie die ganze Zeit an."

Laurens Chef hatte jetzt langsam die Nase voll und sagte nur: "In einer Viertelstunde, Lauren. Es ist wichtig. Es ist etwas passiert."

Etwas in seiner Stimme veranlasste sie, nicht weiter zu diskutieren und sich auf den Weg zur Tube Station Earls Court zu machen. Sie warf einen letzten Blick durch das Fenster des Pubs. Ich kriege dich, Sean, sagte sie sich. Du entkommst mir nicht.

New Scotland Yard, Laurens Arbeitsplatz, lag im Stadtteil Westminster, gleich um die Ecke von Westminster Abbey und dem Westminster Palace, der die beiden Häuser des Parlaments beherbergte.

Sie fuhr mit der District Line bis St. James Park und stieg 10 Minuten später die Treppen von der Station hoch. Sie kam direkt am Broadway an die Oberfläche und überquerte die Straße, um zum Haupteingang des Gebäudes zu gelangen.

Der Wachmann war nicht besonders erstaunt, sie zu sehen. "Detective Inspector", grüßte er sie förmlich. "Mal wieder Überstunden?"

"Sieht so aus, oder?", gab sie schlecht gelaunt zurück und betrat den Lift.

George McAllister war Mitte Fünfzig und hatte sein gesamtes Berufsleben im Polizeidienst verbracht. Durch fleißiges Arbeiten hatte er sich zum Detective Chief Inspector des Homicide and Major Crime Command hochgearbeitet. Hier befehligte er eines von 24 Murder Investigation Teams. Seine Truppe bestand aus sieben Zivilpersonen und 33 Police Officers. Detective Inspector Lauren Bradley war eine davon.

Lauren betrat das Büro ihres Chefs und baute sich vor seinem Schreibtisch auf. Sie war wütend, dass er sie um diese Uhrzeit noch mal ins Büro zitiert hatte, aber vor allem darüber, dass er sie dabei erwischt hatte, wie sie Sean Pennywater beobachtete. Deshalb beschloss sie, dass es am besten war, den Stier bei den Hörnern zu packen und sich zu rechtfertigen, bevor der DCI sie anklagen konnte.

"Es ist nicht richtig, dass Pennywater nicht weiter observiert wird. Er hat seine Freundin nachweislich mehrmals krankenhausreif geschlagen und ich werde beweisen, dass er für ihr Verschwinden verantwortlich ist, bevor ich ...", sie warf einen schnellen Blick auf den Jahresplaner an der Wand, "in fünf Tagen zum Lehrgang nach Quantico fahre."

McAllister hob die Hand und sie sah ihn zum ersten Mal direkt an. "Daraus wird nichts, Lauren", sagte er.

"Aber wenn ich einen Zeugen finde, der ...", begann sie erneut, aber der Chief wedelte ungeduldig mit der erhobenen Hand und brachte sie so zum Schweigen. "Es wird leider nichts aus dem Lehrgang beim FBI ", sagte er bestimmt. "Du wirst ihn verschieben müssen."

Lauren sah ihn sprachlos an. Der Ermittlungslehrgang beim amerikanischen Federal Bureau of Investigation war einer der begehrtesten Lehrgänge überhaupt und sie hatte zwei Jahre gebraucht, bis sie einen Platz bekommen hatte. Seit Wochen stand fest, dass sie in wenigen Tagen nach Washington fliegen würde. Sie hatte hart für diese Chance gearbeitet und es kam überhaupt nicht in Frage, dass ihr jetzt irgendjemand oder irgendetwas einen Strich durch die Rechnung machen würde.

"Ich kann den Lehrgang nicht verschieben, Chief", protestierte sie bestimmt. "Es ist fest vereinbart, und wenn ich nicht erscheine, dann verliere ich meinen Platz. Ich muss fahren!"

"Ein britischer Polizeibeamter der Met Police ist heute im Ausland getötet worden", unterbrach McAllister sie grimmig. "Ein junger Kerl namens Jamie Hayward. Er ist vor wenigen Stunden in einem Luxushotel an der Nordküste von Oahu gefunden worden."

"Hawaii?“, fragte sie verblüfft. "Dann werden das die Leute vom Honolulu Police Department untersuchen. Die lassen uns eh nicht ermitteln. Ich kann jedenfalls nicht hinfahren."

George McAllister spürte, wie sich der leichte Verspannungskopfschmerz, der ihn schon den ganzen Tag geplagt hatte, anschickte, seinen gesamten Kopf in einen Schraubstock zu zwängen. Er hatte weder die Geduld, mit einer seiner fähigsten Beamtinnen zu diskutieren, noch stand eine Diskussion überhaupt zur Debatte.

McAllister hatte eine hohe Meinung von Lauren. Er schätzte ihren Ehrgeiz, ihren Scharfsinn und ihren Fleiß. Sie arbeitete länger und härter als die meisten hier und hatte sich den FBI- Lehrgang zweifellos verdient. Was er aber absolut nicht schätzte, war Laurens Mangel an Respekt ihren Vorgesetzten gegenüber und ihre ständige Weigerung, einen Befehl ganz einfach zu akzeptieren und auszuführen, ohne ihn zu hinterfragen. Und gerade heute, nachdem er sie dabei erwischt hatte, wie sie sich über sein ausdrückliches Verbot hinweggesetzt hatte, einen Mann zu beschatten, dessen Unschuld er für klar erwiesen hielt, würde er ihr keinen Ungehorsam mehr durchgehen lassen.

"Verdammt noch mal, Lauren", knurrte er böse und sprang von seinem Schreibtischstuhl auf. "Wir sind hier nicht im House of Lords, wo jeder machen kann, was er will. Du fliegst nicht nach Washington! Du reist nach Hawaii! Die Kollegen in Honolulu haben uns eingeladen, zwei Beamte der Met Police zu ihnen zu schicken, die bei den Ermittlungen assistieren. Ohne Zuständigkeiten, selbstverständlich. Die entsprechenden Anträge sind bereits rausgegangen, die amerikanische Botschaft hat sich eingeschaltet und ich rechne noch morgen früh mit der offiziellen Genehmigung. Dein Name steht auf der Teamliste. Also keine weitere Diskussion! Randy Sheridan wird dich begleiten."

Er traute ihr wohl durchaus zu, dass sie zurückschreien würde, deshalb sagte er schnell: "Das Protokoll würde einen Detective Chief Inspektor für diese Aufgabe vorsehen, aber du bist die Einzige in der gesamten Met Police, die das Honolulu Police Department kennt. Du bist die Einzige, die sich in der Gegend auskennt und der sie mehr Einblick in ihre Ermittlungen gewähren werden. Deshalb hat der Detective Superintendent sich spezifisch für dich ausgesprochen, Detective Inspector Bradley."

Der Detective Superintendent war der Leiter des Homicide and Major Crime Command und somit auch McAllisters Vorgesetzter.

Lauren war sich ganz und gar nicht sicher, dass dies eine clevere Entscheidung des Detective Superintendent gewesen war. Ihre Zeit beim HPD hatte abrupt und nicht dem üblichen Procedere entsprechend geendet. Sie hatte die Truppe voller Zorn und Enttäuschung verlassen und sich seit ihrer Abreise aus Hawaii nie wieder bei ihren Vorgesetzten oder Kollegen gemeldet. Ihr Chef wusste allerdings nichts davon. Sie hatte niemandem bei der Londoner Polizei von ihrem letzten Einsatz in Hawaii und ihrem daraus folgenden Abschied beim HPD erzählt. Sie wollte McAllister auch jetzt nichts davon erzählen, beschloss aber, dass er zumindest über gewisse Gegebenheiten informiert werden müsste.

"Mein Abschied aus Honolulu war nicht ganz einvernehmlich", begann sie vage.

George McAllister sah davon ab, seine Rede fortzusetzen und schaute sie stattdessen mit hochgezogenen Brauen an.

"Hast du dich etwa mit deinem Vorgesetzten angelegt?", war seine erste Reaktion.

Das würde mich jetzt ganz und gar nicht überraschen, dachte er. Laurens Schwäche war ihr mangelnder Respekt ranghöheren Beamten gegenüber, sofern sie der Meinung war, dass diese ihre Position nicht verdient hatten oder nicht fähig genug waren, sie auszufüllen.

Lauren war eigensinnig und in der Vergangenheit schon mehrfach mit vor allem älteren Kollegen der alten Schule, die gerne mal mit ihrer jahrelangen Erfahrung prahlten und seit Jahrzehnten bestehende Strukturen und Abläufe nur ungern aufgaben, aneinandergeraten.

Da Lauren eine sehr fähige Beamtin mit einer sehr guten Aufklärungsquote und einer steilen Lernkurve war, war es ihm bisher gelungen, Beschwerden und Disziplinarmaßnahmen von ihr abzuwenden. Es würde ihn jedoch nicht wundern, wenn Lauren mit ihrer Einstellung bereits in ihrem früheren Leben angeeckt war.

"Ich hatte ein Problem mit einem Kollegen, der einen Zivilisten im Streit übel verprügelt hat", sagte sie stattdessen. "Ich fand, dass er da zu weit gegangen war. Aber meine Kollegen waren der Ansicht, dass man einen der

Unseren nicht in die Pfanne haut. Ich war die Einzige, die dafür war, den Beamten anzuzeigen."

Sie suchte den Blick ihres Chefs. "Danach wäre es für mich beim HPD nicht mehr weitergegangen", sagte sie, ohne eine Gefühlsregung erkennen zu lassen.

McAllister sah sie nachdenklich an. Diese Geschichte war ihm neu und war tatsächlich nicht die allerbeste Voraussetzung für eine gute Zusammenarbeit mit den Kollegen in den USA. Seine Vorbehalte gegen den Plan des Detective Superintendent waren also nicht unbegründet gewesen. Tatsächlich hatte er Lauren nicht für die beste Wahl für diesen Auslandseinsatz gehalten. Er könnte Detective Chief Inspector Prior und Detective Sergeant Raji schicken. Allerdings hatten die gerade noch einen aktuellen Fall zu bearbeiten. Im Gegensatz zu Lauren und ihrem Partner, Detective Sergeant Randy Sheridan. Je eher Lauren von Sean Pennywater wegkam, umso besser.

"Einwand zur Kenntnis genommen, aber abgelehnt", sagte er deshalb knapp und fuhr mit dem Briefing fort: „Eure Aufgabe wird es sein, euch an die Beamten in Honolulu dranzuhängen, die den Fall bearbeiten. Sie werden euch nichts machen lassen, aber ich vertraue darauf, dass eure Anwesenheit den Damen und Herren Feuer unter dem Hintern machen wird."

Lauren war irritiert über die Einstellung ihres Chefs den hawaiianischen Kollegen gegenüber.

Wahrscheinlich glaubte er, dass das HPD nichts weiter war als eine Polizeitruppe, die dafür sorgte, dass Jugendliche nicht betrunken in den Pool pinkelten und die Handtaschendiebe in der Shoppingmall verhafteten. Dabei war das Honolulu Police Department, was die Größe anging, immerhin auf dem zwanzigsten Platz der Police Departments in den USA. Sie fragte sich, ob er über sie genauso gedacht hatte, nachdem sie vom HPD nach London gekommen war. Der Gedanke gefiel ihr gar nicht.

"Dein Flug geht morgen früh um 8 Uhr 45. Roxanne hat ihn für dich und Randy gebucht und euch die Daten gemailt." Roxanne war Chief McAllisters persönliche Assistentin. Wahrscheinlich hatte er auch sie mitten in der Nacht antanzen lassen.

"Jeder andere würde sich die Finger nach einem Einsatz in Hawaii lecken", versuchte McAllister das Gespräch positiv zu beenden.

"Honolulu ist genauso ein Dreckloch wie jede andere große Stadt", gab Lauren zurück, räumte dann aber ein: "Wahrscheinlich ist niemand mehr bei der Truppe, dem die Ereignisse von damals im Gedächtnis geblieben sind." Sie sah durch das große Fenster in den kalten Regen hinaus, der in Böen an der Fensterscheibe vorbeiwehte. Der Winter dauerte schon viel zu lange. Vielleicht waren ein paar Tage Sonne und Wärme doch nicht das Schlechteste. "Vielleicht erinnert sich ja niemand mehr dort an mich", sagte sie mehr zu sich selbst als zu ihrem Chef und schickte sich an, das Büro des DCI zu verlassen.

"Eine Sache noch", hielt McAllister seine Mitarbeiterin zurück. "Ich möchte dir nicht verschweigen, dass ich dagegen war, dass du für diesen Einsatz ausgewählt wirst. Und das hatte nichts mit deinem Ausflug nach Quantico zu tun."

Lauren drehte sich kurz vor der Tür noch einmal zu ihm um und sah ihn fragend an.

"Ich habe dem Detective Superintendent gegenüber erwähnt, dass du dich ungern an Vorgaben und Anweisungen hältst und dass das im Ausland ohne einen direkten Vorgesetzten zu einem Problem werden könnte. Du hast in der Vergangenheit mehrfach gezeigt, dass du dich nicht um die Befehlskette scherst."

Lauren schlug die Augen nieder.

"Beweise mir, dass ich falsch lag und dass die London Met Police sich auf dich verlassen kann, Mädchen."

Lauren deutete einen militärischen Gruß an, murmelte ein "Ay, Sir" und verließ ohne einen Abschiedsgruß den Raum.

Kapitel 4

Immer noch Mittwoch, 14. Februar

Kaihalulu Beach Resort, Hawaii

Kalei brauchte einen Moment, um wieder im Hier und Jetzt anzukommen. Für eine Minute oder so war er völlig in seiner Erinnerung an seine Ex-Freundin Lauren versunken, der er den Kosenamen Lani gegeben hatte. Er hatte seit ihrer überstürzten Abreise aus Hawaii vor acht Jahren nicht mehr persönlich mit ihr gesprochen, aber er wusste, dass sie wieder in England lebte und dort für die Londoner Polizei arbeitete.

Ein seltsamer Zufall, dass ihr Mordopfer denselben Arbeitgeber wie Lauren hatte. Würde sie in England an dem Fall arbeiten? Würden sie vielleicht sogar E-Mails austauschen oder sich virtuell in einer Videokonferenz begegnen?

Chris Logan stieß ihn unsanft mit dem Ellenbogen an und holte seine Gedanken zum Tatort zurück. "Hey Partner", erinnerte er ihn an ihre Aufgabe vor Ort. "Wir haben leider die unschöne Aufgabe, uns mit der Witwe des Opfers zu unterhalten. Eine Beamtin von der Wahiawa Station ist bei ihr und leistet ihr Beistand." Chris deutete mit der Hand zu einer Tür, die offenbar zum Schlafzimmer der Villa führte.

Sie ließen die Gerichtsmedizinerin und Lieutenant Takahashi beim Jacuzzi zurück und durchquerten das elegante Wohnzimmer. Das Schlafzimmer war abgedunkelt und Kaleis Augen brauchten ein paar Sekunden, bis sie sich an die dämmerige Atmosphäre in dem Raum gewöhnt hatten. Vom Schlafzimmer aus hatte man ebenfalls Zugang zur Terrasse, und wenn die Lamellentüren aus dunklem Holz nicht geschlossen gewesen wären, hätte man auch von hier einen atemberaubenden Meerblick gehabt. Den Raum dominierte ein hölzernes Himmelbett, deren vier Pfosten mit filigranen Schnitzereien verziert waren. Auf der Matratze lag ein feiner naturfarbener Bettbezug. Sofas und Sessel waren in demselben cremefarbenen Farbton gehalten. Bordeauxrote Kissen mit polynesischen Mustern setzten farbige Akzente. Der Raum war vermutlich so groß wie sein gesamtes Häuschen in Manoa. Kalei fragte sich, wie ein Polizeibeamter sich eine solche Ferienunterkunft leisten konnte. Die Villa war unter anderthalbtausend Dollar am Tag sicherlich nicht zu haben.

In einem der hellen Sessel saß eine uniformierte Beamtin der Wahiawa Police Station und blickte Kalei und Chris betroffen an. In einem zweiten Sessel, im Neunzig-Grad-Winkel zu der Polizistin, saß mit gesenktem Kopf eine blonde Frau. Als Chris sich räusperte, sah sie auf und blickte ihnen entgegen. Trotz ihrer verweinten Augen und den roten Flecken im Gesicht war die Witwe des Polizeibeamten eine bemerkenswerte Schönheit. Ihr sehr blasser Teint, der entweder dem Schock oder ihrer britischen Herkunft geschuldet war, war makellos. Kalei musste daran denken, dass der altmodische Begriff

'Alabasterhaut' in ihrem Fall wohl eine zutreffende Bezeichnung war. Mit ihren rotblonden, schulterlangen Haaren erinnerte ihn die Frau ein wenig an die Schauspielerin Nicole Kidman. Sie passte optisch perfekt in diese luxuriöse Umgebung.

Die beiden Polizeibeamten stellten sich vor und fragten, ob sich Mrs. Hayward in der Lage sähe, ihnen einige Fragen zu beantworten. Diese nickte und sagte dann mit leiser, kultivierter Stimme: "Ich bin Julia Stevens. Ich habe meinen Namen bei meiner Heirat behalten. Fragen Sie, was Sie wissen müssen."

Kalei und Chris nahmen auf der Sofabank Platz, die die Sitzgruppe im Schlafzimmer vervollständigte. Kalei deutete auf sein Smartphone, um Julia Stevens anzudeuten, dass er das Gespräch aufzeichnen würde. Sie nickte ergeben. Die uniformierte Beamtin machte Anstalten aufzustehen, aber Kalei bedeutete ihr zu bleiben. Sie schien einen beruhigenden Einfluss auf die Engländerin zu haben.

Nachdem Kalei ihr sein aufrichtiges Beileid versichert hatte, bat er sie zu erzählen, was vorgefallen sei. Er könne sich vorstellen, dass die Gedanken an den Tod ihres Mannes sehr schmerzhaft seien, aber es sei wichtig, so schnell wie möglich mit den Ermittlungen zu beginnen. Und ihre Aussage sei von entscheidender Wichtigkeit.

Julia Stevens begann zu sprechen, aber immer noch so leise, dass die drei Polizeibeamten sich allesamt vorbeugen mussten, um sie zu verstehen. Sie sprach mit einem ausgeprägt klaren englischen Akzent, der auf den britischen Inseln vermutlich als 'Queens English' bezeichnet wurde. Das hawaiische Pidgin-English, das hier von den meisten Einheimischen mit polynesischen Wurzeln gesprochen wurde, musste sich in ihren Ohren fremd und grobschlächtig anhören.

"Mein Mann Jamie und ich sind vor zwei Tagen hier angekommen", berichtete Julia Stevens. Chris hakte an dieser Stelle kurz nach, um sich das genaue Datum und die Uhrzeit aufzuschreiben. Sie würden bei der Fluggesellschaft nachfragen und sich die Ankunft bestätigen lassen. Heute war Mittwoch und nach Aussage der Ehefrau waren sie und ihr Mann am Montagnachmittag mit einem Flug aus San Francisco hier eingetroffen.

"Ich hatte von Anfang an mit einem heftigen Jetlag zu kämpfen", fuhr sie fort. "Ich habe die meiste Zeit auf der Terrasse gedöst oder bin am Strand spazieren gegangen. Es hatte sich für mich noch keine Gelegenheit ergeben, das Hotel zu verlassen. Jamie hingegen war viel aktiver. Er war viel allein unterwegs, ich glaube mich daran zu erinnern, dass er auch schon eine Runde Golf gespielt hat."

Kalei fand es seltsam, dass das Ehepaar in dieser romantischen Umgebung offenbar viel Zeit getrennt voneinander verbracht hatte. Dieses Hotel war eine beliebte Destination für Hochzeitsgesellschaften und Honeymooner, zumindest für diejenigen, die sich die gesalzenen Zimmerpreise leisten konnten.

"Was war der Grund ihres Aufenthaltes hier im Kaihalulu Resort?", fragte Chris nach. "Machen Sie Urlaub hier, oder sind Sie geschäftlich in Hawaii?"

"Sowohl als auch", antwortete Julia. "Jamie und ich sind in erster Linie hergekommen, um etwas mehr Zeit füreinander zu haben."

Dann blickte sie ein paar Sekunden traurig ins Leere, bevor sie antwortete. Sie schien abzuwägen, ob sie etwas Bestimmtes erzählen sollte oder nicht. Schließlich sagte sie: "Wir wollten versuchen, einige Meinungsverschiedenheiten, die sich in den letzten Monaten zwischen uns ergeben haben, zu klären. Wir hatten in der Vergangenheit ein paar Probleme in unserer Ehe und hatten gehofft, diese hier im schönen Hawaii beilegen zu können."

Etwas trotzig schaute sie die Beamten an. "Aber nein, diese Probleme waren nicht so drastisch, dass ich meinem Mann irgendetwas Böses wollte."

"Haben wir nicht behauptet", wehrte Chris ab, aber natürlich mussten sie darauf noch näher eingehen. Trotzdem interessierte Kalei sich zunächst für den anderen Grund ihres Aufenthaltes, der offensichtlich geschäftlicher Natur war.

"Meine Familie ist hier auf der Insel an einem großen Hotelprojekt beteiligt", erklärte Julia. "Es geht um den Bau eines neuen Fünf-Sterne-Resorts hier an der Windward Side von Oahu. Mein Vater hat mich gebeten, einige Termine mit Leuten hier vor Ort wahrzunehmen."

Von einem neuen Hotel auf der Nordostseite der Insel hatte Kalei noch nichts gehört. Die meisten Hotelanlagen, die die Bezeichnung Luxus Resort verdienten, befanden sich entweder direkt in Waikiki oder in unmittelbarer Nähe von Honolulu. Dann gab es noch das Disney Resort & Spa auf der Westseite der Insel. Das Kaihalulu Resort, in dem sie sich gerade befanden, war eine der wenigen Hotelanlagen an der Nordseite der Insel und hatte eine ziemliche Monopolstellung hier. Brauchte es wirklich noch ein weiteres Resort dieser Größe auf der windzugewandten Seite der Insel?

Kalei wollte von Julia Stevens wissen, welche Rolle sie im Familienunternehmen spielte, und sie erklärte, dass sie Anwältin und in der Firma ihres Vaters als Rechtsberaterin tätig sei. Zudem sei sie mit einem gewissen Prozentsatz an dem Unternehmen beteiligt.

Nun, dieser Umstand erklärte, warum sich zumindest Julia Stevens einen Aufenthalt in diesem Hotel leisten konnte. Ihr Mann Jamie hatte davon offensichtlich profitiert, wenn auch nicht allzu lang.

Als Nächstes wollte sich Kalei auf kritisches Terrain wagen. Er kam auf die Nacht zu sprechen, in der Jamie Hayward zu Tode gekommen war.

Solange Julia Stevens über den geschäftlichen Teil gesprochen hatte, war sie gefasst und sachlich gewesen, nun aber traten ihr wieder Tränen in die Augen und ihre Stimme begann zu zittern. Sie erklärte, dass sie am vergangenen Abend eine Schlaftablette genommen hatte, da sie in der Nacht davor größtenteils wach gelegen habe. Ihr Körper kam mit den zehn Stunden Zeitverschiebung nicht so gut zurecht und sie hatte befürchtet, eine weitere Nacht schlaflos verbringen zu müssen.

"Ich habe nichts bemerkt", schluchzte sie. "Wenn es einen Kampf gegeben oder Jamie um Hilfe gerufen hätte, dann hätte ich es nicht gehört", stellte sie verzweifelt fest und vergrub das schöne Gesicht in den schlanken Händen. Die uniformierte Beamtin legte ihr voller Mitgefühl eine Hand auf die Schultern und schaute traurig zu den beiden Ermittlern hinüber.

Kalei fühlte Mitleid mit der jungen Frau, trotzdem überlegte er, ob es sich lohne, einen Bluttest bei ihr zu machen, der die Einnahme eines Schlafmittels bestätigen würde.

Während er Julia Stevens einige Momente ungestörten Weinens zugestand, ließ er seinen Blick in dem perfekt aufeinander abgestimmten Zimmer umherschweifen und empfand plötzlich die Vorstellung, die Julia gab, als ein klein wenig inszeniert. Sie antwortete brav auf alle Fragen und ihre Tränen wirkten echt, aber sie schien die ganze Zeit auf der Hut zu sein. Es kam ihm fast so vor, als ob sie genauso reagierte, wie man es von ihr erwartete: professionelle Angaben, wenn es um Beschreibungen und Zeitpunkte ging, Tränen, wenn es darauf ankam, um ihren Ehemann zu trauern.

Es war noch früh am Tag, aber sie war perfekt angezogen und dezent geschminkt, das Haar ordentlich frisiert. Selbst ihre Kleidung passte zum Farbkonzept des

Schlafzimmers und fügte sich in nahtlos in den gediegenen Stil der Strandvilla ein.

Eine Hälfte des King-Size-Bettes war unberührt und die Enden des Bettzeugs waren noch unter der Matratze festgeklemmt, so wie die Zimmermädchen das Bett üblicherweise herrichten. Die andere Seite war zwar benutzt, die Decken und Kissen aber ordentlich zurechtgelegt worden. Augenscheinlich hatte Jamie Hayward in der gestrigen Nacht nicht in seinem Bett geschlafen. Aber anstatt sich morgens gleich auf die Suche nach ihm zu machen, hatte seine Ehefrau sich offensichtlich im En-Suite-Bad zunächst für den Tag zurechtgemacht. Sie hatte keine Strandkleidung oder Sportsachen angezogen, sondern trug eine helle Leinenhose und eine schimmernde, korallenrote Seidenbluse, so als wäre sie auf dem Weg zu einem der von ihr erwähnten Business-Meetings gewesen. Vielleicht hatte sie ihren Ehemann bereits auf dem Weg zum Golfplatz oder zum Tennis vermutet und nur zufällig auf dem Weg zur Haustür noch schnell einen Blick auf den Jacuzzi auf der Terrasse geworfen.

Kapitel 5

Donnerstag, 15. Februar

Flug von London (LHR) nach Honolulu (HNL)

Flug 940 der British Airways nach Los Angeles war ein voll besetzter Airbus A380. Lauren und Randy hatten zwei der Economy Sitze in der oberen Etage zugewiesen bekommen, zusammen mit einer italienischen 20-köpfigen Reisegruppe, die laut und ausgelassen ihrem Aufenthalt in den USA entgegenfieberte. Als sie sich gegen Mitternacht auf der Webseite der Airline eingeloggt hatten, um online einzuchecken, waren natürlich nur noch Restplätze übrig gewesen. Und zwar die Art von Sitzen, die keiner haben wollte: neben den Toiletten, in den letzten Reihen oder in der Mitte. Keine Chance auf einen Fensterplatz, um den großartigen Anflug auf die Smogglocke von L.A. zu genießen.

Erwartungsgemäß hatte Lauren in der Nacht weder besonders gut noch besonders viel geschlafen. Zum einen ging ihr die Aussage von George McAllister im Kopf herum, dass er sich gegen ihren Auslandseinsatz ausgesprochen hatte. Sie wusste, dass er ihre Arbeit schätzte. Schließlich hatte sie sich in relativ kurzer Zeit vom Constable zum Inspektor hochgearbeitet. Trotzdem enttäuschte es sie, dass er ihr nicht mehr vertraute.

Den Rest der Nacht war sie damit beschäftigt gewesen darüber nachzudenken, was sie in Honolulu erwarten würde. Würden ihre alten Kollegen noch im Dienst sein? Und wie würden sie auf ihre Rückkehr reagieren? War Kalei noch bei der Truppe? Hasste er sie? Oder war sie ihm egal? War es eine gute Sache nach acht Jahren zurückzukehren und sich ihrer Vergangenheit zu stellen? Zurück zu all den losen Enden, die sie zurückgelassen hatte.

Laurens Partner, Randy Sheridan, mit dem sie seit drei Jahren ein Team bildete, war aufgekratzt und bester Stimmung. Für ihn war es wie ein Sechser im Lotto auf Kosten des Steuerzahlers auf eine sonnige Pazifikinsel fliegen zu dürfen. Seit ihrem Treffen am London Heathrow Terminal 5 nervte er sie mit seiner guten Laune.

Randy war in der Nähe von Bristol aufgewachsen und hatte dann in der Stadt am Fluss Avon die Polizeiakademie besucht. Er hatte seine bodenständige Familie, die im Umland eine Farm betrieb, nur zu gerne verlassen, um gleich nach Beendigung seiner Ausbildung nach London zu wechseln. Seitdem war er auf der Suche nach seiner besseren Hälfte, wobei er sich über seine sexuelle Orientierung noch nicht ganz im Klaren war. Er hatte zunächst einige kurze Beziehungen mit Frauen gehabt, war dann mehrere Monate mit einem wesentlich älteren Mann zusammen gewesen, um dann wieder zu einer seiner Ex-Freundinnen zurückzukehren. Zwischendurch hatten auch Lauren und er es einmal miteinander versucht, jedoch schnell festgestellt, dass sie als Kollegen weitaus besser zusammenpassten. Sie hatten ohne Tränen oder Drama die Wandlung von *Friends with Benefits* zurück zu *Brothers in Arms* geschafft.

Randy war nun seit fast eineinhalb Jahren mit Lawrence zusammen, einem 3D-Artist, der in SoHo für eine bekannte Filmproduktion arbeitete.

Normalerweise ließ sich Lauren gern von Randy unterhalten und sie interessierte sich durchaus für den neuesten Gossip, die aktuellen Londoner Filmprojekte betreffend, aber an diesem Morgen wollte sie mit ihren Gedanken allein sein.

Kurz nach dem Start hatte Lauren ihre Kopfhörer aufgesetzt und angefangen "Live, Die, Repeat" mit Tom Cruise und Emily Blunt anzuschauen, um Randy und die italienische Reisegruppe auszublenden, aber ihre Gedanken verfingen sich ständig in alten Erinnerungen und Fragen.

Ihre Kindheit hatte Lauren in Deutschland, in der Nähe von Frankfurt, verbracht. Laurens Mutter Marie-Luise, die Tochter eines Engländers und einer Deutschen, hatte ein kleines englisches Café geführt, in das viele amerikanische Soldaten kamen, die in der nahegelegenen US-Militärbasis stationiert waren. Einer der Offiziere, ein stattlicher junger Mann aus Portland, Oregon, hatte sich in die Besitzerin des Cafés verliebt. Er liebte Wandern und Bourbon Whisky aus Kentucky und da Laurens Mutter diese Leidenschaften teilte, - wenn sie auch den schottischen Whisky dem amerikanischen vorzog - dauerte es nicht lange, bis sie sein Mädchen und zwei Jahre später seine Frau wurde. Nach drei Jahren wurde Lauren als einziges Kind geboren und verbrachte eine sorglose und glückliche Kindheit im Taunus.

In dem Sommer, in dem Lauren die siebte Klasse beendet hatte, schied ihr Vater aus dem aktiven Militärdienst aus und die kleine Familie zog in die USA, in seine Heimatstadt Portland. Scott, Laurens Vater, hatte seit jeher den Traum gehabt, aus den damals heruntergekommenen Gebäuden der Innenstadt, durch deren Straßen Obdachlose und Meth- Süchtige zogen, wieder ein trendiges Ausgehviertel zu machen. Gemeinsam mit zwei Freunden kaufte er eine alte Fabrikhalle in der 4. Avenue und wandelte sie in

eine der ersten angesagten Industrial Kitchens um, die seitdem das Straßenbild von Portland prägen.

Scott Bradleys Talent zum Unternehmertum hatte seiner Ehe mit Marie-Luise leider nicht sehr gutgetan. Laurens Eltern hatten sich scheiden lassen, als sie sechzehn war. Laurens Mutter war nach Canterbury in England gezogen, wo ihr Vater, Laurens Großvater, lebte. Lauren hingegen hatte sich entschieden, bei ihrem Vater in Oregon zu bleiben.

Nachdem Lauren zunächst das College besucht hatte und eine Weile in Portland in verschiedenen Jobs gearbeitet hatte, verspürte sie den dringenden Wunsch nach einem Standortwechsel. Ihre Entscheidung vom regnerischen Portland nach Hawaii zu ziehen, kam für niemanden besonders überraschend. Schließlich war sie in den vorangegangenen Jahren hauptsächlich zwischen

Canterbury und Portland hin und her gependelt, also zwischen zwei Städten, die nicht gerade für ihr sonniges Wetter bekannt waren.

Als Lauren jedoch nach zwei Monaten in Honolulu eine erste Bilanz zog, war sie ein wenig enttäuscht, dass sich Portland und Waikiki in ihrem einfallslosen Baustil der 1960er-Jahre sowie in der Zahl der Obdachlosen und Drogensüchtigen kaum unterschieden. Waikiki war ein hässlicher, verbauter Stadtteil, dessen berühmter Strand künstlich mit Sand von den Nachbarinseln aufgefüllt werden musste, damit er nicht einfach im Meer verschwand. Das Ausgehen war teuer, selbst lokal produzierte Lebensmittel kosteten das Doppelte von dem, was man daheim gewohnt war.

Die Apartments und Eigenheime waren unbezahlbar und die Straßen permanent verstopft. Auf der Kalakaua Avenue, der Strandpromenade Waikikis, bewegte sich ein permanenter Strom von Touristen, japanischen Hochzeitsdelegationen und Polizeistreifen.

Aloha und 'Willkommen im Paradies'! Die Inseln von Hawaii sind nicht für jeden. Es heißt, dass Hawaii dich entweder mit offenen Armen empfängt oder von sich wegstößt.

Weil so viele Menschen im scheinbaren Paradies leben wollten, waren sie bereit, für sehr viel weniger Lohn zu arbeiten als die Menschen auf dem US-Festland. Gleichzeitig waren aber das Wohnen und die Lebensmittel sehr viel teurer als in anderen Staaten oder Ländern.

Deshalb fühlte man sich selbst als gutverdienender Mittelständler immer ein wenig ärmer als in anderen großen US-Städten.

Ein weiterer abschreckender Faktor für nach Hawaii zugezogene Menschen war, dass man sich auch nach Jahren noch als Außenseiter fühlte. Dabei spielte es keine Rolle, wie gut man sich in die Kultur Hawaiis integriert, ob man in eine einheimische Familie eingeheiratet, gemeinsame Kinder hatte oder unzählige gute oder soziale Dinge für Hawaii getan hatte. Man würde für die in Hawaii Geborenen immer ein 'Festlandbewohner' oder *Haole*, ein Fremder, sein. Bestenfalls war man ein 'Einwohner Hawaiis', aber niemals ein 'Hawaiianer'.

Viele Zugereiste blieben zwei Jahre auf den Inseln von Hawaii und kehrten dann aufs Festland oder in ihr Heimatland zurück. Aber manche Menschen blieben für immer. Lauren blieb genau drei Jahre und acht Monate.

Wie fast jeder Neuankömmling fing auch Lauren nach wenigen Wochen an zu surfen. Das Meer war fast das ganze Jahr über warm und es trug sie fort von den lauten Straßen und überfüllten Stränden der Stadt in eine stille, blaue Welt aus bunten Fischen, Meeresschildkröten, Delfinen und Korallen. Im Winter kamen die Wale aus den kalten Gebieten des Nordpazifik, um in dem warmen Wasser ihre Jungen zur Welt zu bringen. Mit den Walen kamen die Orcas und die Haie wie nach einem festgelegten Fahrplan. Jeden Winter gab es einige Haiunfälle mit Schwimmern, Surfern und Tauchern. In Laurens erstem Winter auf den Inseln wurde einem

Mädchen aus Deutschland, das sich mit seiner Schnorchelausrüstung nicht weiter als 50 Meter vom Strand entfernt hatte, ein Arm abgebissen. Das Mädchen verstarb wenige Tage später in einem Krankenhaus auf der Nachbarinsel Maui.

Die Wellen um Oahu herum veränderten sich im Laufe des Jahres. Während sich in den Wintermonaten gigantische Wellen an der North Shore der Insel bildeten und Weltmeisterschaften an der berühmten Banzai Pipeline und in Waimea stattfanden, ebbte der Swell an der Südseite ab und die Surf Playgrounds vor Waikiki erfuhren eine ruhige Zeit mit flachen, langen Wellen, ideal, um Surfen zu lernen oder zum Stand Up-Paddeln.

Vier Monate nach ihrer Ankunft in Honolulu hatte Lauren es sich zur Gewohnheit gemacht, die Zeit zwischen Frühstück und ihrem Arbeitsbeginn in einer Eisdiele an einem Strandabschnitt namens Queens auf dem Board zu verbringen. Üblicherweise ging es ihr weniger um das Surfen als vielmehr um den freien Blick auf den Ozean und die rhythmische Bewegung der langen Wellen, die unter ihrem Surfbrett entlangrollten. An einem dieser Tage hatte Lauren Kalei Kahamoku kennengelernt. Schnell hatten sie sich immer häufiger zufällig am Queens Surf Spot getroffen und nach etwa zwei Wochen kam auch ein gelegentliches Treffen zu einem Feierabendbier nach der Arbeit zustande. Erst an einem dieser Abende erfuhr sie, dass Kalei auf die Polizeischule des HPD, des Honolulu Police Departments, ging und in wenigen Wochen seine Vereidigung zum

Officer bevorstand. Kalei hatte gelernt, dass seine Berufswahl nicht bei allen Mädchen gut ankam und er erzählte niemals vorschnell von seiner Ausbildung. Lauren hingegen war nicht nur unvoreingenommen, sie war total hin und weg von seinen Geschichten aus dem Polizeialltag. Und ja, okay, auch von Kalei selbst. Er sah klasse aus und surfte in ihren Augen wie Eddie Aikau.

Daheim in ihrem Apartment in Waikiki, und während sie bei der Arbeit Eiswaffeln befüllte, begann sie über ein Leben als Polizistin nachzudenken. Es würde ihrem Leben vielleicht endlich eine Richtung und ein Ziel geben. Sie besprach ihre Idee immer öfter mit Kalei, der ihre Pläne unterstützte. Und so schrieb sie sich mit 23 Jahren schließlich an der Polizeiakademie ein.

Im Laufe ihrer Ausbildung wurden Kalei und Lauren ein Paar und es dauerte nicht lange, bis sie in eine gemeinsame, kleine Wohnung zogen. Sie arbeiteten und lebten zusammen. Oft hatten sie unterschiedliche Dienste und gaben sich die sprichwörtliche Klinke in die Hand. Sie waren beide im Streifendienst und hatten es hauptsächlich mit kleinen Diebstählen an Touristen, betrunkenen Kids und ein paar Junkies zu tun. Wenn etwas wirklich Spannendes passierte, kamen die Jungs von der Criminal Investigation und ließen sie den Tatort absperren. Aber es war okay so, irgendwie. In den ersten beiden Jahren zumindest.

Im dritten Jahr veränderte sich ihr Zusammenleben und Kaleis und Laurens Wünsche und Ziele drifteten auseinander. Kalei träumte von einem eigenen Haus mit

Mangobaum im Garten. Er war in Hawaii geboren und konnte sich einfach nicht vorstellen, die Inseln für länger als ein paar Wochen zu verlassen. Wozu auch? Für ihn war Oahu Heimat und Paradies zugleich. Warum hätte er jemals an einen anderen Ort gehen sollen?

Lauren hingegen dachte immer häufiger an die Orte auf der anderen Seite des Pazifiks, die sie sehen wollte. Sie hatte Sehnsucht nach all den aufregenden Städten der Welt. Sie wollte nach New York, nach Shanghai, Mumbai und Sydney. Vor allem aber sehnte sie sich nach dem fernen Europa, nach der Heimat ihrer Kindheit und der ihrer Mutter, mit den jahrhundertealten Städten und der Kultur der Alten Welt. Am stärksten zog es sie nach London, ihrem ganz persönlichen Sehnsuchtsort.

Dank ihrer deutsch-amerikanischen Herkunft besaß Lauren nicht nur die amerikanische, sondern auch die deutsche Staatsbürgerschaft. Deshalb standen ihr Möglichkeiten offen, die Kalei nicht hatte, die er aber auch nicht vermisste.

Die Isoliertheit der hawaiianischen Inseln hatte sich oft für Lauren wie ein Gefängnis angefühlt. Ein paradiesisches Gefängnis, sechs Stunden Flugzeit vom nächsten Festland entfernt. Mit vielen ihrer Kollegen kam sie gut klar, aber einige waren nicht besonders gut auf ihre rebellische und in ihren Augen respektlose Einstellung zu sprechen, die sie den alten Haudegen der Truppe gegenüber an den Tag legte. Sie sahen sich als Teil einer

Bruderschaft, als Männer, die auf den Straßen Honolulus für Recht und Ordnung sorgten. Sie verfolgten dasselbe Ziel und standen zusammen, egal was passierte. Lauren konnte mit dieser besonderen Art der Männerfreundschaft wenig anfangen und geriet speziell mit einem Kollegen namens Kenneth Akamoto immer häufiger aneinander, bis zu jenem Abend, in dessen Verlauf ihre Karriere beim HPD endete und sie wenige Tage später von den Inseln floh.

Acht Jahre später erwachte Lauren im Flieger in Richtung Westen, kurz vor ihrer Landung in LAX. Sie war trotz der lärmenden Reisegruppe vor und Randys Gerede neben sich in einen tiefen Schlaf gefallen, der ihr vor allem eine üble Nackenverspannung eingebracht hatte. Übernächtigt aussehende Flugbegleiterinnen servierten gerade ein sogenanntes kontinentales Frühstück in Pappschachteln.

„Tee?", fragte Randy gutgelaunt, da er sich freute, dass sie wieder wach war und er sich wieder mit jemandem unterhalten konnte. Lauren blinzelte auf ihre Armbanduhr, die noch auf Londoner Zeit eingestellt war, und murmelte: „Es ist halb 7 Uhr abends. Wäre es da nicht eher an der Zeit für ein Bier?"

„Meine Liebe, hier ist es jetzt halb 11 morgens und deshalb trinken du und ich jetzt einen guten englischen Tee. Wahrscheinlich wird es der Letzte für eine ganze Weile sein", meinte ihr Partner und roch misstrauisch an seinem Pappbecher.

„Mit Sicherheit", stimmte Lauren zu und dachte an den üblicherweise sehr dünnen Filterkaffee, der in den USA in Halbliterbechern ausgeschenkt wurde.

Nach einem dreistündigen Aufenthalt am LAX Airport, von dem Randy gefühlte zwei Stunden in der Schlange vor der US-Immigration verbrachte, bestiegen sie einen Flieger der Hawaiian Airlines für den sechsstündigen Weiterflug nach Honolulu.

„Nochmal sechs Stunden?", quengelte Randy wie kleines Kind, als er mit ihr und zweihundert anderen Mitfliegern am Gate auf den Einstieg wartete. „Hawaii ist die am weitesten von einem Kontinent entfernte Landmasse der Welt", belehrte ein älterer Herr, der hinter ihnen stand, Randy ungefragt. „Zwischen Los Angeles und Hawaii liegen sage und schreibe 4000 Kilometer."

Zwei Stunden nach dem Start konnte Lauren es nicht verhindern, dass sie noch einmal in einem komatösen Schlaf versank. Dabei hatte vermutlich auch der kostenlose Mai Tai geholfen, der nach Erreichen der Reisehöhe in Plastikbechern ausgeteilt wurde.

Kapitel 6

In Hawaii betraten sie dann die Insel Oahu über die Fluggastbrücke 39 im Hawaiian Airlines-Bereich des Honolulu International Airport. Es war sechs Uhr abends und die Sonne bereitete sich gerade darauf vor, im Pazifischen Ozean unterzugehen. Beim Landeanflug auf Honolulu hatten sie mitverfolgen können, wie sich der gelbe Feuerball in Richtung Meer stürzte. Es war ein paradiesischer Willkommensgruß gewesen.

Doch das himmlische Gefühl währte nur kurz, und zwar ungefähr bis zu dem Moment, als sie im immer noch dichten Feierabendverkehr auf der H1, einer von Oahus drei Schnellstraßen, festsaßen.

Brenda Lee, ein weiblicher Officer des Honolulu Police Departments, die sie in einem weißen Ford Taurus- Polizeifahrzeug vom Flughafen abgeholt hatte und nun in das Polizeigebäude an der South Beretania Street bringen sollte, erzählte ihnen, dass Honolulu erst kürzlich auf den ersten Platz mit dem schlimmsten Verkehrsstau aller amerikanischen Großstädte aufgestiegen war. Vor New York und Los Angeles! Eine zweifelhafte Ehre, aber offensichtlich durchaus berechtigt.

Gleich nachdem sie den Airport verlassen hatten, konnten Lauren und Randy bereits die Hochhäuser von Honolulus Downtown sehen. Rechts vom Highway lag das eher heruntergekommene Wohnviertel Kalihi mit seinen einfachen Häusern aus Betonblöcken oder Sperrholz. Trotz des schwindenden Lichts konnte man sehen, dass viele Behausungen einfach und billig waren und zahlreiche Bewohner ihre Balkone als Lagerplatz für Sperrmüll und andere aufbewahrenswerte Güter benutzten.

In der Ferne lockten die hellen Lichter von Waikiki mit Dutzenden von hoch aufragenden Apartmentgebäuden und Hotels. Über dem Meer erhob sich ein voller, runder Mond in die Abenddämmerung.

Nach einer weiteren halben Stunde, die sie im Schneckentempo auf der H1 verbracht hatten, stoppten sie endlich vor dem hell gestrichenen Gebäude des Polizeihauptquartiers. Der Ort war Lauren zutiefst vertraut, und während sie gemeinsam mit Randy und Officer Lee die Stufen zum Eingang hinaufging, erinnerte sie sich daran, wie sie diese Treppe hunderte Male hinauf- und hinuntergelaufen war. Manchmal langsam und entspannt, mit einem Coffee to go in der Hand, oft hektisch, um zu einem Einsatz zu gelangen. Unendlich viele Male in Begleitung von Kalei.

Die Dunkelheit hatte sich innerhalb weniger Minuten über die Stadt gelegt, typisch für eine geografische Lage so nah am Äquator. Lauren spürte keine Müdigkeit mehr, eher einen nervösen Knoten im Magen. War Kalei immer noch beim Honolulu Police Department? Wenn ja, in welcher Einheit? Würde er in ihrem Fall ermitteln, vielleicht sogar mit ihnen zusammenarbeiten? Was sollte sie sagen, wenn sie ihn zum ersten Mal nach acht Jahren wiedersah? Sie hatte ihn in der Vergangenheit natürlich immer mal wieder gegoogelt und in den sozialen Netzwerken gesucht. Sie war hier und da auf ein Foto von ihm im Netz gestoßen, hatte sich aber nicht getraut, ihm eine Nachricht zu schicken. Er hatte umgekehrt offenbar ebenfalls kein Interesse daran gehabt.

Officer Lee erzählte ihnen, dass trotz der späten Stunde fast das gesamte Ermittlerteam, das sich um den Mordfall Jamie Hayward kümmerte, zur Abendbesprechung zusammenkommen würde. Nur zwei Beamte waren mit einigen Kollegen von der Wahiawa Station noch im Kaihalulu Hotel & Resort an der Turtle Bay, um mit den Mitarbeitern der Spätschicht zu sprechen.

Brenda Lee führte die Besucher in einen Besprechungsraum im ersten Stock, in dem sich etwa ein Dutzend Beamte der Criminal Investigation Unit um einen Großbildschirm versammelt hatten. Eine junge Polynesierin mit einer wilden Punkfrisur und einem großflächigen Tattoo auf ihrer linken Schulter, hantierte mit Kabeln und Steckern, um das Gerät mit einem Laptop und zwei Festplatten zu verbinden. Vor dem Bildschirm stand eine kleine Asiatin mit jungenhafter Kurzhaarfrisur, die Lauren als Yuna Takahashi, die Leiterin der Einheit, erkannte. Sie hatte Lieutenant Takahashi vor ihrer Ankunft in Honolulu ebenfalls gegoogelt. Aus dem Augenwinkel sah sie, wie die Tür zum Besprechungsraum erneut aufging und zwei Männer den Raum betraten. Sie waren in ein hitziges Gespräch vertieft und hatten keine Augen für die Anwesenden.

Lauren erkannte sofort, dass es sich um Kalei und einen früheren gemeinsamen Kollegen, Chris Logan, handelte.

"Logan, Kahamoku", bellte Takahashi mit erstaunlich tiefer und lauter Stimme in Richtung Tür. "Bewegt euch her, wir wollen endlich anfangen."

Kaleis Partner schaute in die Runde, stutzte kurz und rief dann überrascht: "Lani?"

Alle drehten sich zu Lauren um, die zu ihrem großen Unbehagen feuerrot wurde. Lani ... Niemand hatte sie mehr so genannt, seit sie Hawaii verlassen hatte. Sie hatte ganz vergessen, wie schön der Name klang. Sie lächelte etwas verkrampft. "Schön dich zu sehen, Chris."

Sie kannte ihn noch aus der Zeit ihrer Ausbildung bei der HPD Academy.

Ihr kurzer Wortwechsel hatte den Raum zum Verstummen gebracht. Alle Anwesenden schauten nun abwechselnd von Chris Logan zu Lauren und Randy. In einigen wenigen Gesichtern bemerkte Lauren Anzeichen des Wiedererkennens ihrer Person. Die Reaktion darauf war unterschiedlich. Die Mienen zweier Männer verfinsterten sich, alle anderen musterten sie neugierig von oben bis unten. Die meisten Mitglieder der Ermittlergruppe waren ihr unbekannt und Lauren hoffte, dass sie sie und ihre Geschichte nicht kannten. Die Technikerin mit dem Tattoo schaute kurz von ihren Kabeln auf und zog die geschwungenen Augenbrauen hoch.

Die Röte wich aus Laurens Gesicht und sie erwiderte die Blicke der Beamten ruhig. Sie hatte Ablehnung erwartet, aber sie war jetzt kein Rookie des Honolulu Police Departments mehr, sie war Detective Inspektor bei New Scotland Yard. Es konnte nicht schaden, diesen Umstand von Anfang an klarzustellen.

Schnell kam sie Lieutenant Takahashi zuvor, die gerade Luft holte, um die Neuankömmlinge vorzustellen, und sagte laut in den Raum hinein: "Hallo zusammen. Mein Name ist Lauren Bradley, Detective Inspector bei der London Met, und neben mir steht mein Kollege Detective Sergeant Randy Sheridan. Wir sind heute von England hierhergeflogen, um dem Investigation Team bei der Aufklärung des Mordes an Police Officer Jamie Hayward zu assistieren."

Sie sagte absichtlich nicht 'teilzunehmen' oder gar 'zu übernehmen'.

Chris Logan trat einen Schritt auf Lauren zu und nahm sie spontan herzlich in die Arme. Sie erwiderte seine Umarmung, froh, dass sich wenigstens einer über ihre Rückkehr zu freuen schien. Während ihre Wange seine streifte, konnte Lauren einen kurzen Blick auf den Mann, der hinter ihm stand, werfen und ihr Herz schien sich für einen Moment zusammenzukrampfen.

Kalei sah fast genauso aus wie damals vor acht Jahren und vier Monaten, als sie ihn zum letzten Mal gesehen hatte. Dunkel und markant, mit dem wachen und kriegerischen Ausdruck seiner polynesischen Vorfahren in den braunen Augen. Er war ihr damals ein paar Schritte nachgerannt, als sie mit vollgepackten Reisetaschen und Koffern in ein Taxi vor ihrem gemeinsamen Apartment gestiegen war, in dem Bewusstsein, dass sowohl ihre vielversprechende Karriere beim Honolulu Police Department als auch ihre Beziehung in der Nacht zuvor ein Ende gefunden hatte. Sie hatte sein fassungsloses Gesicht unscharf im Rückspiegel des Taxis verschwinden sehen. Es war das letzte Mal gewesen, dass sie sich gesehen hatten.

Chris war einen Schritt zurückgetreten und sah erwartungsvoll zwischen seinem Partner und Lauren hin und her. "Hallo Kalei ...", sagte sie leise und wusste nicht, ob sie ihm die Hand geben sollte. War diese lächerlich förmliche Begrüßung ihrer gemeinsamen Vergangenheit angemessen?

Lauren sprach seinen Namen hawaiianisch aus: jeden Buchstaben so betonend, wie man ihn liest. Sein Name reimte sich also auf 'Hej' und nicht auf 'Ei'.

Kalei schien überrascht, so, als hätte er keine Ahnung gehabt, dass sie käme. Lauren spürte, dass dies kein guter Einstieg war. Ich hätte ihm Bescheid geben sollen, dachte sie. Warum habe ich das nicht gemacht?

"Schön, Sie kennen sich also schon", unterbrach Takahashi die Stille und überspielte ihren Unmut darüber, dass Lauren ihr die Vorstellung vermasselt hatte. Sie übernahm die weiteren Erklärungen, wobei sie sich Randy zuwandte.

"Hier haben wir also die Detectives Chris Logan und Kalei Kahamoko. Die beiden sind dem Fall Jamie Hayward zugeteilt und werden ihre direkten Ansprechpartner sein. Wir haben hier in Honolulu aktuell noch einen weiteren heiklen Fall, der viele unserer Beamten in Anspruch nimmt. Es freut uns also sehr, dass ihr beide unser Team beratend unterstützt."

Chris Logan schüttelte Randy freundlich grinsend die Hand, während Kalei finster dreinblickte und den Neuankömmlingen offenbar nur widerwillig die Hand gab. Lauren registrierte, dass Randy kurz zusammenzuckte und seine Hand unmerklich dehnte und streckte, nachdem Kalei sie freigegeben hatte. Laurens Hand berührte er nur für eine Sekunde. Randy sah sie stirnrunzelnd an und sie wusste, dass er sich von ihr ebenso übergangen fühlte wie Kalei. Sie würde ihrem Partner nach der Besprechung erklären müssen, woher Kaleis Zurückhaltung kam.

"Lasst uns anfangen", befahl der Lieutenant. "Es ist spät und manche von uns haben tatsächlich vor, nach dieser Besprechung nach Hause zu gehen."

Stühle wurden geschoben, manche Polizisten setzten sich, andere blieben an einem der Tische oder an die Wand gelehnt stehen. Es schien keine feste Sitzordnung zu geben. Kalei und Chris Logan stellten sich an die Wand hinter Takahashi. Man wies Lauren und Randy zwei Stühle in der vorderen Reihe zu. Lauren hätte nach dem langen Flug lieber gestanden, aber sie wollte den Ablauf nicht stören.

Officer Brenda Lee schloss die Tür zum Besprechungsraum, vor dessen Fenster sich Palmen in der Dunkelheit im Wind wiegten. Schön, dachte Lauren. Die Temperatur im Raum lag allerdings bei frostigen 15 Grad. Sofort bildete sich eine Gänsehaut auf ihren Armen und sie wünschte sich, sie hätte daran gedacht, eine Jacke mitzunehmen.

Sie spürte, wie Kalei sie musterte. Sie fühlte seinen Blick auf ihrem Körper, wie er von ihren Schultern hinabglitt zu ihrem Rücken und zu ihren Beinen. Er musste registrieren, dass ihre Erscheinung schlanker, aber muskulöser war als damals vor acht Jahren. Ihre blonden Haare waren nun kürzer, etwas mehr als schulterlang, aber dunkler als früher. Sie bekamen in London eben eindeutig weniger Sonne und Salzwasser ab. Ob ihm gefiel, was er sah? War ihr das wichtig? Ja, verdammt, es war ihr wichtig.

Lieutenant Takahashi begann ihre Ausführungen, indem sie aufzählte, was sie bisher über das Opfer wussten: ein weißer Mann, 36 Jahre alt, vor seinem Tod in guter körperlicher Verfassung. Name: Jamie Hayward, britischer Staatsbürger mit Wohnsitz in Kensington, London. Beruf: Polizeibeamter im Rang eines Sergeant im Bereich Wirtschaftskriminalität bei Scotland Yard, oder formeller, bei der London Metropolitan Police.

"Unsere Kollegen aus England können uns später sicher noch mehr zu seiner Person erzählen", sagte Takahashi mit Blick auf Lauren und Randy.

Jamie Hayward sei gemeinsam mit seiner Ehefrau Julia Stevens am vergangenen Montag im Hotel Kaihalulu an der North Shore abgestiegen, wo die beiden eine der hochpreisigen Beach Villas bewohnt hatten. Mrs. Stevens, die im Schlafzimmer angeblich unter dem Einfluss von Schlafmitteln gestanden hatte, wollte von dem Überfall auf ihren Mann nichts mitbekommen haben.

Lauren nahm an, dass diese Basic Facts den meisten Ermittlern des HPD bereits hinreichend bekannt waren und dass Takahashi sie hauptsächlich für Randy und sie noch einmal erläuterte. Seit dem Mord an Jamie Hayward waren nun 48 Stunden vergangen. Die Kollegen aus Honolulu hatten in dieser Zeit sicherlich bereits viel zusammengetragen, recherchiert und analysiert. Es war bestimmt nicht verkehrt, die Ergebnisse für alle noch einmal zusammenzufassen, bevor der zweite Tag der Ermittlungen zu Ende ging.

Die Frau mit der punkigen Frisur startete ein Video, das den Ermittlern einen Rundgang durch die Villa im Kaihalulu Hotel & Resort zeigte. Lieutenant Takahashi erläuterte dabei die einzelnen Stationen des Tatorts: kein gewaltsames Eindringen in die Villa durch die Haustür. Die Schlüsselkarte war, nachdem Jamie Hayward und seine Frau um neun Uhr abends vom hoteleigenen Restaurant zurückgekehrt waren, nicht mehr benutzt worden. Das war jedoch kein wichtiger Hinweis, da das Opfer auf der Terrasse im Whirlpool getötet wurde. Dorthin gelangte man auch, wenn man um das Haus herum ging. Man musste lediglich einen kleinen Zaun oder einen Busch überwinden, und schon stand man auf der privaten Terrasse des Hauses. Dazu war kein Einbruch notwendig.

Das Tatwerkzeug, ein Tuch, Schal oder weicher Gürtel, war trotz intensiver Suche in der Villa und der Umgebung nicht gefunden worden. Der Täter konnte es als Trophäe mitgenommen, es in einen Müllcontainer oder einfach ins Meer geworfen haben.

Selbst in dem Polizeivideo, das sich auf ermittlungsrelevante Bereiche konzentrierte, konnte man erkennen, wie teuer und luxuriös die Hotelanlage war. Jedes Möbelstück, jeder Einrichtungsgegenstand wirkte wie aus einem Lifestylemagazin.

Takahashi erläuterte dann, was das Gespräch mit der Ehefrau ergeben hatte, das Kalei und Chris am vorhergegangenen Tag geführt hatten. Sie berichtete, dass Julia Stevens gefasst gewirkt und ihnen erzählt hatte, dass der Aufenthalt unter anderem dazu gedient habe, ihre Ehe wieder harmonischer zu machen, da es in der letzten Zeit einige Meinungsverschiedenheiten gegeben hatte.

"Ist die Ehefrau tatverdächtig?", fragte aus der zweiten Reihe ein Beamter in Zivil. Takahashi dachte kurz nach und sagte dann: "Ja. Es wurden tatsächlich Spuren eines starken Schlafmittels in ihrem Blut nachgewiesen. Aufgrund der Konzentration zum Zeitpunkt der Blutabnahme können wir davon ausgehen, dass Julia Stevens gegen Mitternacht nicht in der Lage gewesen ist, ihren

Mann unter Wasser zu drücken. Aber sollte sie die Absicht gehabt haben, sich von ihrem Mann für immer zu trennen, hätte sie sicherlich Mittel und Wege gehabt, dies von jemand anderem erledigen zu lassen. Also, ja, sie gehört selbstverständlich zum Kreis der Verdächtigen."

Als Nächstes kam Takahashi auf die Tatsache zu sprechen, dass das Paar außerdem auf der Insel gewesen war, weil Julia Stevens in ihrer Funktion als Anwältin der Firma ihres Vaters einige Termine hatte, die im Zusammenhang mit einem Bauprojekt standen, das in der Nähe des Ortes Laie realisiert werden sollte. Es handelte sich dabei um ein großes Resort, das auf dem Gelände der alten Mililoa Ranch gebaut werden sollte.

"Das Projekt befindet sich noch im Verhandlungsstadium, aber die Bauarbeiten sollen in wenigen Monaten beginnen."

Kalei hatte bei der Erwähnung des Namens 'Mililoa Ranch' aufgehorcht. Er hob kurz die Hand, wie um eine Frage zu stellen. "Die Mililoa Ranch gehört der Familie Kameāloha. Ich weiß, dass sie finanziell einige Probleme haben, aber ich kann mir wirklich nicht vorstellen, dass sie das Gelände verkaufen, damit dort eine Hotelanlage gebaut wird. Die Gemeinschaft, die dort lebt, ist sehr national und traditionell eingestellt und hat kein Interesse an Massentourismus in der Gegend."

"Du kennst die Familie Kameāloha?", fragte Takahashi an Kalei gewandt.

"Unsere Familien sind befreundet. Ich kenne auch den Chef der Gemeinschaft relativ gut, Kimo Kameāloha."

"Dann ist die Gemeinschaft deine nächste Station", entschied der Lieutenant und machte sich eine Notiz.

Dann erläuterte die Gerichtsmedizinerin Susan Young die Ergebnisse der Autopsie. Diese waren offensichtlich für alle Anwesenden neu, denn die Leichenschau hatte erst heute stattgefunden, weil am vorherigen Tag eine Schießerei in der Nähe des Honolulu International Airport für einen Rückstau in der Gerichtsmedizin gesorgt hatte.

Lauren stellte fest, dass die Criminal Investigation Unit bemerkenswert politisch korrekt aufgestellt war. Es gab mehr Frauen in hohen oder verantwortungsvollen Positionen, als es zu ihrer Zeit der Fall gewesen war, und die verschiedenen ethnischen Bevölkerungsgruppen Hawaiis waren in der Truppe gut verteilt.

Fast 40 Prozent der Bevölkerung Hawaiis waren inzwischen asiatischer Herkunft. Knapp ein Viertel war weiß, nur ein Zehntel waren native Hawaiianer oder stammten von anderen pazifischen Inseln. Ein weiteres Zehntel hatte spanische Vorfahren. Gut jeder vierte Bewohner Hawaiis hatten einen gemischtrassigen Hintergrund.

Sie hatte diese Zahlen nur deshalb parat, weil sie in einem Artikel im Bordmagazin der Hawaiian Airlines erwähnt wurden. Sie hatte auf dem Flug nach Honolulu in dem Magazin gelesen, um sich auf die Inseln einzustimmen.

Susan Young gehörte offenbar zu dem Viertel mit gemischten Vorfahren. Sie war eine schlanke, elegant wirkende Chinesin mit europäischem Einschlag. Ihr schwarzes langes Haar war zu einem ordentlichen Knoten aufgesteckt. Sie trug als einzige Anwesende im Raum ein Kostüm. Der Saum ihres Rockes endete knapp unter ihren Knien.

Sie erläuterte, dass die Todesursache Ertrinken war. Wasser in der Lunge des Mordopfers habe das bestätigt. Die Schlinge um seinen Hals habe zwar zu Atemproblemen geführt, aber der Täter habe nicht fest genug zugezogen, um ihn zu ersticken. Es sei auch denkbar, dass Jamie Hayward sich so stark gewehrt habe, dass er einen oder mehrere Finger unter die Schlinge schieben und den Druck auf seinen Hals verringern konnte. Nachdem der Täter Mr. Hayward jedoch unter Wasser drücken konnte, habe es vermutlich nicht länger als eine Minute gedauert, bis er Wasser eingeatmet habe und ertrunken sei. Abwehr- und Kampfspuren seien vorhanden, aber keine DNA unter den Fingernägeln. Der Alkoholgehalt im Blut betrug 2.0 Promille.

Das sei relativ viel, müsse ihn aber nicht unbedingt ausgeknockt haben, wenn er regelmäßig hochprozentigen Alkohol trank und daran gewöhnt war. Da er sich am Abend eine Flasche Whisky in die Villa bestellt hatte, habe er vielleicht vorgehabt, sich zu betrinken.

Da seine Frau früh zu Bett gegangen und Schlaftabletten genommen hatte, sei der Abend wohl nicht dazu gedacht gewesen, die erwähnten Probleme in ihrer Ehe auszudiskutieren. Vielmehr hätten beide Ehepartner Trost und Vergessen in Alkohol und Medikamenten gesucht.

Nachdem die Gerichtsmedizinerin ihren Bericht beendet hatte, fasste Detective Takahashi die möglichen Motive und Verdächtigen zusammen, die sich aus den Ermittlungen der letzten zwei Tage ergeben hatten. Lauren hatte eine neue weiße Seite in ihrem Notizblock aufgeschlagen, den sie bereits in England benutzt hatte. Die vorherigen Einträge beschäftigten sich hauptsächlich mit Sean Pennywater und hatten sie in den nächsten Tagen erst einmal nicht zu interessieren. Sie erstellte eine simple Tabelle mit zwei Spalten:

Verdächtige:
- Ehefrau Julia Stevens oder jemand, den sie beauftragt hat
- Ein unbekannter Einbrecher, der mit der Umgebung des Hotels vertraut ist
- Jemand, der mit dem Bau des Hotels nicht einverstanden ist
- (Mililoa Ranch? Familie Kameāloha?)
- Jemand, mit dem Sergeant Hayward beruflich zu tun hatte

Motive:
- Probleme in der Ehe. Finanzielle Situation klären. Ehevertrag?

- o Ein simpler Raubversuch
- o Hotelbau soll behindert werden. Sollte Julia das Opfer sein?
- o Rache für eine Festnahme, der Zerschlagung eines kriminellen Unternehmens

Randy schaute ihr über die Schulter und schlug flüsternd vor: "Es könnte auch ein Psychopath gewesen sein, der ein Problem mit reichen Menschen hat."

Lauren sah ihn zweifelnd an, ergänzte aber die Liste der Verdächtigen um den genannten Punkt.

"Gibt es noch Fragen?", wollte Takahashi wissen, während sie in die Runde blickte. Sie schien zu hoffen, dass dies nicht der Fall sei und schaute sich müde um.

Als sich niemand meldete, kam Bewegung in die Beamten. Sie sprangen von ihren Stühlen auf, rafften ihre Notizen und Laptops zusammen und strebten zur Tür. Lauren hätte zwar die ein oder andere Frage gehabt, war sich aber sicher, dass sie die Antworten auch von Chris oder Kalei bekäme. Sie schaute auf ihre Armbanduhr. Es war Viertel vor neun.

Als Lauren sich erhob, wurde ihr kurz schwindelig. Sie fühlte sich hungrig und müde zugleich. Sie hoffte, dass sich ihr Hotel in Waikiki befand, sodass sie schnell etwas zu essen organisieren und danach noch einen Blick aufs Meer werfen konnte, bevor sie schlafen ging.

Officer Lee kam auf sie und Randy zu und fragte, ob es für sie in Ordnung sei, dass sie sie nun direkt ins Ilikai Hotel am Waikiki Yachthafen fahre, denn danach habe sie Feierabend für heute. Lauren nickte dankbar und folgte der Beamtin mit der schwarzen Pagenfrisur aus dem Besprechungsraum heraus durch den Flur und von dort auf die Straße. Das Honolulu Police Department war umgeben von einigen Museen, Supermärkten und Verwaltungsgebäuden, aber es war ein eher langweiliger Teil von Honolulu. Auf jeden Fall lohnte es sich nicht, zu Fuß zu dem Hotel zu laufen, das sich, wie Lauren wusste, am westlichen Rand des Waikiki Beach befand. Man konnte dort vor Ort noch eine schöne Runde durch die Marina spazieren und sich die Yachten anschauen oder hinüber zum Strand gehen.

Brenda Lee hatte sich auf den Weg gemacht, um den Wagen vom Polizeiparkplatz zu holen. Randy war noch einmal nach oben in den ersten Stock gelaufen, weil er seine Jacke im Besprechungsraum vergessen hatte. Lauren stand mit dem Gepäck auf der Straße und überlegte, ob sie einen Burger à la Hawaii (mit Ananas und Teriyaki-Sauce) oder einen Fischtaco mit Mahi bestellen sollte, als plötzlich Kalei vor ihr stand und sie mit hochgezogenen Brauen ansah.

"Detective Inspector Lauren Bradley", sagte er spöttisch, jedes Wort betonend.

Lauren sah sich schnell um, ob noch jemand vom Department in der Nähe stand, aber die vorbeilaufenden Passanten waren ihr unbekannt. Sie versuchte, entspannt zu lächeln.

"Ich freue mich auch, dich wiederzusehen, Kalei. Bin ich denn nicht mehr Lani?", fragte sie auf den Kosenamen anspielend, den er ihr damals gegeben hatte.

Kalei musterte sie drei Sekunden lang und sagte: "Ich glaube, Lani ist damals in diesen Flieger nach Europa gestiegen und zurückgekommen ist Inspector Lauren Bradley von der Metropolitan Police." Er schüttelte bedauernd den Kopf. "Nein, ich denke, die Lani, die ich gekannt habe, gibt es nicht mehr."

Sie schwiegen beide für einen Moment und Lauren war sich ziemlich sicher, dass dies hier nicht der richtige Moment für Erklärungen oder Entschuldigungen war.

"Das ist doch genau das, was du immer wolltest, Lauren. Oder etwa nicht? Raus in die große, weite Welt. Genieß es, du hast es geschafft."

Der weiße Ford Taurus fuhr vor und zeitgleich kam Randy mit seiner Jacke über dem Arm aus dem Gebäude. Aufgekratzt legte er kumpelhaft seine helle Hand auf Kaleis dunklen Oberarm. "Mate", sagte er gutgelaunt zu Kalei, "ich freue mich wirklich auf die Zusammenarbeit mit euch Jungs. "Meine Partnerin hier", er deutete mit dem Kopf auf Lauren, "hat mir zwar bisher verschwiegen, was zwischen euch beiden damals gelaufen ist, aber das kann sie mir ja gleich bei einem oder zwei schönen Pints im Pub erzählen."

Na großartig, Randy, dachte sie.

"Ja, da wäre ich auf ihre Version der Geschichte gespannt", sagte Kalei, erneut mit diesem spöttischen Gesichtsausdruck. Dann trat er den Rückzug an.

Während Lauren ihr Gepäck in den Wagen wuchtete, erwähnte Kalei noch, dass er und Chris Logan Randy und Lauren am nächsten Morgen um 7 Uhr am Hotel abholen würden, um ihnen den Tatort an der North Shore zu zeigen.

"Nicht zu früh für dich, *Brah*?", fragte Kalei, die hawaiianische Pidgin-Version des von Randy benutzten Wortes für 'Kumpel' gebrauchend.

"Auf keinen Fall", erwiderte dieser. Die Reise nach Hawaii schien Randy wirklich Flügel zu verleihen. Normalerweise war er kein Frühaufsteher.

"Was ist ein *Kama'aina* Preis?", fragte Randy mit Blick auf die Speisekarte. Sie waren im 'Tropics Grill', der nur wenige Minuten zu Fuß von ihrem Hotel in Waikiki gelegen war. Zu Laurens Zeit in Honolulu hatte es dieses Restaurant noch nicht gegeben, sie hatte es vor allem wegen seiner Nähe zu ihrer Unterkunft gewählt. Der Hunger verursachte ihr mittlerweile fast Magenschmerzen. "Das ist ein reduzierter Preis, den du bekommst, wenn du in Hawaii wohnst. Damit du nicht so viel wie die Touristen zahlen musst", erklärte Lauren und sah sich nach der Bedienung um.

Zum Glück war an diesem Abend in dem Grill nicht so viel los und der Kellner im Hawaiihemd näherte sich bereits zügig ihrem Tisch. "Ich hoffe, du weißt, was du bestellen willst", raunte Lauren Randy zu. "Ich hab so einen Hunger, dass ich ein ganzes Kalua Pig allein essen könnte."

"Was ist ein Kahalula ...?", begann Randy, aber Lauren unterbrach ihn, indem sie ihre Speisekarte laut auf den Tisch knallte. "Vergiss es", sagte sie schnell. "Nimm die 'Guave Glazed Spare Ribs'! Die werden dir schmecken."

Nachdem die Bedienung in amerikanischer Manier heruntergebetet hatte, dass er Mike heiße, sich unendlich freue, sie heute Abend bedienen zu dürfen, und dass sie sich immer und jederzeit mit Fragen zu den Gerichten im Besonderen und der Bar im Allgemeinen an ihn wenden konnten, nahm er ihre Bestellung auf. Lauren war sich sicher, dass sein Enthusiasmus, nachdem er Speisen und Getränke bei ihnen abgeliefert hatte, für den Rest des Abends nicht mehr aufflammen würde.

Es war ihr egal. Nachdem sie endlich eine Flasche Longboard Island Lager für den stolzen Preis von acht Dollar in der einen und ein Häufchen lilafarbene Taro Chips in der anderen Hand hatte, begann sie, sich zu entspannen.

Sie nippten eine Weile, ohne zu reden, an ihren Getränken und schauten auf die Terrasse und das dahinterliegende Meer hinaus. Palmen wuchsen zwischen einer Begrenzung aus Lavasteinen und dem Sand und wechselten sich mit brennenden Tiki-Fackeln ab. Um sie herum herrschte Urlaubsstimmung und es war nicht schwer sich vorzustellen, hier mit einigen Schirmchen-Drinks bis zur Sperrstunde zu versacken.

"So, Partner", leitete Randy seine Fragestunde ein. "Dann erzähle mir doch mal die Geschichte von dir und dem hawaiianischen Detective Sergeant, der so schlecht auf dich zu sprechen ist. Eine verflossene Liebe, nehme ich an?"

Lauren nahm sich die Zeit, um an einigen Chips zu knabbern, bevor sie antwortete. Sie wollte Randy den richtigen Eindruck von Kalei vermitteln und verhindern, dass er Vorbehalte gegen ihn hatte.

"Kalei und ich waren zu Anfang nur Freunde, für mehr als ein Jahr. Sehr gute Freunde, die sich gegenseitig aufgemuntert, aufgefangen, einander zugehört und zum Lachen gebracht haben. Wir hatten viele gemeinsame Interessen und Themen, über die wir leidenschaftlich stunden- und nächtelang diskutieren und streiten konnten. Und wir konnten auch wunderbar ganz banale Dinge gemeinsam tun: Schweigend auf dem Surfboard sitzend in den Sonnenuntergang schauen. Geduldig in Waikiki eine halbe Stunde für ein Eis anstehen. Anstatt eines romantischen Dinners mit Meerblick Burger im Auto auf einem Parkplatz essen, mit Ausblick auf eine abbruchreife Industriehalle.

Danach wurden wir Kollegen. Wir verbrachten entsetzlich langweilige, verregnete Tage gemeinsam im Streifenwagen bei einer Observation. Kalei sah mir beim Lernen für meine Prüfungen zu. Er begleitete mich zur Anprobe meiner Uniform.

Und dann wurden wir ein Paar. Es war keine stürmische Hals-über-Kopf-Affäre. Es war eine logische Entscheidung. Der richtige, nächste Schritt. Und obwohl wir vorher so viel Zeit gehabt hatten, darüber nachzudenken, waren wir uns in den ersten Wochen nicht sicher, ob es eine gute Idee war. Wenn wir feststellen sollten, dass wir kein Liebespaar sein konnten, dann würden wir auch keine Freunde und keine Kollegen mehr sein können. Dann hätten wir das, was wir einmal hatten, ganz umsonst aufs Spiel gesetzt."

"Ist das etwa passiert?", fragte Randy. Er hatte ihr bisher zugehört, ohne sie auch nur einmal zu unterbrechen. "Habt ihr festgestellt, dass die Liebe zwischen euch nicht groß genug war?"

Laurens Blick war auf das Etikett ihrer Bierflasche geheftet. Ihre Gedanken verweilten in der Vergangenheit. Dieser Ort, Waikiki, brachte so viele Erinnerungen zurück.

"Nein, im Gegenteil. Es wurde immer besser zwischen uns. Kalei war mein bester Freund und mein Geliebter, Kollege, Surflehrer und Therapeut. Der Mann, der mir Deckung gab, wenn es darauf ankam. Ich wusste, dass ich ihn liebte und dass er mich liebte."

"Aber was hat euch auseinandergebracht?", wollte Randy wissen.

"Die Insel wurde nach einer Weile zu klein für mich. Ich wollte mehr von der Welt sehen. Mehr reisen, mehr erleben als immer nur Sonne, Palmen und Strand. Kalei war zwar tief verwurzelt hier in Hawaii und ließ keinen Zweifel daran, sein gesamtes Leben hier verbringen zu wollen, aber er war durchaus bereit, mit mir mitzukommen und mal ein paar Monate im Ausland zu verbringen.

Aber dann gab es eines Nachts einen Zwischenfall. Ich geriet mit einigen Kollegen aneinander. Ich erzähle dir ein andermal mehr davon. Jedenfalls stand ich auf der einen Seite und die Kollegen auf der anderen. Niemand hat sich auf meine Seite geschlagen. Auch Kalei nicht.

Ich fühlte mich von allem und jedem verraten.

Am nächsten Tag habe ich meinen Abschied beim HPD eingereicht, habe meine Sachen gepackt und bin mit dem nächsten Flieger aus Hawaii abgehauen.

Ich habe Kalei und mein ganzes damaliges Leben zurückgelassen. Und ich habe ihn seitdem nie wieder gesehen oder gehört. Bis heute."

Randy winkte Mike zu und bestellte wortlos zwei weitere Bier. Sie schwiegen, bis der junge Kellner die beiden Flaschen vor ihnen abgestellt hatte.

"Und in den Jahren danach? Da gab es doch sicherlich genügend Männer, die dir dabei geholfen haben, Kalei zu vergessen."

"Da gab es niemanden."

"Soll das etwa heißen, dass du seit Kalei mit keinem Mann mehr zusammen warst?"

"Nein, natürlich nicht. Du weißt genau, dass das nicht der Fall war." Lauren lächelte gequält. "Aber ich war nie mehr verliebt. In keinen von ihnen."

Kapitel 7

Freitag, 16. Februar Oahu, Hawaii

Obwohl Lauren nach ihrer Rückkehr aus dem 'Tropics Grill' ins Hotel körperlich hundemüde gewesen war, hatte sie nicht gleich einschlafen können. In London war es zu diesem Zeitpunkt neun Uhr morgens und ihr Körper wollte aufstehen und nicht schlafen.

Zudem war es warm in ihrem Zimmer, die Klimaanlage aber zu laut, um dabei schlafen zu können. Letztendlich hatte sie die Balkontür offengelassen und sich Ohrstöpsel in die Ohren gestopft, um den Straßenlärm auszublenden. Danach döste sie im Wechsel mit wachen Phasen immer mal wieder kurz ein. Gerade als sie sich um kurz nach sechs Uhr morgens müde genug für einen tiefen Schlaf fühlte, klingelte der Wecker ihres Handys.

Obwohl sie sich fest vorgenommen hatte, vor der Fahrt an die North Shore eine Runde laufen zu gehen, konnte sie sich nicht aufraffen. Ihre Glieder fühlten sich bleischwer an, ihr Nacken war von dem ungewohnt dicken Kissen verspannt und sie wollte einfach nur liegenbleiben.

In der kleinen Kitchenette des Hotelzimmers machte sie sich einen großen Pott Kaffee und trank ihn im Bett.

Als sie schließlich um kurz nach sieben die Feuertreppe in die Lobby hinunterlief, fühlte sie sich schon etwas wacher. Sie hatte auf dem Balkon, der keinen Meerblick bot, ein paar Dehnübungen und Sit-ups gemacht. Das musste für heute Morgen erst mal reichen. Hunger hatte sie keinen gehabt, stattdessen noch eine zweite Tasse Kona-Kaffee getrunken, eine Sorte, die auf der Nachbarinsel Big Island angebaut und geröstet wurde.

Sie musste sich unbedingt neuen Kaffee besorgen, bevor sie heute Abend ins Hotel zurückkam. Den kostenlosen Willkommenskaffee hatte sie damit bereits aufgebraucht.

Sie hoffte im Stillen, dass Chris und Kalei mit einem Auto gekommen waren, sodass sie alle zusammen fuhren und sie eine Aussprache mit Kalei noch etwas vor sich her schieben konnte. Aber eine solch ökonomische und umweltfreundliche Lösung war unwahrscheinlich. Es war vielmehr zu erwarten, dass sie mit zwei Autos gekommen waren, damit niemand auf dem Rücksitz reisen musste.

Tatsächlich standen in der Auffahrt zum Hotel zwei Autos im Halteverbot, die unschwer als zivile Polizeifahrzeuge zu erkennen waren. Der eine war ein Dodge Charger in Ozeanblau, hinter dessen Steuer Chris Logan saß und auf Randy einredete, der bereits auf dem Beifahrersitz Platz genommen hatte. Als sie sich neben den Charger auf die Beifahrerseite stellte, zwinkerte ihr Randy zu und deutete mit dem Daumen auf den Wagen hinter sich. Lauren verdrehte die Augen und ging weiter.

Der zweite Wagen war eine weiße Toyota-Limousine. Kalei lehnte an der Fahrerseite und führte ein Telefongespräch. Als er sie kommen sah, schaute er demonstrativ auf seine Uhr, machte dann ein genervtes Gesicht und stieg ohne Begrüßung auf der Fahrerseite ein.

Lauren sah auf ihre eigene Uhr und stellte fest, dass es nicht mal fünf nach sieben war.

Als ob er jemals Wert auf Pünktlichkeit gelegt hatte. Sie stieg wortlos auf der Beifahrerseite ein und legte den Sicherheitsgurt an. Kalei beendete gerade sein Gespräch mit einem "*Mahalo*", schmiss das Telefon in die Mittelkonsole und startete den Wagen. Vor ihm röhrte der Motor des Dodge auf.

Lauren murmelte ein "Guten Morgen" und bekam eine ähnlich genuschelte Entgegnung. Danach breitete sich Schweigen im Wagen aus. Kalei hatte sich offensichtlich dazu entschlossen, Small Talk zu vermeiden. Tja, das konnte sie auch.

Lauren sah aus dem geöffneten Fenster und verfolgte das morgendliche Treiben in Waikiki. Eine Horde schnatternder asiatischer Besucher folgte einer Dame mit einem gelben Regenschirm zu Fuß die Kalakaua Avenue hinunter in Richtung Strand. Beim Kajakverleih herrschte bereits Betrieb und Lauren beobachtete, wie ein Paar sich vergeblich bemühte, ein großes Doppelkajak auf das Dach ihres Mietwagens zu wuchten. Das Kajak rutschte der Frau aus den Händen und hätte beinahe ihren kleinen Sohn getroffen, wenn nicht der Besitzer des Verleihs beherzt zugegriffen hätte. Sie konnte hören, wie der Mann seine Frau in irgendeiner fremden Sprache anschrie und sie mit schriller Stimme konterte. Freizeitstress, dachte Lauren, während sie das Fenster hochgleiten ließ und die Augen schloss, um sich von der Kälte der Klimaanlage kühlen zu lassen.

Als sie auf die H1 auffuhren, hatten sie noch immer kein Wort miteinander gesprochen. Kalei hatte beide Hände am Lenkrad und schaute stur nach vorn.

Lauren wusste, dass die Fahrt bis zum Tatort gut und gerne eineinhalb Stunden dauern konnte. Lauren checkte zunächst auf ihrem Telefon ihre E-Mails und gab ihrem Chef per Messenger schnell die Pläne für den heutigen Tag durch. Sie und Randy hatten gestern Abend nach dem Restaurantbesuch noch mit McAllister telefoniert und ihn gebeten, ihnen alles Wissenswerte zu schicken, was die Kollegen in England und Europol über Jamie Hayward, Julia Stevens und die Firma ihres Vaters herausfinden konnten.

Als sie am Pearl Harbor-Hafen vorbeikamen, blickte Lauren von ihren E-Mails auf. Vor Ford Island zu ihrer Linken lag die selbstfahrende, schwimmende mobile Radarstation 'SBX-1'. Die riesige, 85 Meter hohe Station war auf eine modifizierte, schwimmende Ölplattform montiert und trug ein großes Raketenabwehrradar. Achtzig Jahre nach dem Angriff der japanischen Streitkräfte auf die Pazifikflotte der USA war der Hafen noch immer eine wichtige und aktive Militärbasis.

Lauren beschloss, dass sie sich nun genug angeschwiegen hatten und dass es okay war, den ersten Schritt zu machen. "Dein Auto?", fragte sie Kalei und wandte sich ihm zu. Er sah sie zweifelnd mit einem 'Ich bitte dich'-Blick an.

"Hast du etwa immer noch den alten F150?", wollte sie wissen und spielte damit auf einen Ford Pickup aus den frühen Nullerjahren dieses Jahrtausends an. Der Wagen war schon damals etwas anfällig gewesen, als sie noch in Honolulu gelebt hatte und zusammen mit Kalei in diesem Fahrzeug zu den Stränden gefahren war.

Kalei hatte offensichtlich beschlossen, sich auf ein Gespräch mit ihr einzulassen und brachte bei der Erinnerung an den betagten Ford sogar ein leichtes Grinsen zustande. "Der Alte hat vor vier Jahren den Geist aufgegeben. Zylinderkopfdichtung. Konnte ich nur noch zum Schrottplatz schleppen lassen. Hab' jetzt einen Toyota Tacoma Truck. Passt eine Menge rein."

Lauren erinnerte sich, dass die Ladefläche seines Ford Pickups grundsätzlich mit mehreren Surfbrettern, Werkzeug und anderem Gerümpel vollgepackt gewesen war.

"Offensichtlich ist der Truck nicht als Einsatzfahrzeug geeignet?", spekulierte sie, sonst hätte er bestimmt nicht diese langweilige Limousine gewählt.

"Hab keine Zeit, jedes Mal meinen ganzen Kram auszuladen, bevor ich zum Dienst fahre", erwiderte er knapp.

Kalei beschleunigte den Wagen, um vor einem Lastwagen auf die Abbiegespur zum Highway H2 zu kommen. Sie waren auf dem Weg zur Mitte der Insel und schwiegen wieder.

Zwei Vans einer Firma, die Fallschirmspringer von Honolulu zum Dillingham Airfield brachten, und ein Inseltourbus fuhren mit 70km/h nebeneinander her und blockierten so den gesamten Highway. Kalei stieß einen Fluch aus, aber Lauren hatte den Eindruck, dass er sich über mehr als nur den Verkehr ärgerte.

Nachdem sie die fahrende Blockade passiert hatten, sagte er, den Blick weiterhin stur nach vorne auf die Straße gerichtet: "Vom HPD Police Officer zum Detective Inspector in nur acht Jahren. Respekt, Lauren. Wie hast du das wohl geschafft?"

"Was kommt dir daran so seltsam vor? Meinst du, das kann ich nur geschafft haben, indem ich mich die Karriereleiter hochgeschlafen habe?"

Er sah kurz zu ihr hinüber, seine Augen sprühten vor Wut. "Was weiß ich. Hast du?"

"Arschloch", murmelte Lauren und wandte sich demonstrativ ab, um weiter aus dem Fenster zu sehen.

"Ok, entschuldige, das war unangebracht", lenkte er nach einigen Minuten ein.

Aber dann schlug er mit seiner rechten Hand mit solcher Wucht auf das Lenkrad, dass der Wagen schlingerte. Lauren starrte ihn erschrocken an.

"Verdammt, Lauren", presste er hervor, seine rechte Hand schüttelnd.

"Warum bist du damals einfach so abgehauen? Ohne eine Erklärung. Ohne mir auch nur Gelegenheit zu geben zu erklären, was ich ..."

"Da gab es nichts zu erklären", fiel Lauren ihm ins Wort. Auch sie wurde langsam wütend. "Du hast mich im Stich gelassen, du hast unsere Partnerschaft verraten. Du hast eine Entscheidung getroffen an jenem Abend und ich habe die Botschaft verstanden."

"Aber wie konntest du einfach gehen und alles, was wir hatten, zurücklassen? So, als hätte es nie etwas bedeutet?"

Ihr lag auf der Zunge, dass eigentlich er sie verlassen hatte, an jenem Abend, als er von ihr weggetreten war und sich auf die Seite seiner Kollegen gestellt hatte. Aber sie sagte nichts und auf einmal waren die Erinnerungen an diesen Freitagabend in Waikiki wieder in ihrem Kopf und sie hatte die Situation genau vor Augen. Sie würde nie das hämische Grinsen vergessen, das Kenneth Akamoto ihr zugeworfen hatte, als er Kalei auf die Schulter geklopft hatte und ihn mit einem "Gut so, danke dir, *Brah*" in die Mitte seiner Anhänger gezogen hatte.

Lauren stand damals allein in diesem Innenhof, hinter sich eine Ziegelwand, an der stinkende Mülltonnen aufgereiht waren. Vor ihr fünf Männer, zwei davon in Uniform. Sie standen zusammen wie eine Mauer, vereint durch den schwachsinnigen Kodex einer alteingesessenen Bruderschaft. Sie wusste, dass sie nie dazugehört hatte und auch nie dazu gehören würde. Die Bruderschaft deckte ihre Leute, egal, ob das, was sie getan hatten oder dachten, richtig oder falsch war. Sie gegen die anderen. Und nun war Lauren eine von den anderen.

Akamoto machte ein paar Schritte auf sie zu, blieb so nah vor ihr stehen, dass sie seinen schlechten Alkoholatem riechen konnte. Er sah höhnisch auf sie herab, leider war er etliche Zentimeter größer als sie. Als er sie anzischte, flogen Lauren kleine Speicheltropfen ins Gesicht. Sie wollte sich angewidert wegdrehen, aber er packte ihren Kiefer mit seiner rechten Hand und hielt ihn grob fest. Seine verschwitzte Hand umfasste ihre untere Gesichtshälfte wie einen Schraubstock. "Verpiss dich, du Schlampe", sagte er drohend.

Obwohl Lauren ihre Waffe in Griffweite in dem Gürtelholster ihrer Polizeiuniform hatte, versuchte sie nicht, sie zu ziehen. Sie konnte sie einfach nicht gegen einen anderen Polizisten richten.

"Und wenn nicht?", nuschelte sie zwischen seinen Fingern hervor und starrte ihn herausfordernd an.

"Dann werden ein paar von meinen Freunden und ich dir vielleicht eines Nachts mal einen Besuch zu Hause abstatten, *'Īlio wahine.*"

Lauren presste ein *Mai'a*! hervor, was so viel wie 'Fuck you' bedeutete.

Akamoto verstärkte den Druck auf Laurens Kiefer, sie konnte ein schmerzhaftes Stöhnen nicht unterdrücken. Er trat näher an sie heran und presste seinen Unterleib an den ihren, sodass sie gegen die Ziegel gedrückt wurde. Sie konnte spüren, wie es ihn erregte, ihr weh zu tun. Seine linke Hand griff grob nach ihrer Brust und quetschte sie.

"Das reicht, Ken!", rief eine Stimme hinter ihm. "Lass sie los!" Das war Kalei.

Er war hinter Ken getreten und hatte seinen linken Oberarm gepackt.

Akamato ließ von ihrer Brust ab und stieß sie von sich weg, sodass sie gegen einen der Mülleimer taumelte. Sie konnte gerade noch verhindern, dass sie in den Dreck fiel.

Zwei oder drei von Akamotos Kumpeln lachten.

Nach einem letzten, verächtlichen Blick auf sie wandte er sich zu seinen Brüdern um.

Lauren suchte Kaleis Blick, aber er konnte ihr nicht in die Augen sehen. Sie fühlte, wie etwas in ihr zerbrach.

Lauren wandte sich von ihm ab, griff nach ihrem Schlagstock, der auf dem Boden lag und lief, ja rannte beinahe aus dem Innenhof. Nach etwa fünfzig Metern wurde sie langsamer und blickte zurück. Niemand außer ihr hatte den Hof verlassen, niemand folgte ihr. Auch Kalei nicht ...

Die Episode verebbte wie bei einer Abblende im Film und sie war wieder mit Kalei im Auto, auf der H2, acht Jahre später. Die Bilder verblassten, aber sie konnte ein beklemmendes Gefühl spüren. Es war aber nur ein Bruchteil dessen, was sie an dem Abend in dem Innenhof gefühlt hatte, als Kalei sich von ihr abgewandt hatte. Aber es war stark genug, um im Hier und Jetzt einen stechenden Schmerz in ihrem Herzen auszulösen, als sie nun Kalei von der Seite ansah.

"Da war nichts mehr zwischen uns, was ich hätte zurücklassen können", sagte sie ruhig.

Kapitel 8

Chris Logan und Randy Sheridan erreichten mit dem Dodge Charger das Kaihalulu Hotel and Resort ein wenig früher als Lauren und Kalei, was niemanden wirklich wunderte. Immerhin hatten sie den schnellen Flitzer und Kalei nur eine langweilige Limousine.

Randy fiel sofort die angespannte Stimmung zwischen Kalei und Lauren auf, als diese, kaum dass der Wagen eingeparkt war, aus dem Auto sprang und die Tür hinter sich zuschlug. Ohne einen Blick zurück zu Kalei zu werfen, kam sie auf ihn zugestürmt und blieb vor ihm stehen. "Kann es losgehen?", fragte sie gepresst und sah Randy und Chris auf eine Weise an, als wären die beiden die Zuspätgekommenen und nicht sie.

Während Chris und Kalei direkt zu der Villa gingen, die nun von Julia Stevens allein bewohnt wurde, ließen sich Lauren und Randy Zeit, um den Tatort in sich aufzunehmen.

Lauren entspannte sich langsam wieder und nahm den einen oder anderen Umweg gerne in Kauf, sodass ein immer größerer Abstand zwischen ihnen und Randy und Kalei entstand.

"Alles okay, Partner?", erkundigte Randy sich bei ihr.

Lauren verlangsamte ihren Schritt und knuffte Randys Arm. "Natürlich", sagte sie lächelnd.

Es war ein merkwürdiges Gefühl für Lauren, zusammen mit ihrem altvertrauten Londoner Teamkollegen einen Tatort zu betreten, der auf der anderen Seite der Welt lag.

Es war Februar und normalerweise wären sie jetzt beide in dicke Jacken und wasserdichte Stiefel eingepackt. Nur widerwillig würden sie die warmen Handschuhe ausziehen, um sich am Tatort die klammen Einweghandschuhe überzustreifen.

Die Wahrscheinlichkeit, dass in London gerade ein feucht- kalter, grauer Tag war, war groß. Stattdessen schlenderten sie, sommerlich gekleidet und bei herrlichem Sonnenschein, durch einen tropischen Garten, in dem die Vögel zwitscherten, es angenehm nach Blumen duftete und Bedienstete des Hotels in Hawaiihemden geschäftig ihren Aufgaben nachgingen.

Lauren schaute sehnsüchtig auf die Liegen mit den bequemen, dicken Polstern, die um einen kleinen Koikarpfenteich gruppiert waren. Nach ihrer unruhigen Nacht mit zu wenig Schlaf hätte sie sich zu gerne für einen kleinen Powernap an den Pool gelegt.

"Konntest du heute Nacht schlafen?", fragte sie ihren Partner.

"Nachdem mich die Geschichte deiner gescheiterten Beziehung zu unserem geschätzten hawaiianischen Kollegen nicht allzu sehr erschüttert hat, habe ich geschlafen wie ein Engel. Um fünf Uhr morgens hat mich dann allerdings Lawrence angerufen. Er hatte gerade eine verspätete Mittagspause gemacht und Sehnsucht nach mir gehabt. Nach unserem Telefonat war mir allerdings nicht mehr nach Einschlafen zumute." Randy grinste verträumt. "Meine Güte, hat der Mann eine sexy Stimme."

Lauren ging nicht weiter auf Randys sexuelle Fantasien ein, sondern versuchte sich vorzustellen, wie menschenleer es an diesem Ort wohl um 22 Uhr abends sein mochte. Die Restaurants und Bars befanden sich alle im Haupthaus oder an dem großen Poolbereich. Obwohl die Gartenpfade durch kleine, im Boden eingelassene Lampen beleuchtet wurden, lagen weite Bereiche der Anlage im Dunkeln. Zudem gab es genügend üppige Büsche und Bäume, die Schutz boten.

Obwohl das Hotelgelände rundherum eingezäunt war, gab es zahlreiche Möglichkeiten, in den Garten zu gelangen. Wer mit dem Auto kam, musste sich natürlich an einem Wachhäuschen anmelden. Wenn man aber zu Fuß unterwegs war, konnte man entweder einen Moment nutzen, in dem der Wachmann abgelenkt war, um sich neben der Straße durch die Büsche zum Hotel hinaufzuschleichen. Oder man kletterte ganz einfach über den Zaun, schlug sich durch die Vegetation und tauchte dann ganz entspannt in der Lobby auf und gab sich als Gast aus. Noch einfacher war es, wenn man direkt über den Strand kam. Da der Strand öffentlich war und nicht eingezäunt werden durfte, konnte man möglicherweise einfach über den Nachbarstrand zum Bereich des Kaihalulu Hotels gelangen. Obwohl es einen Wachdienst gab, der abends über das Gelände und den Strand patrouillierte, sollte es kein Problem darstellen, diesem aus dem Weg zu gehen. Wenn man noch dazu chic gekleidet war und sich wie ein Hotelgast verhielt, konnte man sich völlig unbehelligt bewegen. Im Hotelbereich waren zudem an verschiedenen Stellen Überwachungskameras installiert. Leider gab es keine, die die Villa, die Jamie Hayward und Julia Stevens gemietet hatten, ausreichend abdeckte. Die Tatortermittlerin Eli Kealoha hatte diesen Umstand am Vorabend bei der Besprechung erläutert.

Die Beamten der zuständigen Wahiawa Police Station hatten gemeinsam mit einigen Officers des HPD die Wachleute und alle anderen Angestellten befragt, die am Abend des Mordes Dienst gehabt hatten. Niemandem war eine verdächtige Person aufgefallen und keiner hatte einen Gast bemerkt, den er sonst noch nie gesehen hatte. Das Videomaterial der Überwachungskameras wurde noch immer ausgewertet.

Ein Vorteil der Exklusivität des Hotels war die geringe Zahl der Gäste, die das Hotel beherbergte. Zudem war im Februar keine Hauptsaison und das Hotel war daher nicht voll belegt.

Das HPD war sich darin einig, dass es unwahrscheinlich war, dass sich ein einzelner oder mehrere Einbrecher oder Junkies aus einer spontanen Laune heraus eingeschlichen hatten, unbehelligt bis zu der Villa gelangt waren, um dort zufällig Jamie Hayward im Whirlpool vorzufinden. Dafür lag die Villa zu abgelegen und es hätte auf dem Weg dorthin bessere Gelegenheiten gegeben, unauffällig in eine Unterkunft einzubrechen und etwas zu stehlen.

Es erforderte doch eine gewisse Umsicht und Planung, um ungesehen bis zu diesem speziellen Beach House zu gelangen und von dort spurlos wieder vom Hotelgelände zu verschwinden.

Als sich Lauren und Randy der Villa näherten, konnten sie das Meer rauschen hören. Als eine der teuersten Unterkünfte grenzte das Gebäude praktisch an den Sandstrand.

Sie gingen um das Haus herum und blieben vor einem Hibiskusbusch stehen, der die Terrasse begrenzte und vor Blicken abschirmte. Durch das Blätterwerk konnten sie den Whirlpool und eine Sitzgruppe sehen.

Randy deutete nach links: "Im Bericht stand, dass man keine abgeknickten Äste oder andere Hinweise wie dreckige Fußabdrücke oder lose Erde gefunden hat, die darauf hindeuteten, dass sich jemand in den Büschen versteckt und auf Jamie Hayward gewartet hätte."

"Das dürfte auch einen ziemlichen Lärm verursachen", meine Lauren, während sie die dicken Äste und die dichten, großen sattgrünen Blätter begutachtete.

Die beiden liefen an der Vegetation vorbei, bis sie an den offenen Teil der Terrasse kamen. Dort begrenzte ein hüfthohes Mäuerchen aus Lavasteinen, das man leicht überwinden konnte, den Zugang. Allerdings war jemand, der von hier kam, auch sofort deutlich vom Haus und vom Whirlpool aus zu sehen.

Ein paar Sekunden lang bewunderten beide den Ausblick aufs Meer, bevor sie durch eine kleine, hölzerne Pforte die Veranda betraten. Durch die bodentiefen, geschlossenen Fenster sahen sie Kalei und Chris mit einer jungen Frau und einem Mann zusammenstehen.

Chris entdeckte sie und öffnete die Verandatür, um sie ins Haus zu lassen. Da die Spurensicherung längst abgeschlossen war, konnten sie sich frei bewegen.

Chris übernahm die Vorstellung. Wie erwartet handelte es sich bei der Frau um Julia Stevens, die Ehefrau des Toten. Sie trug ein schlichtes, dunkelblaues Sommerkleid aus Leinen, das sicherlich teurer gewesen war, als es aussah. Sie war dezent geschminkt, die Haare waren frisch gewaschen und legten sich glatt und geschmeidig als Long Bob auf ihre Schultern.

Der Mann war ebenfalls blond, muskulös und nicht sehr groß, er hatte die Haare nach hinten gegelt. Er trug ein nagelneues, hochwertiges Hawaiihemd, an dem man noch sehen konnte, wie es im Geschäft zusammengefaltet gelegen hatte. Chris stellte ihn als Julia Stevens' Bruder Daniel vor, der in den frühen Morgenstunden vom Festland gekommen war.

Lauren fand, dass der Mann eine verblüffende Ähnlichkeit mit dem Schauspieler Scott Caan hatte, der in der

Fernsehserie Hawaii Five-O Detective Sergeant Danno Williams spielte.

Daniel Stevens drängelte sich an Chris vorbei und reichte Randy die Hand. "Gut, dass sie da sind, Detective. Es ist so beruhigend zu wissen, dass Scotland Yard jemanden aus England geschickt hat, um sich der Sache hier anzunehmen."

Damit hatte er gleich drei der vier anwesenden Polizisten beleidigt. Die beiden für den Fall zuständigen Beamten des HPD, denen er die Aufklärung wohl weniger zutraute als Polizisten der Metropolitan Police, und Lauren, die als Detective Inspector im Rang über Randy stand und von Daniel missachtet worden war.

Auch Julia schien der Auftakt peinlich zu sein. Sie räusperte sich und sagte mit leiser Stimme: "Die Polizei aus Honolulu hat bisher eine ganz hervorragende Arbeit geleistet."

"Wir sind tatsächlich nur als Beobachter und Berater hier", beeilte sich Randy zu sagen und entzog Daniel Stevens seine Hand.

Chris Logan, der etwas finster dreinschaute, wandte sich an Daniel: "Sind Sie spontan angereist, nachdem Sie erfahren hatten, dass Ihr Schwager zu Tode gekommen ist? Oder war Ihr Besuch in Hawaii geplant?"

"Ich bin, so schnell ich konnte, von L.A. hierhergekommen, nachdem ich erfahren hatte, was passiert ist. Ich hatte eigentlich noch weitere bedeutende Termine in Santa Barbara und Malibu, die ich verschieben musste."

Natürlich war bei ihm jeder Termin superwichtig und ein Todesfall in der Familie kam sicher einfach nur ungelegen.

"Was machen Sie beruflich, Daniel?", fragte Kalei das Naheliegende.

"Ich bin stellvertretender Geschäftsführer bei Evergreen Constructions, unserem Familienbetrieb", antwortete Stevens und schien sich bei seinen eigenen Worten aufzuplustern.

"Die Firma gehört Ihrem Vater oder Ihnen?"

"Ähm, ja. Aber unser Vater bereitet sich darauf vor, die Leitung der Firma an Julia und mich zu übertragen. Unser alter Herr wird bald fünfundsiebzig und möchte sich endlich zur Ruhe setzen."

"Aber vorher will er noch schnell ein umstrittenes Großprojekt hier in Oahu in die Wege leiten?", hakte Chris nach?

Daniel Stevens wandte sich ihm mit leicht gerunzelter Stirn zu: "Der Bau des Resorts auf der Windward Side ist bereits seit mehreren Jahren in Planung. Mein Vater hat dieses Projekt seinerzeit begonnen und Julia und ich werden es hoffentlich bald erfolgreich in die nächste Phase bringen können."

Kalei und Chris machte es Spaß, den stellvertretenden Firmenchef abwechselnd mit Fragen zu befeuern. Da die beiden in einigem Abstand rechts und links von ihm standen, musste er jedes Mal den Kopf wie bei einem

Tennisspiel hin- und herdrehen, um jeden von ihnen anzusehen.

Lauren lag die Bemerkung auf der Zunge, dass der Tod seines Schwagers vermutlich etwas ungelegen kam, da er die Aufmerksamkeit seiner Schwester von dem geplanten Bauprojekt ablenkte, aber sie schwieg weiterhin.

Sie beobachtete stattdessen Julia Stevens, die aufgewühlt und nervös wirkte.

"Halten Sie es für möglich, dass der Tod Ihres Mannes etwas mit dem geplanten Bauprojekt zu tun haben könnte?", wandte sich Chris nun an die Witwe.

"Gab es in der letzten Zeit Drohungen, Proteste oder Sabotagen Ihrer Firma gegenüber?"

Julia sah hilfesuchend zu ihrem Bruder hinüber. Der übernahm es, zu antworten.

"Unser Büro hier in Oahu hat mir tatsächlich berichtet, dass es in den letzten Wochen einige Zwischenfälle gab. Es wurde in eines der Büros eingebrochen und ein Laptop entwendet. Außerdem wurde die Fassade mit Graffiti besprüht. Irgendetwas wie 'Verschwindet von heiligem Land' oder ähnlicher Unsinn."

"Ihnen ist schon klar, dass das Baugelände tatsächlich heiliges Land der Ureinwohner Hawaiis sein könnte, oder?", meinte Kalei.

Daniel Stevens nahm sich kurz die Zeit, Kalei eingehender zu betrachten, und es schien ihm tatsächlich aufzufallen, dass Kalei und seine Familie das Land, das seine Firma als Bauplatz ausgesucht hatte, durchaus als heilig betrachten könnten.

Er wandte sich wieder Chris zu, vermutlich, weil ihm dieser unvoreingenommener erschien.

"Ich kann mir zwar nicht vorstellen, dass jemand meinen Schwager töten würde, um uns davon abzuhalten, das Hotel wie geplant zu bauen, aber es ist sicherlich eine lohnenswerte Idee, diesem Verdacht nachzugehen."

"Bisher ist es noch kein Verdacht", klärte Chris ihn auf. "Wir überprüfen lediglich verschiedene Möglichkeiten."

Julia Stevens stieß plötzlich einen kläglichen Laut aus, hielt sich am Arm ihres Bruders fest und schien zu schwanken. Sofort richtete sich die Aufmerksamkeit aller auf sie. Die Beine schienen unter ihrem Körper wegzusacken. Ihr Bruder hielt sie ungelenk an den Armen gepackt und bugsierte sie zum nächstliegenden Sessel. Dort ließ sie sich vorsichtig nieder und bedeckte mit der rechten Hand ihre Augen.

"Es ist gerade alles etwas viel für mich", klagte sie leise. "Ich fühle mich nicht wohl."

Daniel Stevens blickte die Beamten wütend an.

"Es ist wohl besser, wenn Sie ein andermal wiederkommen", verlangte er. "Meine Schwester muss sich ausruhen."

"Wenn Sie uns noch schnell die Adressen des Baugeländes und die des Büros Ihrer Firma in Oahu geben könnten, sind wir schon weg", bot Kalei an. Da Daniel nicht zu wissen schien, ob er von Julias Seite weichen konnte, hielt Kalei ihm einen Notizblock und Stift hin.

Daniel kritzelte fahrig ein paar Wörter auf den Block und reichte ihn dem Detective zurück.

"Ich will über den weiteren Verlauf der Ermittlungen informiert werden", verlangte er und wandte dann seine Aufmerksamkeit wieder seiner Schwester zu.

Die vier Polizisten verließen die Villa durch die Haustür. Sie gingen ein paar Schritte in Richtung Haupthaus, bevor sie neben einem Seerosenteich stehen blieben. Kalei wandte sich an Lauren und Randy.

"Ich möchte, dass Chris mit Lauren hierbleibt und ihr in ein oder zwei Stunden noch mal mit Julia Stevens allein sprecht. Der Bruder muss nicht dabei sein. Ich möchte, dass ihr sie zu den von ihr erwähnten Problemen in ihrer Ehe befragt. Was war der Anlass? Und wie ernst war die Situation? Hatte einer von beiden eine Affäre, und wenn ja, mit wem?"

"Denkst du an einen Liebhaber, der den lästigen Ehemann aus dem Weg schaffen wollte?", wollte Chris wissen.

"Warum nicht? Ich schlage vor, dass du Lauren mit Julia sprechen lässt. Vielleicht kann sie ihr Vertrauen gewinnen."

Lauren nickte, erfreut, dass Kalei ihr eine Rolle zudachte, die über das bloße Beobachten hinausging. "Ich würde mir vorher gerne noch den Zugang zum Hotelgelände vom Strand aus ansehen", sagte sie in die Runde gewandt.

Kalei machte eine zustimmende Geste. "Randy und ich werden derweil zu dem Büro der Baufirma fahren und mit den Leuten dort sprechen. Auf dem Weg dorthin machen wir kurz an dem Baugelände halt."

"Du bist der Boss, Mate", meinte Randy. Lauren und Chris schlugen den Weg am Teich vorbei zum Strand ein. Kalei bedeutete Randy, ihm zum Wagen zu folgen.

Es bestand für Lauren und Chris keine Eile. Sie wollten Julia Stevens Gelegenheit geben, sich zu beruhigen, bevor sie sie erneut befragten. Und deren Bruder würde sowieso nicht begeistert sein, wenn sie heute noch einmal bei ihm auf der Matte stünden.

Die beiden gingen in einem weiten Bogen um die Villa herum und folgten den Schildern zum 'Palm Grove Tranquility Pool' und zum 'Secret Beach'. "Es ist wirklich einzigartig schön hier", seufzte Lauren und gestattete sich einen Moment, um den Blick auf den Ozean zu genießen. Der Strand war ganz natürlich belassen, nur wenige Liegen und Sonnenschirme waren in angemessenem Abstand voneinander aufgebaut. Die Hälfte davon war von Gästen belegt, die entweder dösten, an Drinks nippten oder lasen. Der feine weiße Sand wurde hier und da von schwarzen Lavasteinen unterbrochen und erstreckte sich über eine felsige Landzunge, sodass der Strand zu beiden Seiten natürlich begrenzt wurde.

"Kaum ein Einheimischer kann es sich leisten hierherzukommen, außer er arbeitet hier", stellte Chris fest.

"Warst du denn schon einmal hier?", wollte Lauren von ihm wissen. "Es ist doch nicht verboten, zum Strand zu fahren, um hier zu schwimmen und in der Sonne zu liegen, oder? Die Strände sind doch alle öffentlich."

"Stimmt schon", gab er zu. "Aber die Wachleute am Eingang weisen dich trotzdem zurück, wenn du nicht die richtige Antwort parat hast. Wenn du sagst, dass du dir das Hotel einfach einmal ansehen oder einen Drink in der Bar nehmen möchtest, fragen sie dich, ob du Hotelgast bist. Wenn du das verneinst, dann sagen sie dir höflich, aber bestimmt, dass der Zutritt Nicht-Gästen leider nicht gestattet sei.

Du musst sagen, dass du zum Strand willst, um dort schwimmen zu gehen. Dann müssen sie dich durchlassen."

"Gewusst wie", sagte Lauren lächelnd.

"Um deine Frage zu beantworten, nein, ich war noch nie vorher im Kaihalulu Hotel oder an diesem Strand. Es gibt viele Hotels hier auf der Insel, die sind sehr offen und heißen Besucher, die in den Restaurants essen wollen oder die Bars besuchen, herzlich willkommen. Das Kaihalulu gehört nicht dazu. Es schottet sich ab und steht nur einer ausgewählten Gruppe von sehr zahlungskräftigen Gästen offen."

"Es wäre interessant zu wissen, ob das neue Hotel, das die Familie Stevens hier bauen möchte, ein ähnliches Konzept verfolgt", überlegte Lauren laut.

Lauren und Chris bogen auf einen Strandpfad ein, der nach Westen in Richtung North Shore führte. Sie liefen einen guten Viertel-Kilometer, rechts von ihnen der Strand, links das Hotelgelände mit weiteren Villen, die in einigem Abstand voneinander angeordnet waren. Jede Villa nutzte üppige Vegetation als Sichtschutz. Die ganze Anlage war darauf ausgelegt, die Privatsphäre zu schützen und das Gefühl zu vermitteln, allein im Paradies zu sein. Der Strandpfad endete hier, der Sandstrand ging in Lavagestein über. Durch vorgelagerte Felsen brachen sich die Wellen hier stärker als am Strand und Gischt spritzte auf die porösen, schwarzen Steinformationen. Es war kein Gelände, das man mit Flip-Flops oder barfuß betreten wollte. Lauren und Chris trugen beide feste Schuhe und betraten die Felsen. Sie waren erst wenige Schritte gegangen, als eine mächtige Welle sich vor ihnen brach und einen Schwall Salzwasser vor ihre Füße spuckte. Das Wasser floss in Spalten und unsichtbare Löcher ab und verschwand gurgelnd.

"Im Dunkeln kann man sich hier leicht einen Fuß brechen", sagte Lauren mit Blick auf die vielen versteckten Stolperfallen, die sich über das gesamte Lavafeld erstreckten.

"Wo geht es hier eigentlich genau hin?" Sie deutete nach Westen.

"In ungefähr einem halben Kilometer gibt es ein paar Wohnhäuser und dann den Kawela Beach", erklärte Charis.

"Der Beachpark hat einen Parkplatz?"

"Ja, aber es ist nicht erlaubt, dort auf dem Parkplatz herumzulungern oder zu übernachten. Ab Mitternacht fahren die Kollegen dort Streife."

Gerade kam eine weitere Welle und feiner Sprühregen ergoss sich über Chris, der näher am Wasser stand.

„Machen wir uns auf den Weg zur anderen Strandseite und gönnen uns einen Getränkestop ", schlug er vor und beeilte sich, die nassen Felsen zu verlassen.

Zur selben Zeit waren Kalei und Randy an dem geplanten Baugelände angekommen, auf dem das neue Luxushotel entstehen sollte. Vom Kaihalulu Hotel & Resort bis zu der angegebenen Adresse nördlich des kleinen Ortes Laie war es nur knapp eine Viertelstunde Fahrt.

Sie konnten bereits die ersten Häuser von Laie erkennen, als Kalei langsamer wurde und die Einfahrten zu den Grundstücken auf der rechten Seite genauer musterte.

Er verglich die Eintragungen in seinem Notizbuch mit der Hausnummer, die auf einem Briefkasten neben der Einfahrt angebracht war und fuhr dann in den Weg hinein.

Rechts und links lagen mit Holzzäunen eingefasste Weiden und Koppeln, auf denen vereinzelt einige braune Pferde grasten. Im Hintergrund erhoben sich sanfte, grüne Hügel.

Nach etwa zweihundert Metern wurden sie von einem massiven Tor aufgehalten, das mit einer noch massiveren Eisenkette verschlossen war. An dem Tor hing ein Transparent auf dem 'Mililoa Ranch' sowie 'Keep out! Privatbesitz! Eindringlinge werden strafrechtlich verfolgt!' geschrieben stand. Die roten Buchstaben auf weißem Grund sprangen ihnen förmlich entgegen. "Haben wir verstanden", brummte Randy, nachdem er die Worte gelesen hat.

Keine Menschenseele befand sich auf dem Gelände. Die Warnungen schienen ihre Wirkung nicht zu verfehlen.

"Die Mililoa Ranch ist offensichtlich nicht bewohnt", stellte Kalei fest, nachdem er ausgestiegen war und einen Blick über die Weiden und Wiesen geworfen hatte. "Es gibt nirgendwo ein Haus."

Sie wendeten den Wagen und fuhren zum Highway zurück. Kalei bog nach rechts in Richtung Laie ab, fuhr aber langsam und behielt weiterhin das Gelände im

Blick. Ein rostiger Pickup fuhr dicht auf und hupte. Kalei hielt den Arm aus dem Fenster und winkte den Drängler vorbei.

Schließlich schien er gefunden zu haben, was er suchte und parkte den Wagen auf dem ausgetrockneten Stück Rasen neben der Fahrbahn.

Knapp vor ihnen führte eine asphaltierte Straße in die Vegetation. Mächtige Bäume mit sattgrünen, großen Blättern versperrten die Sicht auf das Grundstück.

"Was ist hier?", wollte Randy von Kalei wissen und sah sich um.

"Hier ist die Einfahrt zu einer Gemeinde, in der viele einheimische Hawaiianer leben. Unter anderem auch gute Bekannte meiner Eltern. Soweit ich weiß, wohnt hier auch die Familie Kameāloha, der das Grundstück nebenan gehört, auf dem gebaut werden soll."

Randy wollte wissen, ob Kalei beabsichtige, die Familie zu besuchen, aber Kalei erwiderte, dass er dies zu einem späteren Zeitpunkt tun wolle. Er habe sich nur vergewissern wollen, dass das geplante Baugelände wirklich so nah an der Gemeinde lag, wie er gedacht hatte.

Tatsächlich lagen die beiden Grundstücke direkt nebeneinander. Ein großes Resort als Nachbar war vermutlich nicht das, was man sich wünschte, wenn man in einer abgelegenen Ecke wie dieser wohnen wollte.

Kapitel 9

Lauren und Chris kamen von ihrer Stranderkundung zurück. Sie hatten sich an der Poolbar beide einen frisch gepressten Saft bestellt, dessen Preis sich nur dadurch erklären ließ, dass die Früchte täglich reif und frisch aus Tahiti oder Neuseeland eingeflogen wurden.

Mit den Bechern in der Hand hatten sie sich dann die östliche Seite des Strandes angesehen.

Dort endete der Sandstrand ebenfalls an felsigem Gestein. Allerdings fielen die Klippen nach wenigen Schritten so steil ab, dass es nahezu unmöglich war, dass jemand diesen Weg gewählt haben könnte. Zumal es von der anderen Strandseite oder einfach direkt durch die Hotelanlage sehr viel einfacher und ungefährlicher war, auf das Hotelgelände zu gelangen.

Lauren checkte die Uhrzeit. Seit ihrem gemeinsamen Abgang mit Kalei und Randy war etwas mehr als eine Stunde vergangen. Genug Zeit für Daniel Stevens, um Dampf abzulassen, und für Julia, um wieder zu Kräften zu kommen, fand sie.

Sie gingen gerade auf die Haustür zu, als Lauren Chris ein Zeichen gab, sich ruhig zu verhalten. Im Innern der Villa wurde lautstark diskutiert. Sie schlichen die letzten Schritte bis zur Eingangstür vorwärts und lauschten.

"Wie kannst du dir bloß so sicher sein, dass Jamies Tod nichts mit dem Bau unseres Hotels zu tun hat? Woher willst du das denn wissen?", fragte Julia Stevens.

Ihr Bruder schien weiter von der Tür weg zu stehen, denn seine Antwort klang gedämpft: "Ich weiß es einfach, okay? Mehr musst du darüber nicht wissen."

"Mehr muss ich darüber nicht wissen? Was für ein Schwachsinn. Ich habe es so satt, dass ihr alle andauernd so tut, als wäre ich ständig zu weggetreten, um etwas mitzubekommen."

"Jetzt beruhige dich doch mal", kam es genervt von Daniel.

"Lass mich in Frieden!"

Lauren entschied, dass es Zeit war, sich bemerkbar zu machen. Sie benutzte den messingbeschlagenen Türöffner, der die Form eines Vogels hatte, um kräftig anzuklopfen. Die Stimmen verstummten augenblicklich und ein paar Sekunden herrschte Stille. Dann riss Daniel Stevens die Tür auf und blickte sie ungehalten an.

"Wir hatten Sie doch gebeten, zu einem anderen Zeitpunkt wiederzukommen", fuhr er sie in herrischem Ton an. Er schien sichtlich aufgewühlt von dem Streit mit seiner Schwester.

Lauren ließ sich durch sein unhöfliches Verhalten nicht einschüchtern und trat einen Schritt vor. Zum Glück war Stevens nicht besonders groß, sodass sie nicht zu ihm aufschauen musste.

"Dies ist doch ein anderer Zeitpunkt, Mr. Stevens. Wir müssen noch einmal mit Mrs. Stevens reden. Es ist unbedingt erforderlich, dass wir persönlich mit ihr reden, um eventuellen, aktuellen Hinweisen nachgehen zu können. Wir können nicht bis morgen warten, tut mir leid."

Daniel Stevens blieb beharrlich stehen und hielt Ausschau nach Chris, als ob dieser eine andere Meinung dazu haben könnte.

Von drinnen erklangt Julias Stimme: "Lass sie rein, Daniel! Ich werde mit ihnen reden."

Mit verkniffenem Mund gab Daniel die Tür frei und machte eine übertrieben einladende Geste.

Julia Stevens stand in der Mitte des Wohnraumes, sie hatte wohl nicht mehr mit ihnen gerechnet, denn sie hatte sich einen Bademantel übergezogen, sich abgeschminkt und die Haare nachlässig zu einem Knoten hochgebunden.

Sie sah aus, als ob sie gleich zu Bett gehen wollte, obwohl es gerade erst kurz vor halb elf am Vormittag war.

Julia bemerkte Laurens Blick und sagte entschuldigend: "Ich wollte gleich ein Bad nehmen. Der Tag strengt mich doch mehr an, als ich erwartet hatte. Kommen Sie bitte mit!"

Lauren folgte der Aufforderung und ging mit Julia in den Nachbarraum. Daniel Stevens machte Anstalten, ihnen ebenfalls zu folgen, aber Chris stellte sich ihm in den Weg.

"Mr. Stevens, wir können uns ja inzwischen hier unterhalten", hörte sie Chris noch sagen, dann schloss sie die Tür hinter sich. Sie befanden sich im Schlafzimmer. Aus dem angrenzenden Bad konnte sie das Wasser in die Badewanne laufen hören. Wäre sie ein Mann gewesen, hätte sie die Situation als recht intim empfunden.

Julia war vor dem großen Bett stehen geblieben und sah sie abwartend an. "Entschuldigen Sie, ich habe eben Ihren Namen nicht richtig mitbekommen."

"Ich bin DI Lauren Bradley von der London Metropolitan Police", stellte sie sich vor. Sie verwendete die in England gebräuchliche Abkürzung für Detective Inspector. "Mein Partner, DS Randy Sheridan, den sie eben schon kennengelernt haben, und ich sind von der Met nach Hawaii geschickt worden, um die lokalen Beamten zu unterstützen und zu beraten."

"Sie sind den ganzen langen Weg hierhergekommen, um an einer Ermittlung teilzunehmen?", fragte Julia verwundert. "Ist das die übliche Prozedur, wenn ein Engländer ...?" Ihre Stimme verlor sich.

"Nein, das wäre nicht üblich. Aber ihr Mann war ein Kollege von uns und da gelten andere Regeln. Ich bin von höchster Stelle hierher geschickt worden."

"Kannten Sie meinen Mann? Haben Sie mit ihm zusammengearbeitet?"

"Nein", antwortete Lauren wahrheitsgemäß. "Ich habe ihn nie kennengelernt. Er arbeitete in einem anderen Department als ich. Ich bin bei den Criminal Investigations, Mordermittlungen."

Julia nickte geistesabwesend. "Mein Mann war in der Abteilung für Wirtschaftskriminalität."

Lauren war ihr dankbar, dass sie das Thema aufgriff, das sie sowieso mit ihr besprechen wollte.

"Könnte sein Tod etwas mit einem seiner Fälle zu tun gehabt haben? War er in der letzten Zeit besorgt wegen einer laufenden Ermittlung? Oder hat er vor jemandem Angst gehabt?"

"Er war besorgt wegen irgendetwas, aber ich glaube nicht, dass es mit seiner Arbeit zu tun hatte."

Lauren horchte auf. "Er war beunruhigt? Seit wann? Hat er mit ihnen darüber gesprochen?"

"Eben nicht. Ich habe gespürt, dass ihm etwas Sorgen bereitet hat, aber er wollte nicht mit mir darüber sprechen."

"Wann hat es angefangen?" wollte Lauren wissen.

Julia Stevens hatte sich auf dem Bett niedergelassen und sich ein Kissen herangezogen. Geistesabwesend hielt sie es vor die Brust gedrückt.

"Ich hatte den Eindruck, dass Jamies Nervosität erst anfing, nachdem wir vor einigen Wochen begonnen hatten, Pläne für diese Reise nach Hawaii zu machen."

Lauren sah, dass Julia Tränen in die Augen stiegen und sie sich fester an das Kissen schmiegte.

"Er wollte nicht hierherkommen", sagte sie mit zitternder Stimme. "Aber ich habe insistiert. Ich war mir ganz sicher, dass wir hier wieder zueinanderfinden würden. Wenn ich nicht darauf bestanden hätte ..."

Lauren ahnte, was der jungen Frau durch den Kopf ging: Wenn ich nicht auf der gemeinsamen Reise bestanden hätte, könnte Jamie noch leben. Wenn er in England geblieben wäre, würden wir nächste Woche wieder zusammen sein.

Sie hatte während der Befragung auf einem der Sessel Platz genommen, rutschte nun aber zu Julia auf das Bett und nahm ihre Hand. Sie fühlte ein starkes Mitgefühl mit der jungen Frau und den Drang, ihren Schmerz zu mildern oder sie vor Bösem zu schützen. Eigentlich entsprach das nicht ihrem Naturell.

"Es ist nicht ihre Schuld, Julia. Bitte glauben Sie das nicht. Was immer Jamie verfolgt hat, es hätte ihn sicherlich überall erreichen können."

Nach einigen Momenten der Stille fragte sie: "Hat er mit Ihnen über seine Fälle gesprochen? Gab es Anrufe, Briefe oder Emails, die er als bedrohlich empfunden hat?"

Julia schüttelte ausdruckslos den Kopf.

Lauren fiel der Auftrag ein, den sie von Kalei bekommen hatte. "Julia, Sie haben meinen Kollegen vorgestern erzählt, dass Sie unter anderem nach Hawaii gekommen sind, um Ihre Ehe zu kitten. Was war der Anlass? Was stimmte nicht? Haben Sie oder Ihr Mann eine Affäre gehabt?"

Julia entzog Lauren abrupt ihre Hand und schaute sie empört an. "Natürlich nicht! Keiner von uns hat jemand anderen gehabt. Wie kommen Sie bloß darauf?"

"Was war es dann? Welche Probleme gab es, die sie hier in Hawaii zu beheben hofften?"

"Das Übliche eben", antwortete Julia schroff. "Viel Arbeit, beziehungsunfreundliche Arbeitszeiten, Stress, Ärger mit Kunden. Suchen Sie sich etwas aus. Wir haben viel zu lange viel zu wenig Zeit füreinander gehabt."

"Hätten Sie dann nicht einfach ein paar Tage auf die Kanaren oder in den Lake District fahren können?", fragte Lauren und sprach damit eine beliebte Ausflugsgegend im Nordwesten Englands an.

"Ich wollte meine geplanten Termine für meinen Vater eben mit unserem Urlaub verbinden. Im Nachhinein ist mir auch klar, dass ich das nicht einmal hätte vorschlagen sollen. Es zeigte doch nur ein weiteres Mal, dass mir die Arbeit viel zu wichtig war. Ich hätte auf Jamie hören sollen. Wir hätten niemals wieder hierherkommen sollen."

"Wo wäre ihr Mann denn lieber hingefahren?"

"Egal wohin, das war ihm ganz egal. Nur nicht nach Oahu."

Lauren fragte sich, warum Jamie sich so gegen die Reise nach Hawaii gewehrt hatte. Wer wollte nicht ein paar entspannte Tage in dieser Luxusherberge auf einer pazifischen Insel verbringen. Sie saß eine Weile stumm neben der Frau, die ihr Kissen wie ein Stofftier umklammert hielt. Plötzlich fiel Lauren ein, dass nebenan noch immer das Wasser lief. Sie sprang vom Bett auf und lief in das angrenzende Badezimmer, das ungefähr so groß war wie ihr Hotelzimmer in Waikiki.

Die Badewanne war fast bis zum Rand voll und duftende Schaumberge türmten sich auf. Schnell langte Lauren zum Wasserhahn und drehte ihn zu. Sie warf einen schnellen Blick auf die Utensilien im Bad.

Neben dem rechten Waschbecken standen Männerartikel, die vermutlich Jamie gehört hatten.

Den größten Teil des Waschtisches nahmen verschiedene Kosmetikprodukte von bekannten teuren Marken ein. Zwischen Tages- und Nachtcremes, Reinigungsschaum, Ölen und Lotionen stand ein Plastikfläschchen mit einem Schlafmittel, das man in den USA in jedem Drugstore kaufen konnte. In England war es nicht frei verkäuflich, deshalb war es vermutlich hier gekauft worden. Lauren warf einen schnellen Blick in ein kleines Kosmetiktäschchen, das ebenfalls neben dem rechten Waschbecken stand. Es enthielt ein paar Medikamente, aber auf den ersten Blick sah es nach Standardmedizin aus der Apotheke aus: Ibuprofen, Paracetamol, magensäureneutralisierende Tabletten, ein Mittel gegen Reisekrankheit. Die einzige Tablettenpackung, die ihr auf die Schnelle ins Auge fiel, trug die Bezeichnung Diazepam.

Schnell stellte sie das Täschchen wieder an seinen Platz und kehrte in das Schlafzimmer zurück. Julia saß immer noch mit hängendem Kopf auf ihrem Bett.

"Warum wollte Jamie nicht nach Hawaii kommen?", griff Lauren den Faden wieder auf. "Waren Sie zum ersten Mal zusammen mit Ihrem Mann in Hawaii, Julia? Oder gab es frühere Besuche?"

"Wir waren vor zwei Jahren schon einmal hier", sagte Julia, ohne aufzusehen.

"Aus welchem Anlass? War es wieder ein Geschäftstermin? Oder privat?"

"Es war die Hochzeit meines Bruders Daniel", sagte Julia und schaute endlich auf. Ihre Augen waren gereizt und sie hatte rote Flecken auf ihren Wangen.

"Ihr Bruder hat hier in Hawaii geheiratet? Wo denn genau?"

"Die Hochzeit fand hier am Strand dieses Hotels statt. Die Ehe hat aber nur ein Jahr gehalten. Die beiden sind schon wieder geschieden. Aber es war eine rauschende Party damals." Sie schaffte es fast, zu lächeln.

"Ist bei diesem Aufenthalt irgendetwas Ungewöhnliches passiert? ", hakte Lauren nach.

"Was meinen Sie mit ungewöhnlich?"

"Gab es Streit? Eine heftige Auseinandersetzung? Irgendeine Art von Ärger? Etwas, das Ihren Mann dazu veranlasst haben könnte, nicht noch einmal herkommen zu wollen."

Julia runzelte die Stirn. Sie schien zu versuchen, sich an die Zeit zu erinnern, schüttelte aber schließlich den Kopf. "Ich glaube nicht, dass es da etwas gab."

Lauren wollte noch einmal auf einen möglichen Nebenbuhler, einen weiteren Mann in Julia Stevens Leben, zu sprechen kommen, aber Julia stand vom Bett auf und wandte sich dem Bad zu. "Wenn Sie nichts dagegen haben, würde ich jetzt gerne mein Bad nehmen. Ich bin wirklich am Ende meiner Kräfte."

Julia begann, den Knoten des Bademantels zu lösen, und schaute Lauren abwartend an.

Diese stand von ihrem Sessel auf, fischte eine ihrer Visitenkarten aus einem Fach in ihrer Handyhülle und legte sie auf den Nachttisch neben dem Bett. "Bitte rufen Sie mich an oder schicken Sie mir eine Message, wenn Ihnen noch etwas einfällt! Auch wenn es Ihnen völlig unwichtig erscheint oder Sie einfach nur jemanden zum Reden brauchen", bat sie Julia Stevens, die bereits auf dem Weg ins Bad war und sich nicht mehr zu ihr umdrehte. Nachdem sie die Schwelle zum Badezimmer passiert hatte, ließ sie, ohne die Tür hinter sich zu schließen, langsam den Bademantel zu Boden gleiten. Lauren konnte einen makellosen Körper mit schlanken Gliedmaßen, einer hellen Haut ohne Bikinistreifen und einen runden, perfekten Po sehen, der einem plastischen Chirurgen als Vorlage hätte dienen könnte.

Julia verharrte einen Moment und ließ Lauren ihre Nacktheit bewundern, dann ließ sie sich, ohne die Temperatur zu überprüfen, in die volle Badewanne gleiten und lehnte ihren Kopf mit geschlossenen Augen an das Badekissen. Das Wasser schwappte über den Rand auf die Fliesen. Sie ignorierte es und begann mit der Hand über ihren Hals in Richtung Brust zu streichen. Lauren wandte sich ab, verließ das Schlafzimmer und schloss die Tür hinter sich.

Sofort erhob sich Daniel vom Sofa. Chris saß ihm gegenüber in einem Ohrensessel.

"Wie geht es ihr?", fragte Daniel und strebte auf die Tür zu. Lauren legte eine Hand auf seinen Arm, als er unmittelbar vor ihr stand.

"Es ist alles in Ordnung. Ihre Schwester nimmt jetzt gerade ihr Bad. Sie möchte vielleicht einen Moment für sich sein."

"Woher wissen Sie ...?", setzte Daniel an und sah Lauren forschend in ihr leicht gerötetes Gesicht. Dann besann er sich, wechselte die Richtung und steuerte die Bar an, um sich einen großzügigen Bourbon einzuschenken.

"Sind wir fertig?", fragte Chris und erhob sich etwas steif aus dem Sitzmöbel.

"Für heute, ja, denke ich", sagte Lauren und nickte Daniel zu, der gerade einen langen Schluck aus seinem Glas nahm. Sie verließen die Villa. Es war kurz vor elf.

"Was war los?", wollte Chris von Lauren wissen, nachdem sie sich einige Schritte von der Villa entfernt hatten. "Du siehst so erhitzt aus."

Lauren schüttelte den Kopf und musste über sich selbst schmunzeln. "Julia Stevens hat es sehr geschickt geschafft, mich von weiteren Fragen, die mögliche außereheliche Beziehungen betreffen, abzuhalten."

Als sie auf dem Parkplatz an Chris' Dodge Charger ankamen, fragte Lauren: "Was steht jetzt an?"

"Die Teambesprechung in der Station ist erst um fünf, aber ich muss ins Büro und Papierkram erledigen. Soll ich dich in deinem Hotel absetzen?"

"Ja, gern", stimmte Lauren zu. "Ich muss schauen, ob die Kollegen in London die angefragten Informationen über Jamie Hayward herübergeschickt haben."

Sie nahm auf der Beifahrerseite Platz. "Meinst du, wir können einen kleinen Umweg über Haleiwa machen?", fragte sie Chris. Der kleine Ort an der North Shore war berühmt für seine entspannte Lebensweise.

Der sah sie belustigt an: "Klaro, fehlen dir noch ein paar gebatikte T-Shirts und Board Shorts?"

"Nicht doch. Ich denke, es wird nach acht Jahren Zeit für mein erstes Shaved Ice."

Kapitel 10

Kalei und Randy waren inzwischen in Kane'ohe auf der Nordostseite der Insel, angekommen. Kane'ohe hatte knapp 40.000 Einwohner und bildete zusammen mit Kailua die beiden größten Städtchen auf der Windward Side von Oahu. Der Begriff Windward Side, also die dem Wind zugewandte Seite, hing mit den dominierenden Nordost-Passatwinden zusammen. Diese sogenannten Tradewinds bestimmten den größten Teil des Jahres über die Wetterlage in Hawaii. Sie schufen feuchte Bedingungen auf der Nord- und Ostseite der Insel. Diese Gebiete bekamen deutlich mehr Regen ab als die Süd- und Westseiten und waren daher üppiger begrünt.

Kane'ohe schmiegte sich an die türkisfarbene Kane'ohe Bay. Geschützt durch ein Riff und mit zahlreichen kleinen Inselchen gespickt, war die Kane'ohe Bay ein herrliches Revier zum Bootfahren, Paddeln und Kajaken. Zweimal am Tag, bei Ebbe, konnte man auf einer in der Bay gelegenen Sandbank herumlaufen und dort ein Picknick machen. Die Einwohner von Kane'ohe liebten es, am Wochenende mit Snacks und Getränken zur Sandbank hinaus zu paddeln und sich dort so lange aufzuhalten, bis die nahende Flut die Knöchel umspülte und zum Aufbruch drängte.

Die Bucht war aufgrund ihres seichten, ruhigen, warmen Wassers auch ein idealer Ort für Hammerhaie, die dort ihre Jungen zur Welt brachten und aufzogen.

Das alles erzählte Kalei Randy, während sie den Highway entlangfuhren, der in die Stadt führte.

Obwohl auch Kane'ohe geschäftig und quirlig war, war es nicht so touristisch überlaufen wie Honolulu. Es gab nur wenige Hotels, und das Straßenbild wurde stets von der mächtigen Ko'olau-Bergkette im Süden beherrscht.

An einer Hauptstraße, zwischen einer Autowerkstatt und einer Seniorenresidenz, fanden sie schließlich das Büro der Baufirma Evergreen Constructions.

Die Zweigstelle der auf dem Festland ansässigen Firma lag in einem flachen, leicht heruntergekommenen Bau mit zwei großen Schaufenstern in Richtung Straße. Offensichtlich war das Gebäude früher ein Laden gewesen, der seine Waren zur Schau gestellt hatte. Nun waren die großen Scheiben von innen mit Lamellenvorhängen bedeckt. Kalei und Randy ließen den Toyota auf dem Parkplatz vor dem Eingang stehen. Der rissige Asphalt hätte an einigen Stellen gut ein paar Schaufeln Teer vertragen. Als die beiden Polizisten aus dem Auto stiegen, schob gerade eine ältere Frau aus der benachbarten Seniorenanlage ihren Rollator den Weg entlang. Sie blieb in der Einfahrt stehen und musterte die beiden interessiert.

Als Kalei und Randy den Bau betraten, ließ das Klingeln eines Glöckchens simultan drei schwarzhaarige Köpfe nach oben schnellen. Ein Mann und zwei Frauen, alle hinter großen Schreibtischen eingepfercht, blickten sie an.

Ein massiger Kerl in einem verschwitzten, knitterigen Hawaiihemd reagierte als Erster und kam hinter seinem Schreibtisch hervor. Kalei hatte bereits seine Marke gezogen und erläuterte den Grund ihres Besuches. Mit einem feuchtwarmen Händedruck stellte sich ihnen der Mann als William Sanders vor.

Als er erfuhr, dass Daniel Stevens ihnen die Adresse des Büros genannt hatte, nahm er etwas mehr Haltung an und drückte sein tiefes Bedauern über den Tod von Mr. Stevens' Schwager aus. Leider habe er den armen Mr. Hayward nicht gekannt, aber natürlich wisse er, wer das sei, und es tue ihm auch ganz besonders für die reizende Mrs. Stevens leid. Er machte ein betrübtes Gesicht und faltete die Hände vor seinem dicken Bauch. Die beiden weiblichen Mitarbeiterinnen asiatischer Herkunft starrten sie noch immer an.

"Nennen Sie mich Will, Detectives", bot der Büroleiter an und schaute von einem zum anderen. "Wie kann ich dem Honolulu Police Department helfen?"

"Will", stieg Kalei gleich auf die angebotene Vertraulichkeit ein, "wir haben im Rahmen unserer Ermittlungen erfahren, dass Evergreen Constructions ein großes Bauvorhaben in der Nähe von Laie plant."

William Sanders zog die Augenbrauen hoch und nickte bestätigend.

"Offenbar wurde noch keine Einigung bezüglich des Verkaufs des Grundstückes erzielt", fuhr Kalei fort. "Die jetzigen Eigentümer haben dem Verkauf ihres Landes noch nicht zugestimmt?"

"Wir haben der Familie ein hervorragendes Angebot gemacht", antwortete Sanders. "Es kann sich sicherlich nur noch um wenige Tage handeln, bis wir uns einig sind."

"Haben Sie einen Bauplan des geplanten Hotels zur Hand?"

Sanders Blick flog kurz zu einem großen Tisch, auf dem einige Pläne ausgebreitet waren. Kalei nickte zufrieden und strebte zum Tisch.

"Die Pläne sind noch nicht ganz fertig", versuchte Sanders einzulenken, aber Kalei und Randy hatten sich schon um den Tisch herum aufgebaut und drehten die Pläne so, dass sie vom Meer in Richtung Berge, also von Norden nach Süden, schauten. Der Highway war eine gute Hilfe, ebenso der Hinweis 'Laie', der in dieser Ausrichtung nach rechts zeigte. Es dauerte nur einige Momente, bis sie sich orientiert hatten.

"Das Baugelände ist weitaus größer, als ich gedacht habe", sagte Kalei schließlich. "Es geht offensichtlich über das Grundstück der Mililoa Ranch hinaus. Ist das richtig?"

"Das ist richtig", bestätigte Sanders. "Wir haben bereits das Land nördlich und westlich der Ranch gekauft. Es grenzt an einen Bach, der die nördliche Begrenzung des Hotelgeländes darstellt."

"Und auf der Südseite ist das Wohngebiet", stellte Kalei fest. Das Gelände der Laie-Gemeinschaft war blau schraffiert. Das Dorf der Gemeinschaft grenzte sowohl direkt an das Stück Land, das das Herzstück der neuen Hotelanlage war und sich im Moment noch im Besitz der Familie Kameāloha befand. Es lag auch direkt an der Rückseite des geplanten Hauptgebäudes. Es würde sich in Zukunft also nicht nur eine hohe Hauswand direkt vor den Anwohnern auftürmen; ein genauerer Blick auf die Pläne zeigte auch, dass der Müllplatz der Anlage sich direkt zwischen der Hauswand und der Grundstücksgrenze befand.

Soweit Kalei von einem seiner seltenen Besuche bei der Gemeinschaft wusste, befanden sich an der Stelle die Gemüsefelder der Bewohner und ein Spielplatz für die Kinder.

"Das heißt also", schlussfolgerte Kalei, "ohne das Grundstück der Familie Kameāloha wird nichts aus dem Projekt, oder?"

"Was sagen denn die Bewohner des benachbarten Wohngebietes zu ihren Plänen?" wollte Randy von William Sanders wissen. Der wand sich ein bisschen und gab schließlich zu, dass die Besitzer der Mililoa Ranch und die Mitglieder der Gemeinschaft sich gemeinsam gegen den Bau des Hotels stemmten. "Natürlich ziehen diese Leute gleich mit den üblichen Argumenten zu Gericht, nämlich, dass es sich bei dem Gelände um alte, heilige Stätten handeln soll und dass dort die Knochen ihrer Vorfahren vergraben sein sollen." Er rollte zunächst genervt mit den Augen. Dann verweilte sein Blick eine Sekunde länger auf Kalei und er räusperte sich.

"Ja, und dann geht es da noch um verschiedene umwelttechnische Bedenken, wegen seltener Pflanzen und irgendwelcher Echsen und Kröten, die dort endemisch beheimatet sind, bla." In diesem Terrain fühlte er sich offensichtlich sicherer.

"Die kupfergestreifte, blauschwänzige Eidechse beispielsweise?", half Kalei ihm auf die Sprünge. Kalei wusste, dass diese Echsenart bereits seit 2008 als ausgestorben galt und nur auf der Nachbarinsel Kaua'i vorgekommen war, aber es machte ihm nun Spaß, Will Sanders aus dem Konzept zu bringen. Sanders zuckte etwas ratlos mit den Schultern.

"Daniel Stevens hat uns berichtet", meldete sich Randy zu Wort, "dass es einen Einbruch in Ihr Büro gegeben hat und dass die Fassade mit einer Botschaft besprüht wurde?"

Der Büroleiter bestätigte dies. "'Hände weg unserem Heiligen Land'. Es wurde mit roter Farbe an unsere Außenwand gesprüht. Hervorragend sichtbar für alle Kunden. Eine Schande. Und eure Kollegen hier in Kane'ohe scheinen nicht in der Lage zu sein, die Täter zu finden."

"Wann haben Sie die Botschaft entdeckt und wann wurde eingebrochen?" wollte Randy wissen.

William Sanders wandte sich zu einer der beiden Frauen um, die daraufhin schnell in einem Kalender blätterte und schließlich sagte: "Die Farbschmierereien haben wir am 17. Januar entdeckt und eingebrochen wurde vor einer Woche, am 9. Februar."

"Wurde außer einem Laptop noch etwas anderes gestohlen?"

Die junge Frau verneinte das. "Es wurden aber Schubladen herausgezogen und deren Inhalt auf den Boden ausgeleert und einige Ständer mit Broschüren umgestoßen."

Kalei nahm das kommentarlos zur Kenntnis und wandte sich wieder den Bauplänen zu.

Er machte mit seinem Smartphone einige Fotos von dem Grundstücksplan und einigen Details und ignorierte dabei Wills Einwand geflissentlich, dass die Pläne vertraulich seien.

"Teil einer Mordermittlung", sagte Randy bedauernd zu Sanders und hob die Hände zu einer 'Was-will-man-machen'- Geste.

Sie verabschiedeten sich von dem Büroleiter, versprachen, wahrscheinlich noch einmal wiederzukommen, und nickten den beiden Frauen zu, die schüchtern zurücklächelten.

Das Glöckchen begleitete sie nach draußen.

Sie stiegen in ihr Auto, blieben aber demonstrativ auf dem Parkplatz stehen, um sich noch kurz über den Besuch zu unterhalten. Sollte Sanders ruhig sehen, dass sie Gesprächsbedarf hatten.

"Was meinst du?", wollte Kalei von Randy wissen.

"Ein starkes Motiv, um irgendeine Art von Sabotage an dem geplanten Hotelbau zu veranstalten. Markige Sprüche an die Wand sprayen und ein Laptop zu stehlen passen dazu. Aber gleich jemanden umbringen? Und warum dann ausgerechnet den Ehemann der Kronprinzessin und Rechtsberaterin?", dachte Randy laut.

"Wäre es nicht sinnvoller gewesen, die Tochter des Baulöwen selbst ins Visier zu nehmen? Ein Überfall oder ein Unfall, der der eigenen Tochter passiert, würde Daddy vielleicht eher dazu bringen, seine Luxushotelpläne fallen zu lassen. Der lässt sich doch nicht von einem Einbruch in einem seiner Provinzbüros einschüchtern."

"Vielleicht war unser Täter oder unsere Täterin ja auch hinter Julia Stevens her und hat sie mit ihrem Mann verwechselt", schlug Kalei vor.

Randy wiegte zweifelnd seinen Kopf hin und her. "So ähnlich sehen sich die beiden ja nun auch wieder nicht. Eine Frau mit halblangen blonden Haaren mit einem Mann mit kurzen blonden Haaren zu verwechseln wäre schon ein starkes Stück."

Kalei ließ das so stehen. "Hattest du eigentlich auch den Eindruck, dass Sanders noch irgendeine Information vor uns zurückhält?", wollte er stattdessen wissen.

"Ich denke schon", bestätigte Randy. Die Angestellte mit der Kurzhaarfrisur schien noch etwas sagen zu wollen, aber Sanders hat ihr zu verstehen gegeben, dass sie den Mund halten solle.

Kalei nickte, startete den Wagen und bog auf die Straße ein, um nach Honolulu in die Polizeistation zu fahren.

Kapitel 11

Lauren und Randy traten auf die dunkle Straße vor dem Polizeigebäude hinaus. Sie hatten die letzten eineinhalb Stunden mit den Beamten der Criminal Investigation Unit bei der abendlichen Besprechung im Revier verbracht. Sie und Chris hatten von Laurens Gespräch mit Julia Stevens berichtet - wobei Lauren den Teil mit der Badewanne ausließ - und Kalei hatte seine und Randys Eindrücke von dem Baugelände und der Baufirma Evergreens Constructions mit ihnen allen geteilt.

Randy hatte außerdem von der London Metropolitan Police einige Informationen über Jamie Haywards Arbeit in der Abteilung für Wirtschaftskriminalität bekommen. Wirtschaftskriminalität war überall auf der Welt allgegenwärtig. Ständig wurde betrogen, bestochen, unterschlagen und veruntreut.

Jamie Hayward und sein Team hatten sich in den vergangenen Monaten verstärkt mit einigen Filialen einer britischen Bank beschäftigt, deren Mitarbeiter offensichtlich faule Kredite vergeben hatten. Mehrere Firmen hatten trotz schlechter Voraussetzungen üppige finanzielle Unterstützung erhalten. Diejenigen, die die Kredite bewilligt hatten, waren offenbar auffällig oft mit teuren Urlauben in die Karibik und an die Côte d'Azur belohnt worden.

"Das sind zwar schmutzige Methoden", resümierte Randy, "aber weder die Bank noch die Firmen, denen unter die Arme gegriffen wurde, haben irgendwelche Verbindungen zum organisierten Verbrechen, nach Hawaii oder zu Evergreen Constructions. Die Kollegen vom Yard halten es für kaum vorstellbar, dass einer der Beschuldigten einen Killer bis nach Hawaii schickt, um sich eines Polizeibeamten niedrigen Ranges zu entledigen."

Für den kommenden Morgen hatte Kalei einen Termin mit seinem Bekannten Kimo Kameāloha bei der sogenannten Laie-Gemeinschaft ausgemacht. Lauren hatte darum gebeten, ihn begleiten zu dürfen, und er hatte nach kurzem Zögern zugestimmt. Vielleicht konnten sie bei einer erneuten langen Fahrt zur Windward Side ihren schlechten Start von heute Morgen wettmachen.

Da Randy und sie hungrig und durstig waren und sich Kalei und Chris gleich nach dem Ende der Besprechung verabschiedet hatten, beschlossen sie, gemeinsam etwas essen zu gehen. Randy bat Lauren, ihr eine der Polizeikneipen Honolulus zu zeigen, in der sich die Cops nach Feierabend auf ein Bier trafen. Lauren entschied sich für das 'Kanpai', einen Laden auf der Ward Avenue, in dem sie früher oft ihren Feierabend verbracht hatten.

Sie hatte keine Ahnung, ob es die Kneipe überhaupt noch gab und ob sie immer noch von Polizisten frequentiert wurde, aber sie entschied, dass es einen Versuch wert sei. Vom Polizeihauptquartier mussten sie nach nur wenigen Schritten in die nächste Querstraße einbiegen und dann etwa einen Kilometer in Richtung Hafen weiterlaufen. Die Ward Avenue war dicht befahren, aber es tat gut, sich nach den langen Autofahrten und der abendlichen Besprechung die Beine zu vertreten.

Nach einer knappen Viertelstunde Fußmarsch erreichten sie das 'Kanpai'. Es war Freitag und man ging gerne aus. Am sogenannten Aloha Friday zogen sich die Büroangestellten in Honolulu meist etwas lässiger an als üblich und wer konnte, verließ seinen Arbeitsplatz bereits am frühen Nachmittag. Damit begann in Hawaii das Wochenende.

An der Bar saßen schon etliche Leute, die Hälfte der Tische war bereits besetzt und die Stimmung ausgelassen. Die großen Verandatüren waren geöffnet und Musik schallte hinaus auf die Ward Avenue.

Lauren und Randy fanden einen Tisch in einer Ecke und ließen sich nieder.

Da in das 'Kanpai' weniger Touristen kamen als in die Bars in Waikiki, war die Bedienung weniger darum bemüht, sich vorzustellen und auf ihre Dienstbeflissenheit aufmerksam zu machen, um ein gutes Trinkgeld abzugreifen. Es wurde einfach bestellt und fertig.

Obwohl niemand in ihrer direkten Nähe saß, unterhielten sich Lauren und Randy nur leise, ohne Namen zu erwähnen, über die Dinge, die während der Abendbesprechung erläutert wurden. Zwischendurch wurden Edamame, Goyza-Teigtaschen und Fischbällchen gebracht, die sie mit Stäbchen aßen. Dazu hatten beide Bier vom Fass bestellt.

"Ich habe das Gefühl, dass dein Ex-Freund Kalei ein wenig zu sehr auf eine mögliche Verbindung zur Laie-Gemeinschaft abfährt", teilte Randy Lauren seinen Eindruck mit, den er während seiner Fahrt mit Kalei gewonnen hatte. "Er scheint es ziemlich persönlich zu nehmen, dass Evergreen Constructions versucht, den Leuten, die er und seine Familie kennen, das Land wegzunehmen."

"Das wäre ja auch nicht das erste Mal, dass die Einheimischen von weißen Geschäftsleuten beschissen worden wären", gab Lauren zurück. "Ich kann schon verstehen, dass Kalei das wütend macht. Seiner eigenen Familie gehörte vor Jahrzehnten auch mal ein großes Grundstück östlich von Honolulu. Eine Baufirma vom amerikanischen Festland hat es ihnen irgendwie nach mehreren Gerichtsverfahren für einen viel zu geringen Betrag abgekauft. Die Familie war in finanziellen Schwierigkeiten und musste letztendlich verkaufen. Der Kaufpreis war weit unter dem, was das Land wirklich wert war, aber die Baufirma hatte wohl massiven Druck auf Kaleis Großvater ausgeübt. Kalei hat mir erzählt, dass seine Großeltern daraufhin in ihrer Gemeinde gemieden wurden und seine Großmutter ihren Mann am Ende verlassen hat. Darunter hat natürlich auch Kaleis Vater stark gelitten."

Randy musterte sie neugierig. "Kanntest du Kaleis Eltern näher? Habt ihr euch gut verstanden?", fragte er schließlich.

Lauren schüttelte den Kopf. "Ich habe seine Eltern nur ein paar Mal getroffen", gab sie zu. "Damals habe ich mir keine großen Gedanken darüber gemacht, aber vielleicht hat er sich ja meinetwegen geschämt, weil ich eine *Haole* bin und zu einem Viertel Engländerin." Sie balancierte nachdenklich mit ihren Essstäbchen eine japanische Teigtasche zu ihrem Mund.

Plötzlich stand jemand neben ihrem Tisch. Lauren sah auf. Es war Eli Kealoha, die Mitarbeiterin der Spurensicherung, die unbemerkt an ihren Tisch herangetreten war.

"Hey, Leute. Schön, euch hier zu sehen", sagte sie. "Was bringt euch hierher?"

"Randy wollte mal in eine Polizeikneipe hier in Honolulu", erklärte Lauren und deutete mit der Hand in den Raum. "Früher haben wir uns hier oft nach Feierabend getroffen. Kommen die Cops immer noch auf ein Bier hierher?"

Eli nickte. "Klar, ein paar von uns sind immer noch regelmäßig hier. Da hat sich nichts geändert."

Sie ließ sich unaufgefordert auf den freien Stuhl an ihrem Tisch sinken und prostete Lauren und Randy mit einer Bierflasche zu, die sie mit an ihren Tisch gebracht hatte.

"*E komo mai*! Willkommen in Honolulu", sagte Eli zu den beiden und stieß mit ihnen an.

"Wie ist es, wieder hier zu sein?", wollte sie von Lauren wissen. "Ich habe schon gehört, dass du vor einigen Jahren hier als Police Officer angefangen hast."

"Ist echt schön, mal wieder hier zu sein", bestätigte Lauren unverbindlich und widmete sich einer weiteren Goyza- Teigtasche.

Eli musterte sie einen Moment, gab sich dann aber mit der knappen Antwort zufrieden und ließ den Blick über die Anwesenden schweifen. "Ja, es sind einige Cops hier", sagte sie schließlich und nahm einen weiteren Schluck von ihrem Bier.

Lauren folgte ihrem Blick und erstarrte. An der Theke am entgegengesetzten Ende des Schankraums saß Kenneth Akamoto. Er saß gebeugt und allein über einem Bier und einem Schnaps. In Laurens deutscher Heimat hätte man 'Herrengedeck' dazu gesagt.

Niemand unterhielt sich mit ihm, keiner nahm von ihm Notiz. Er schaute einem American Football-Spiel zu, das über den Monitor flimmerte, der hinter der Bar angebracht war. Obwohl er am anderen Ende des Raumes saß, konnte Lauren erkennen, dass Akamoto grau und ausgezehrt aussah. Er war vor acht Jahren, als sie ihn zum letzten Mal gesehen hatte, ein Hüne gewesen. Er hatte gut 100 Kilogramm gewogen, das meiste davon Muskeln.

Jetzt hatte er ein aufgedunsenes Gesicht, und schlaffes Fett wölbte sich um seine Hüften.

Gerade vergeigten die Hawaii Rainbow Warriors einen Spielzug und Kenneth Akamoto schwang aufgebracht die Arme. Dabei stieß er dem jungen Mann neben sich das Bierglas aus der Hand, dessen Inhalt sich in das Dekolleté seiner Freundin ergoss, die neben ihm an der Bar saß.

Ihr Begleiter sprang wütend auf und herrschte Akamoto an. Dieser zog den Kopf ein und lallte einige unverständliche Worte.

Der Ken, den sie kannte, hätte dem jungen Mann sofort Respekt beigebracht, unterstützt von seiner Entourage, die unerschütterlich an seiner Seite gestanden hätte. Nun ließ er es zu, dass ihn der Barmann zurechtwies und ein junger Grünschnabel auf ihn einschrie.

Eli verfolgte die Szene, schüttelte den Kopf und wandte sich schließlich an Lauren: "Der gute, alte Ken. Ständig gerät er hier mit Leuten aneinander. Es passiert eigentlich ziemlich oft, dass er rausgeschmissen wird, weil er besoffen rumpöbelt. Ich verstehe echt nicht, warum er hier überhaupt noch bedient wird."

Lauren konnte ihren Blick nicht von dem betrunkenen Mann lösen.

"Er hatte früher einen ziemlichen Einfluss bei den Cops", sagte sie schließlich, ohne Eli anzusehen. "Niemand hätte gewagt, ihn so anzugehen."

"Ach, du kennst ihn?", fragte Eli interessiert, aber Lauren gab ihr keine Antwort.

Der Streit zwischen dem Begleiter der jungen Frau und Akamoto war inzwischen lauter geworden. Die Freundin, die versuchte, so gut es ging, das Bier von ihrem Kleid zu tupfen, sowie zwei Freunde des Paares hatten sich nun ebenfalls eingemischt und mehrere Gespräche waren verstummt. Das halbe 'Kanpai' verfolgte die Szene.

Der Barmann stellte das Glas beiseite, das er gerade poliert hatte, und kam hinter seinem Tresen hervor. Er war noch größer als Ken Akamoto, packte diesen beherzt am Oberarm und zog ihn von seinem Barhocker hoch. Ken stieß ein jaulendes Geräusch aus, wehrte sich aber nicht, als der Barmann ihn zum Ausgang beförderte. Er schien diese Behandlung nicht zum ersten Mal zu erfahren. Der Barmann setzte ihn vor die Tür, richtete mit erhobenem Zeigefinger noch einige Worte an ihn und kehrte in seine Kneipe zurück. Einige Gäste applaudierten ihm und johlten zustimmend. Die junge Frau und ihr Freund setzten sich einigermaßen beruhigt wieder an ihren Platz an der Theke. Der Frieden war wieder hergestellt.

Lauren erhob sich wortlos und lief zur Eingangstür. Sie trat auf die Straße und sah Ken Akamoto hinterher, der schwankend die Ward Avenue in Richtung Hafen hinunterlief.

Ihr Angstgegner, der böse Geist ihrer Vergangenheit, hatte sich in ein schwaches, armseliges, einsames Wesen verwandelt. Sie fühlte Genugtuung und Erleichterung, aber seltsamerweise empfand sie auch Mitleid mit ihm.

Sie hatte ihm in den Monaten nach ihrer Abreise aus Honolulu die Pest an den Hals gewünscht und offensichtlich war ihr Wunsch in Erfüllung gegangen.

Sie sah ihm nach, wie er um eine Ecke torkelte, und kehrte dann in die Kneipe zurück. Direkt hinter der Eingangstür wartete Eli auf sie, die sie neugierig musterte.

"Stimmen die Gerüchte, dass du damals deinen Job beim HPD geschmissen hast, weil du Stress mit einem anderen Cop hattest?", wollte sie wissen und legte Lauren ihre warme Hand auf den Unterarm.

Lauren sah sie stirnrunzelnd an. Ihr war nicht danach, mit einer fast Fremden über ihre einstige Niederlage zu sprechen. Das machte sie nicht einmal mit Randy gern, der ihr vertrauter war als kaum jemand sonst.

Über Elis hübsches Gesicht huschte plötzlich ein warmes Lächeln. "Entschuldige", lenkte sie ein, "das geht mich wirklich nichts an. Du machst mich einfach neugierig, weißt du."

Eli strich mit dem Daumen sanft über Laurens Handgelenk. Dann beugte sie sich vor und hauchte ihr einen Kuss auf die Wange. "Nimm's mir nicht übel", bat sie und sah ihr tief in die Augen. Lauren war zu verblüfft, um etwas zu erwidern und nickte nur. Eli ließ Laurens Hand los und verließ das 'Kanpai'.

Kapitel 12

Samstag, 17. Februar Waikiki, Hawaii

Dunkelheit umfing Lauren, als sie am Morgen des folgenden Tages in ihrem Hotelzimmer erwachte. Die Uhr auf ihrem iPhone zeigte 6:20. Immerhin hatte sie sechs Stunden schlafen können und fühlte sich ausgeruht. Nach der Begegnung mit Ken Akamoto im 'Kanpai' war sie aufgewühlt gewesen und hatte eine Schlaftablette genommen, die sie sich auf dem Nachhauseweg von der Kneipe zum Hotel in einer Apotheke gekauft hatte. Sie hatte dieselbe Marke gewählt, die sie in Julia Stevens' Badezimmer gefunden hatte. Die Tabletten hatten ihre Wirkung nicht verfehlt und Lauren hatte traumlos wie ein Stein geschlafen, bis der Lärm eines vorbeifahrenden Reinigungsfahrzeugs sie geweckt hatte.

Es war noch zu früh, um zur Polizeistation zu fahren, selbst Frühstück gab es im Hotel erst ab sieben Uhr. Sie verließ das Bett und trat durch die offene Glasschiebetür auf den Balkon hinaus. Das Zimmer hatte keinen Meerblick, aber sie konnte die Straße entlang in Richtung Osten schauen und sah einen ersten rosa Schimmer über dem Diamond Head Krater.

Sie hätte Randy anfunken können, der sicherlich auch schon wach war, aber sie hatte auf einmal das dringende Bedürfnis zum Strand zu laufen und sich dort den Sonnenaufgang anzusehen.

Schnell putzte sie sich die Zähne, zog Shorts, ein Top und darüber einen Kapuzenpulli an, schlüpfte in ihre Flip-Flops und lief die Feuertreppe in die Eingangshalle hinunter. Sie lächelte, als sie sich selbst im Spiegel in der Lobby sah. Ganz unbewusst hatte sie ganz ähnliche Kleidungsstücke ausgewählt, die sie während ihrer Zeit in Hawaii beinahe jeden Tag getragen hatte - außer wenn sie im Dienst war.

In London zog man sich morgens nicht einfach irgendwelche Klamotten über. Man entwickelte einen Stil und verfolgte diesen konsequent. Das konnte der 'Ich-schere-mich-nicht-um-meine-Kleidung'-Stil sein, aber auch das war ein Statement, dem man treu bleiben musste.

Lauren hatte einige Wochen, nachdem sie nach London gezogen war, bemerkt, dass sie sich zum ersten Mal in ihrem Leben Gedanken über Kleidung machte. Es machte in London einfach Spaß. Alle machten mit und man wurde gern selbst kreativ.

Auf der Straße war noch nicht viel los. Sie lief die Kalakaua Avenue entlang in Richtung Osten, vorbei an beleuchteten Schaufenstern und geschlossenen Geschäften. Die Hauptstraße führte in west-östlicher Richtung am Meer entlang, einmal quer durch den Stadtteil Waikiki.

Einige Reinigungsfahrzeuge der Stadt waren noch unterwegs und machten weiterhin Lärm.

Bei dem rosafarbenen Royal Hawaiian Hotel konnte sie schließlich in einen kleinen Weg in Richtung Strand einbiegen und die Hauptstraße verlassen. Rechts und links waren dutzende Surfbretter und SUP-Boards geparkt und mit schweren Ketten und Schlössern gesichert. Vor sich sah sie in hellblauem Morgenlicht den Strand und das Meer.

Trotz der frühen Stunde war es bereits angenehm warm, Lauren schätzte die Temperatur auf knapp zwanzig Grad. Kaum hatte sie den Sand betreten, streifte sie die Flip-Flops ab und lief barfuß durch den Sand auf die Wasserkante zu.

Obwohl sie nicht allein am Strand war - trotz der frühen Stunde waren bereits ein paar Touristen, Jogger, Schwimmer und Surfer anwesend - überkam sie ein freies und wohliges Gefühl beim Anblick des Ozeans. Wie herrlich war es damals gewesen, den Tag mit einem Bad im Meer, einem Strandspaziergang oder einer kleinen Surfeinheit zu beginnen. Hatte sie dieses Privileg damals eigentlich je zu würdigen gewusst? Es war ihr einfach immer selbstverständlich vorgekommen.

Sie erreichte das Wasser und watete ein paar Schritte hinein. Im Februar war das Wasser immer noch warm genug, um darin zu schwimmen. Sie schlenderte langsam durch das knöchelhohe Wasser in Richtung Diamond Head und genoss es, wenn kleine Wellen ihre Beine umwirbelten.

Lauren kam an noch geschlossenen Strandrestaurants und dem Hotelstrand des Luxushotels Moana Surfrider vorbei, bevor der Waikiki Beach wieder auf die Hauptstraße traf.

Auf der Höhe der Bronzestatue, die die Surflegende Duke Kahanamoku darstellte, blieb sie stehen. Die Statue war mit zahlreichen Blumenkränzen geschmückt und ehrte den hawaiianischen Olympia Champion und Vater des Surfsports.

Sie sah einigen Surfern zu, die in Grüppchen auf ihren Boards saßen und auf die nächste passable Welle warteten. Sie scannte von ihrer leicht erhöhten Position das Wasser ab, um abzuschätzen, wann die nächste Welle das gute Dutzend Männer und Frauen erreichen würde, das sich weiter draußen beim Riff versammelt hatte. Vorne am Stand, im Beachbreak, paddelten die Anfänger herum oder diejenigen, die den Tag gemütlich auf dem Longboard oder ihrem Stand up-Paddelboard beginnen wollten.

Lauren musste nicht lange warten, bis ein Wellenset anrollte und sich einige aus der Gruppe bereit machten, um die erste Welle mitzunehmen. Kaum waren die Ersten gestartet, bereiteten sich die anderen auf die zweite Welle des Sets vor. Die auf die Entfernung winzig wirkende Gestalt eines Surfers erhob sich auf seine Füße und glitt elegant auf der Welle in Richtung Stadt. Lauren war definitiv zu weit entfernt, um das Gesicht des Surfers erkennen zu können, aber Größe, Haarfarbe und Haltung, ließen sie annehmen, dass es sich bei dem Mann in den blau-weißen Boardshorts um Kalei handeln könnte.

Früher war Kalei stets vor Sonnenaufgang draußen auf dem Meer gewesen und hatte den Tag so herrlich entspannt begonnen. Oft hatte Lauren ihn begleitet, wenn sie auch weiter vorne bei den Beachbreaks geblieben war. Ihre Surf- Leistungen waren niemals besonders berauschend gewesen, sie hatte es einfach nur genossen auf dem Wasser zu sein und den Tag zu begrüßen.

Wie unbeschwert waren ihre ersten Jahre in Honolulu doch gewesen.

Der Surfer in den blau-weißen Shorts hatte die Welle abgesurft und sich ins Wasser fallen lassen. Er tauchte prustend wieder auf und kletterte behände zurück aufs Board, richtete es in Richtung Strand aus und begann mit kräftigen Armbewegungen in Richtung Ufer zu paddeln. Er kam schnell näher und Lauren erkannte, dass es tatsächlich Kalei war. Sie hätte die paar Minuten warten und ihm "Guten Morgen" sagen können. Aber sein schneller, grußloser Abschied am Vorabend nach der Besprechung in der Station fiel ihr wieder ein und sie hatte sich noch nicht überlegt, wie sie sich heute Kalei gegenüber verhalten sollte. Es stand eine lange, gemeinsame Autofahrt zur Nordostseite der Insel, nach Laie, bevor. Sie würden dabei noch genug Zeit haben, miteinander zu reden.

Lauren machte schnell kehrt und begann barfuß auf der Wasserlinie in Richtung Hotel zu joggen.

Kapitel 13

Um acht Uhr morgens hatte Lauren gefrühstückt und ihren Beach Dress gegen eine lange Hose und eine hellblaue Baumwollbluse mit aufgerollten Ärmeln eingetauscht.

Kalei lehnte wieder an der Fahrertür der Toyota-Limousine und aß diesmal einen Apfel. Er trug Cargohosen und ein dunkelblaues Poloshirt, das ihm gut stand.

"Der Wagen hat es dir angetan, oder?", fragte sie ihn, als sie vor ihm stand.

"Du kannst ihn gerne fahren", bot er an und hielt ihr den Schlüssel hin.

Es war nicht wirklich spaßig, um diese Uhrzeit durch Honolulu zu fahren, aber sie beschloss, das Angebot anzunehmen. In London fuhr sie viel zu selten Auto, außerdem konnte sie dann vorgeben, sich auf die Straße konzentrieren zu müssen, falls ihnen der Gesprächsstoff ausgehen sollte.

Kaum hatte die Fahrt begonnen, erlebte Lauren einen Schreckmoment, als sie links auf die Kalakaua Avenue abbiegen wollte und Kalei erschrocken "Nach rechts!" schrie.

Das Linksfahren steckte ihr so im Blut, dass sie sich konzentrieren musste, um nicht plötzlich den Gegenverkehr auf sich zukommen zu sehen. Auf größeren Straßen mit viel Verkehr war das kein Problem. Da konnte sie einfach mit dem Strom mitfahren, aber sobald sie sich allein auf einer Landstraße befand und ihr ein Auto entgegenkam, musste sie ein paar Sekunden wirklich nachdenken. Links? Rechts? Kalei amüsierte sich über ihr Dilemma und warf lachend ein 'Rechts' oder 'Links' in den Raum, bevor der Fahrer des anderen Fahrzeugs in Panik geriet. Auf jeden Fall lockerte ihr englischer Fahrstil die Stimmung im Auto auf und sie verzichteten darauf, während der Fahrt persönlichere Themen anzusprechen.

Es dauerte wie immer eine gefühlte Ewigkeit aus Waikiki herauszukommen und auf die H1 in Richtung Inselmitte zu kommen. Kalei gab ein paar Geschichten der Kollegen von der Verkehrspolizei zum Besten, während sie an ein oder zwei Bars vorbeikamen, in denen sie damals, abgesehen vom 'Kanpai', oft nach Ende ihrer Schicht gemeinsam eingekehrt waren. Es waren nicht die Läden, die üblicherweise von Touristen frequentiert wurden. Einer befand sich zwar im Erdgeschoss eines Hotels, bot aber keine Cocktails oder Coconut Shrimps an, sondern kühles, günstiges Bier und herzhaftes Essen ohne viel Schnickschnack.

"Es würde mich wirklich interessieren, wie die Ausbildung zum Detective Inspector in England funktioniert, weißt du?", sagte Kalei, nachdem sie den gröbsten Verkehr hinter sich gebracht hatten. Lauren warf ihm einen misstrauischen Blick zu. "Ohne Scheiß? "

"Ganz ohne Scheiß", versprach Kalei.

Lauren dachte kurz darüber nach, wo sie anfangen sollte. "Im Gegensatz zu Amerika wird in Großbritannien der Rang eines Detectives nicht als eine höhere Position gegenüber den uniformierten Officers gesehen. Es gibt auch keine bessere Bezahlung.

Du fängst als Constable an und versuchst dann irgendwann, das Detective Examen zu bestehen. Wenn du es schaffst, dann bist du Trainee Detective."

Lauren bog auf den LikeLike Highway ab, der durch die grünen Ko'olau-Berge führte und die kürzeste Verbindung von Honolulu zur Windward Seite Oahus herstellte.

"Der Trainee muss dann eine Reihe von Aufgaben erfüllen, um zu beweisen, dass er ausreichend kompetent ist, bevor er zum Detective wird. Danach musst du einen Antrag stellen, in dem du nachweist, dass du für den nächsten Rang ausreichend vorbereitet bist. Es mag dich überraschen, aber die Leute werden nicht befördert, weil sie gute Polizisten mit einer hohen Aufklärungsquote sind, sondern weil sie einen festgelegten Prozess durchlaufen, eine Reihe von Tests bestehen und ihre Kompetenz nachweisen müssen."

Sie schaute Kalei von der Seite an, der ihr aufmerksam zuhörte.

"Das bedeutet also, dass einige Polizisten, die sehr erfahren sind, aber keine Beförderung wünschen, während ihrer gesamten Karriere Detective Constable bleiben, während andere, die Karriere machen wollen, möglicherweise nur ein Jahr lang Detective Constable sind und alle beschriebenen Prozesse lehrbuchmäßig durchlaufen und innerhalb von ein paar Monaten Detective Sergeant werden?", resümierte Kalei.

Lauren nickte: "Man kann es theoretisch in achtzehn Monaten schaffen, wenn man sehr ehrgeizig ist."

Sie hatten inzwischen einen Tunnel passiert und kamen auf der anderen Seite der Berge auf einer kurvigen, zum Meer abfallenden Straße wieder heraus. Lauren hatte diesen Weg schon immer gemocht. Auf der linken Seite erhoben sich steil und dicht begrünt die Hänge der östlichen Ko'olau- Gebirgskette. Wenn es geregnet hatte, ergossen sich Dutzende von Wasserfällen die steilen Felswände hinab. Oft gab es dann Regenbögen. Da die Berge kurz hinter dem Meer begannen und sich schnell auf durchgehend 600 Meter erhoben, wirkten sie extrem steil und dramatisch auf den Betrachter. In den Ko'olau-Bergen gab es fantastische Wanderwege und Lauren nahm sich fest vor, Oahu erst wieder zu verlassen, nachdem sie mindestens einen der Hiking Trails erwandert hatte.

"Ich nehme an, bei der Beförderung vom Sergeant zum Inspektor ist er ähnlich?", nahm Kalei den Faden wieder auf.

"Genau. Du kannst deine gesamte Laufbahn lang Sergeant bleiben, oder du kannst nach ein paar Jahren den nächsten Prozess durchlaufen, um zum Inspektor befördert zu werden. Es gibt ein paar Programme, die talentierten Polizisten die nötigen Führungsqualitäten, operativen Fähigkeiten und das strategische Verständnis vermitteln, die sie benötigen, um innerhalb von zwei Jahren zum Inspektor befördert zu werden."

In Kane'ohe wurde der Verkehr wieder dichter und Lauren musste sich wieder mehr auf den Verkehr konzentrieren. Sie passierten das Tal der Tempel, eigentlich ein riesiger Friedhof, auf dem Tausende Hawaiianer unterschiedlichster Religionen begraben lagen. In der Mitte des Tals lag ein Byodo-In-Tempel, für dessen Bau Ende der Sechzigerjahre des vorherigen Jahrhunderts kein einziger Nagel verwendet wurde. Das Tal der Tempel war ein beliebtes Ausflugsziel in Kane'ohe.

Nachdem sie Kane'ohe hinter sich gelassen hatten, wurde der Verkehr langsam weniger und die Landschaft ländlicher. Hier gab es Macadamianuss-Farmen, altertümliche Fischteiche, in denen schon Fische gehalten und gezüchtet wurden, bevor Captain Cook die Inseln von Hawaii betrat. Es gab grasende Pferde auf großen, eingezäunten Weiden und schmale Strandabschnitte direkt am Highway. Nach der Enge und dem Lärm in Waikiki war eine Fahrt in diese Region der Insel jedes Mal eine willkommene Abwechslung.

Während sich der Toyota den zweispurigen Highway 83 in Richtung Norden hinaufschlängelte, erzählte Kalei Lauren von der Laie-Gemeinschaft, zu der sie unterwegs waren.

Seit vielen Jahrzehnten gab es in Hawaii verschiedene Unabhängigkeitsbewegungen, deren Ziel die Errichtung einer autonomen und von den USA unabhängigen Nation Hawaii war.

Die verschiedenen Gruppen bestanden hauptsächlich aus einheimischen Hawaiianern mit polynesischen Vorfahren. Sie waren der Überzeugung, dass die Vereinigten Staaten Ende des neunzehnten Jahrhunderts die damalige Königin Hawaiis, Lili'uokalani, gestürzt und die Inseln unrechtmäßig besetzt hatten.

Die Befürworter der Souveränität Hawaiis beklagten, dass *native Hawaiians* öfter von Armut, Obdachlosigkeit, mangelnder Bildung und Chancengleichheit betroffen waren und dass die traditionelle Kultur, die Bräuche und die heiligen Stätten dem Tourismus und der Profitgier immer mehr zum Opfer fielen.

Tatsächlich hatte der Kongress der Vereinigten Staaten 1993 eine Entschuldigung verabschiedet und anerkannt, dass der Sturz der Königin Lili'uokalani hundert Jahre zuvor eine illegale Handlung gewesen war. Seitdem hatte sich allerdings nicht besonders viel zum Besseren für die Nachfahren der einheimischen Hawaiianer gewendet.

In ihrer Zeit beim HPD hatte Lauren nur selten mit den Mitgliedern der einzelnen Souveränitätsgruppen zu tun gehabt. Die meisten lebten außerhalb Honolulus und hatten ihre eigenen Regeln und Gesetze. Sie riefen die Beamten der Police Departments ihres Distrikts so gut wie nie zu Hilfe. Solange niemand von ihnen in Konflikt mit den Gesetzen des Staates von Hawaii geriet, blieben die Mitglieder der Gemeinschaft unter dem Radar.

Die bekannteste und älteste hawaiianische Unabhängigkeitsorganisation war vermutlich die 'Nation of Hawaii', deren Mitglieder in einem Dorf bei Waimanalo auf der Ostseite der Insel Oahu lebten. Deren Sprecher und Staatsoberhaupt Dennis Pu‘uhonua "Bumpy" Kanahele war schon in mehreren Dokumentationen und Filmen zu sehen gewesen, in denen er sich selbst spielte. Kanaheles Gruppe besetzte Ende der achtziger Jahre einen Strand in der Nähe von Honolulu und hielt diese Besetzung fünfzehn Monate lang aufrecht.

Die Gruppe beendete schließlich ihre Besetzung im Austausch für die Rückgabe von abgetretenem Land in der angrenzenden Gemeinde von Waimanalo.

Das Dorf, das sie gründeten, trug den Namen 'Pu`uhonua O Waimanalo', Stadt der Zuflucht. Gemäß einer Abmachung mit der US-Regierung gehörte das Gelände von 'Pu`uhonua O Waimanalo' offiziell nicht mehr zu den Vereinigten Staaten von Amerika.

Kalei berichtete Lauren, dass die Laie-Gemeinschaft der "Nation of Hawaii" nahestand und dieselbe Ideologie verfolgte, aber das Land, auf dem sie wohnte, nach wie vor zu Hawaii gehörte. Die Mitglieder der Gemeinschaft lebten in einigen Häusern am Rande des Städtchens Laie und hatten sich Kimo Kameāloha als Wortführer und Vertreter ihrer Interessen gewählt.

Man sprach Hawaiianisch, lernte die alten Gesänge, Tänze und Lua, den traditionellen Kampfsport Hawaiis. Und man betrieb Landwirtschaft.

Das Land, auf dem die Gruppe lebte, sowie Grundstücke, die den einheimischen Familien gehörten, waren seit Generationen in deren Besitz und es war nicht anzunehmen, dass sie es für den Bau eines Ferienresorts hergeben würden.

Der kleine Ort Laie an der Nordostseite der Insel Oahu war bei Touristen bekannt für das Polynesische Kulturzentrum, einen fast siebzehn Hektar großen Park, in dem man die verschiedenen polynesischen Kulturen kennenlernen konnte. Im Park waren traditionelle Behausungen aus den Inselnationen Samoa, Neuseeland, Fiji, Tonga, Tahiti und Hawaii aufgebaut worden. Man konnte bei polynesischen Tänzen und beim Fischen zuschauen, Ukulele spielen oder Speerwerfen lernen, Kanu fahren, eine Unterhaltungsshow besuchen und an einem Luau-Fest teilnehmen.

Das Polynesische Kulturzentrum dominierte den kleinen Ort und brachte viele Arbeitsplätze in die Region. Kaum hatten Lauren und Kalei den Ortseingang passiert, sahen sie den gut besuchten Parkplatz des Zentrums, voll geparkt mit Reisebussen und Mietwagen. Lauren hatte selbst kurz nach ihrer Ankunft in Hawaii das Kulturzentrum besucht und sich abends die Show angesehen. Sie würde es Kalei gegenüber nicht unbedingt zugeben, aber es hatte ihr dort gut gefallen.

Der Ort war schnell durchquert. Kurz nachdem sie das Ortsausgangsschild passiert hatten, wies Kalei Lauren an, links in einen geteerten Weg einzubiegen. Der Weg wurde bereits nach wenigen Metern von einem Gittertor versperrt, an dem recht unauffällig zwei Schilder angebracht waren. Auf dem einen stand in weißer Schrift auf grünem Grund 'Free Hawaii' und auf dem anderen 'Restore Hawaiian Sovereignty'.

Vor einem hellblau gestrichenen Haus auf der anderen Seite des Tores wehte die umgedrehte hawaiianische Flagge: Der Union Jack, kombiniert mit acht weiß-blau-roten Querstreifen, einer für jede der acht Hauptinseln Hawaiis. Die umgedrehte Version repräsentierte zum einen das in Not geratene hawaiianische Königreich und war zudem das Hauptsymbol der Hawaiianischen Souveränitätsbewegung.

"Na, immerhin kann kein Zweifel bestehen, dass wir an der richtigen Adresse sind", meinte Lauren, als sie vor dem Tor anhielt und den Motor abstellte.

Kalei stieg aus dem Auto aus, ging zum Tor und spähte hinüber, aber es ließ sich niemand blicken. Er wählte eine Nummer auf seinem Telefon und wartete.

Hinter ihnen fuhr schwungvoll ein dunkler Pickup in die Einfahrt und kam nur knapp hinter ihrer Stoßstange schlingernd zum Stehen. Kalei machte schnell einen Schritt zur Seite und Lauren sprang aus dem Wagen.

Ein massiger, kahl geschorener Schädel beugte sich aus dem geöffneten Fenster und motzte Lauren unfreundlich in hawaiianischer Sprache an. Sie zuckte nur mit den Schultern, sie verstand nur wenige Worte in dieser Sprache. Vor acht Jahren hatte sie zumindest einige Phrasen beherrscht.

Kalei hatte sein Telefon eingesteckt und kam um das Auto herum. Er antwortete dem Riesen in derselben Sprache und in demselben unfreundlichen Tonfall. Lauren konnte lediglich den Namen Kimo verstehen.

Nachdem die beiden kurz diskutiert hatten, schob sich der Mann aus seinem Truck und bewegte seine gut 180 Kilogramm auf das Tor zu. Mit dicken Fingern gab er eine Zahlenkombination auf einem Eingabefeld ein und das Tor schwang langsam auf. Dabei fluchte er, weil ihm die kleinen Tasten offensichtlich Probleme bereiteten. "Er hat seinen elektronischen Türöffner vergessen", übersetzte Kalei, nachdem sie sich wieder ins Auto gesetzt hatten, um vor dem Pickup auf das Gelände zu fahren. Kaum waren sie durch, überholte sie der große Wagen und ein dicker Arm bedeutete ihnen, ihm zu folgen.

Sie fuhren auf einem ungepflasterten Weg, rechts und links lagen einfache, bunt gestrichene Häuser. Ein paar Menschen, hauptsächlich Frauen, Kinder und Ältere, saßen vor ihren Wohnungen oder waren mit Wäscheaufhängen oder Blumengießen beschäftigt. In einem Gemeinschaftsgarten auf der Bergseite arbeiteten mehrere Frauen.

Lauren fühlte sich fehl am Platz. Engländer waren hier ganz sicher noch weniger willkommen als Kalifornier in billigen Hawaiihemden vom Discounter oder eine Busladung voller fotografierender Koreaner. Die Nachfahren James Cooks hatten der Inselbevölkerung fast zwei Jahrhunderte lang sehr ungerecht behandelt und großen Schaden zugefügt.

Der Pickup parkte vor einem hellgelb gestrichenen, freistehenden Holzhaus, an dessen Fassade neben der umgedrehten Hawaiiflagge eine weitere Fahne hing. Diese bestand aus drei horizontalen Streifen in Weiß, Goldgelb und Schwarz mit einem lilafarbenen Symbol auf dem goldgelben Teil.

"Das Banner der Unabhängigkeitsbewegung", kommentierte Kalei die zweite Flagge.

Kalei und Lauren verließen den Wagen. Seine Dienstwaffe ließ Kalei im abgeschlossenen Handschuhfach. Lauren besaß keine und hätte in den USA ohnehin keine tragen dürfen.

Sie folgten dem schwerfälligen Riesen die Eingangsstufen zu dem gelben Haus hinauf.

Die Fliegengittertür ging auf und ein muskulöser Mann kam die Eingangsstufen hinunter. Im Gehen wischte er sich die Hände an einem blau-weiß-karierten Geschirrtuch ab. Lauren hoffte, dass sie ihn nicht gerade beim Zerlegen eines Tieres gestört hatten. Auf sie wirkte er wie jemand, der sich sein Abendessen selbst erjagte. Er wirkte durchtrainiert und sein T-Shirt spannte sich über seinem Bizeps. Seine Arme waren mit polynesischen Mustern tätowiert. Ihr schwergewichtiger Guide grüßte den anderen im Vorbeigehen und hielt Lauren und Kalei dann die Tür zum Haus auf.

Der vordere Teil des Hauses war zu einem Büro umgebaut worden. An einem massigen, antiken Holzschreibtisch saß ein Mann mittleren Alters, der mit beiden Zeigefingern auf einer Computertastatur herumtippte. Dabei flog sein Blick zwischen den Tasten und einem Bildschirm hin und her, wobei er jedes Mal über den Rand seiner Lesebrille hinwegsehen musste, um das Geschriebene zu erkennen.

Mit demselben Blick unter hochgezogenen Augenbrauen musterte er nun seine Besucher.

"Aloha, Kimo", begrüßte Kalei ihn und ging auf ihn zu. "Ich bin Kalei Kahamoku, der Sohn von Lea und Frank."

Über Kimo Kameālohas Gesicht huschte nun ein Lächeln und er erhob sich schwerfällig aus seinem Stuhl. Mit einem deutlichen Humpeln kam er auf Lauren und Kalei zu und gab beiden die Hand.

"Franks Sohn! Das ist ja eine angenehme Überraschung. Was führt dich zu uns?"

Kalei wies sich als Beamter des Honolulu Police Departments aus und stellte Lauren als Beamtin der Londoner Polizei vor.

"Danke, Koa", sagte er zu dem Riesen, der sich stumm im Hintergrund gehalten hatte.

"Ich spreche mit unseren Besuchern. Bitte warte draußen!"

Der große Mann schnaufte zustimmend, drehte sich um und verschwand grußlos.

"Wir untersuchen den Mord an einem Engländer drüben im Kaihalulu Hotel", erklärte Kalei.

Kimo nickte. "Ich hab davon gehört."

"Die Ehefrau des Toten ist Rechtsberaterin in der Baufirma ihres Vaters, Evergreen Constructions. Wir haben erfahren, dass die direkt nebenan ein weiteres Luxushotel bauen wollen. Was kannst du uns dazu sagen?"

"Nichts als Ärger mit denen", sagte Kimo resigniert und bat, sich wieder setzen zu dürfen. Sein Ischias mache ihm zu schaffen. Leise stöhnend ließ er sich vorsichtig zurück auf seinen Schreibtischstuhl gleiten.

Mehrere Mitarbeiter der Baufirma seien in den letzten Wochen bei ihnen aufgetaucht, häufig unangemeldet und zunehmend unhöflich. Deshalb sei inzwischen das Tor permanent geschlossen. Die Leute seien zu den unmöglichsten Zeiten gekommen und hatten versucht, seine und andere Familien, die angrenzende Grundstücke bewohnten, massiv einzuschüchtern.

Die Baufirma hatte zunächst finanzielle Angebote gemacht, die zwar angemessen waren, aber es kam für die Familien nicht infrage, ihr Land für ein Hotelprojekt zur Verfügung zu stellen. Die Familie, der die Mililoa Ranch gehört, sei besonders bedrängt worden, weil ihr Grundstück praktisch das Herzstück des neuen Baugebietes bildet. Aber ganz besonders dieses Gebiet sei heiliges Land, das unbedingt in den Händen der Ureinwohner Hawaiis bleiben müsse. Es gäbe mehrere alte Grabstätten auf dem Gelände der Ranch.

Es sei durch das Polynesische Kulturzentrum schon genug Tourismus in der Gegend. Sie bräuchten gewiss nicht noch ein Resort von der Größe des 'Kaihalulu'.

Als die finanziellen Angebote von den Landbesitzern abgelehnt worden waren, versuchte man es schnell mit Einschüchterungen und juristischen Methoden. Den einen versprach man ein größeres Mitspracherecht bei politischen Entscheidungen zugunsten der einheimischen Bevölkerung, bei anderen wiederum hatte man herausgefunden, dass sie Schulden hatten. Einem jungen Mann gegenüber hatten sie behauptet, sie würden seinem Arbeitgeber von einem angeblichen Drogenproblem berichten. Eine andere Familie hatte einen Sohn, der eine Bewährungsstrafe verbüßte, aber man hatte ihnen gedroht, dass ihr Sohn bald wieder im Gefängnis wäre, wenn sie nicht kooperierten.

Hier hakte Lauren nach. Sie wollte wissen, wer mit dem Gesetz in Konflikt geraten war und warum. Eine naheliegende Frage, wie Lauren fand, aber Kimo schaute pikiert.

Kalei schaute Kimo entschuldigend an. "Wir müssen das wissen, *anakala*. Es ist Routine, es bedeutet kein Vorurteil".

Der Wortführer der Gemeinschaft schien unentschlossen, als draußen auf der Veranda Schritte polterten. Es wurden einige erregte Worte mit dem Riesen gewechselt, der vor dem Eingang Posten bezogen hatte, dann wurde die Tür zu Kimos Haus aufgerissen.

Ein Mann um die vierzig, mit kurzen, abgeschnittenen Jeans und verwaschenem T-Shirt, kam in Kimos Büro gestürzt, baute sich zwischen den dreien auf und zeigte mit dem Finger anklagend auf Lauren.

"Was macht sie hier? Das ist die *Haole*, die Ken damals fertig gemacht hat", rief er.

Kalei, Kimo und Lauren sahen ihn verständnislos an.

"Wen meinst du, Keoki?", fragte Kimo den Mann.

"Meinen *Cuz* Ken Akamoto", erwiderte Keoki ungeduldig. "Die Verräterin hat ihn damals angezeigt, obwohl sie selbst ein Cop war. Danach war Ken nicht mehr derselbe."

Er machte einen weiteren Schritt auf Lauren zu, die von der verbalen Attacke zu verblüfft war, um etwas zu erwidern, und hielt ihr die Faust unter die Nase. "Du Schlampe hast meinen Freund ruiniert."

Bevor Keokis Faust irgendein Ziel fand, ging Kalei dazwischen und stieß ihn von Lauren weg, indem er ihm die flache Hand auf die Brust schlug.

Keoki heulte auf und schwankte zurück. "Du warst dabei, Kalei", schrie er, "du weißt, was sie getan hat."

"Ja, ich war dabei", sagte Kalei ohne zu zögern. "Ken Akamoto hat mehrmals gegen das Gesetz verstoßen und letztendlich bekommen, was er verdient hat. Es war nicht Laurens Schuld, dass er entlassen wurde. Das hatte sich Akamoto durch seine Sauferei und seinen Jähzorn selbst zuzuschreiben. Er war ein schmutziger Cop."

Keokis Wut richtete sich nun auf Kalei. "Mein Freund hat erst mit dem Trinken angefangen, nachdem die Schlampe ihn verraten hat."

"Bullshit!", entgegnete Kalei, "Ken war schon seit Jahren drauf. Er wäre früher oder später sowieso in Schwierigkeiten geraten. Es war nur eine Frage der Zeit, bis sie ihn rausgeworfen hätten." Er ging drohend einen weiteren Schritt auf Keoki zu. "Und nenn sie nicht Schlampe, Mann. Sie ist ein Cop, genau wie ich. Erweise ihr Respekt!"

Keoki dachte nicht daran und die zwei Männer standen sich drohend gegenüber.

Lauren fand endlich ihre Sprache wieder und strebte in Richtung Tür. "Ich bin draußen am Auto", murmelte sie und verließ Kimos Haus.

Draußen auf der Veranda stand Koa, der kahlköpfige Riese, und blockierte mit verschränkten Armen die Treppe zur Straße. Lauren machte wortlos einen Bogen um ihn, öffnete die Tür ihres Wagens, ließ sich auf den Fahrersitz fallen und verriegelte die Tür hinter sich.

Obwohl sie im Dienst schon dutzendfach verbal und auch körperlich attackiert worden war und sie so etwas mittlerweile wegstecken konnte, ging ihr Keokis Auftritt nahe und hatte sie sehr aufgewühlt. Vor drei Tagen, in McAllisters Büro in London, hatte sie noch die Hoffnung gehabt, dass sich niemand mehr in Honolulu an die Ereignisse vor acht Jahren erinnern würde, die sie dazu veranlasst hatten, Hawaii so schnell den Rücken zu kehren. Doch nicht nur einige Kollegen bei der Polizei, auch wildfremde Menschen, die auf der anderen Seite der Insel wohnten, erinnerten sich offensichtlich noch daran - und waren ganz und gar nicht gut auf sie zu sprechen.

Sie fragte sich, was Ken Akamoto in den letzten acht Jahren wohl widerfahren war. Ein Trinker und ein Arschloch war er schon damals gewesen, aber er hatte großen Respekt bei den Kollegen genossen. Zumindest bei einer gewissen Gruppe von Männern. Er war das Alphatier unter den uniformierten Officers gewesen.

Sie trank einen Schluck Wasser aus ihrer Flasche und schloss für einen Moment die Augen.

Die Beifahrertür wurde aufgerissen und sie zuckte erschrocken zusammen. Kalei ließ sich auf den Sitz fallen. "Fahren wir", befahl er und Lauren startete den Motor. Sie wendete auf der breiten Straße und hielt auf den Ausgang zu. Die Flagge der Hawaiianischen Souveränitätsbewegung wehte stramm im Nordostwind, als sie das Gelände verließen.

Lauren bog nach links auf den Highway in Richtung North Shore ab, anstatt in Richtung Laie zu fahren. Ihr war nach einer Fahrt durch die offene Landschaft, anstatt auf direktem Weg zurück nach Honolulu zu fahren.

Nach ein paar Minuten Fahrt sagte Kalei: "Tut mir leid, dass Keoki dich so angegangen ist. Offenbar hat dich der dicke Koa, der uns reingelassen hat, erkannt und ihm sofort Bescheid gesagt."

Lauren nickte. Sie fuhr noch ein paar hundert Meter, bevor sie sagte: "Danke, dass du so für mich Partei ergriffen hast." Er zuckte nur stumm mit den Schultern.

Lauren drosselte das Tempo hinter einem Pferdetransporter, der im Begriff war, in eine Ranch auf der linken Seite einzubiegen.

Sie sah ihn von der Seite an. "Warum hast du das damals nicht getan?", fragte sie leise.

"Was meinst du?"

"Warum warst du damals nicht auf meiner Seite, als keiner von unseren Kollegen zu mir gehalten hat, als ich Ken davon abgehalten habe, den Typen zu erschlagen, der angeblich seine Frau gevögelt hatte?"

Das war die eine Frage, über die sich Lauren jahrelang den Kopf zerbrochen hatte.

Warum hatte Kalei, ihr Partner im Job wie im Leben, in dieser entscheidenden Nacht nicht ihre Partei ergriffen, sondern war ihr in den Rücken gefallen?

Kalei starrte stumm aus dem Fenster in Richtung Meer. Draußen flog der Kahuku-Golfplatz vorbei.

Auf der rechten Seite der Straße tauchten einige weiße Food Trucks und Unterstände mit Tischen und Bänken auf. Davor war ein großer Parkplatz. Lauren trat spontan auf die Bremse und bog auf den Parkplatz ein. Sie fuhr in die erstbeste Lücke, schaltete den Motor aus und sah Kalei erwartungsvoll an. Es war endlich an der Zeit, dieses Thema zu klären.

"Kurz nachdem du abgereist warst, wurde aufgrund deiner Anzeige eine interne Ermittlung gegen Ken eröffnet. Er wurde vom Dienst suspendiert, es kamen wohl einige Vergehen zusammen, die er sich in den Jahren geleistet hatte. Nicht alle konnten bewiesen werden, weil viele Kollegen nicht gegen ihn ausgesagt haben."

"Gehörtest du auch zu denen?"

"Nein", sagte er und blickte ihr direkt in die Augen. "Ich habe als Zeuge in der Sache mit Ethan Yamada, dem Liebhaber von Kens Ehefrau, gegen ihn ausgesagt. Ich habe geschildert, was in dieser Nacht auf dem Parkplatz vor dem Sands passiert ist. Dass er Yamada geschlagen hat und dass dieser keine Waffe bei sich gehabt hatte. Dass es keine Notwehr gewesen ist, wie Ken behauptet hat, sondern eine geplante Aktion war, um ihm eine Lektion zu erteilen. Und dass du während deiner Fußstreife in Waikiki zufällig die Schlägerei beobachtet hast und eingeschritten bist. Die Wahrheit eben."

Lauren hielt seinem Blick stand. "Er wurde suspendiert?"

Kalei nickte. "Dauerhaft. Er hat dann bei verschiedenen Security Firmen gearbeitet, auf dem Campus der University of Hawaii, bei der Hawaiian Bank, bei Costco. Aber nirgendwo richtig lange. Es stimmt schon, was Keoki gesagt hat. Er hat nach seinem Rausschmiss beim HPD noch viel mehr gesoffen als vorher und den Boden unter seinen Füßen verloren."

"Ich habe ihn gestern Abend im 'Kanpai' gesehen", berichtete Lauren ihm. "Er sah schlimm aus, zwanzig Jahre älter, als er wahrscheinlich ist." Sie musste ihm nicht sagen, dass sie Mitleid mit ihm verspürt hatte. Er wusste es auch so.

"Er hat sich da wirklich selbst reingeritten, Lauren. Der Fall war einfach zu tief für ihn. Vom inoffiziellen Chef der Bruderschaft zum Nachtwächter in Downtown. Das hat er einfach nicht gepackt." Lauren nickte, sah ihn aber weiter unverwandt an.

"Ich habe damals in dieser Nacht eine Entscheidung getroffen, die ich jeden weiteren Tag danach bereut habe", sagte er schließlich. "Ich wusste schon, dass ich Mist gebaut hatte, als ich in dem Hinterhof eine Sekunde zu lange gezögert habe, um mich auf deine Seite zu stellen. Ich war zu feige, mich gegen die Kollegen zu behaupten, und ich hatte einfach nicht gedacht, dass Ken dich anfassen oder dir wehtun würde. Als er es dann tat, hatte ich mich schon für die falsche Seite entschieden."

Kalei wandte sich ab und schaute über den Parkplatz zu den Food Trucks hinüber. In jedem wurden Schrimps in unterschiedlichen Marinaden und mit nur wenigen Beilagen zubereitet. Die meisten Rezepte basierten auf Unmengen von Knoblauch, manche Köche setzten zusätzlich auf Chili, Ananas und Butter. Man konnte den köstlichen Duft bis auf den Highway riechen.

Lauren hatte plötzlich keine Kraft mehr, mit Kalei weiter über jenen Abend zu reden. Was passiert war, war passiert und ließ sich nicht mehr ändern. Sie hatten beide eine Entscheidung getroffen, die den Verlauf ihres weiteren Lebens beeinflusst und verändert hatte. Vielleicht hatte alles genau so kommen müssen. Es war Zeit, nach vorne zu schauen. Und was sie buchstäblich direkt vor sich sah, ließ ihren Magen knurren.

"Hunger?", fragte sie Kalei und öffnete die Fahrertür. Er sah sie einen Moment irritiert an, dann huschte ein Lächeln über sein Gesicht.

"Und wie", antwortete er und stieg aus.

Kapitel 14

Zurück in der Criminal Investigation Division in Honolulu trafen Lauren und Kalei auf Randy, Chris und Brenda Lee. Randy hatte eine große Flasche Wasser vor sich stehen und sah blass aus.

"Was ist los mit dir?", wollte Lauren von ihrem Partner wissen.

"Ich glaube, eine der 'meeresfrischen Köstlichkeiten' gestern Abend im 'Kanpai' ist mir nicht bekommen. "Mein Magen spielt ziemlich verrückt heute." Randy verzog das Gesicht und legte die Hand vorsichtig auf seinen Oberbauch.

"Ich übernehme heute Nachmittag freiwillig den Bürodienst und schreibe die Protokolle", bot er an. Lauren hatte keine Einwände und war froh, um die Schreibtischarbeit herumzukommen.

"Was steht an?", fragte sie in die Runde.

Police Officer Brenda Lee sagte: "Eine der beiden Angestellten der Baufirma Evergreen Constructions hat heute Vormittag angerufen und berichtet, dass es ein Überwachungsvideo gibt, das den Einbruch in das Büro aufgezeichnet hat. In der Nacht, in der das Laptop entwendet wurde. Sie fragte, ob wir Interesse an dem Video hätten."

Warum ihnen die dumme Nuss das nicht gestern erzählt habe, als Kalei und er bei ihnen im Büro gewesen waren, nörgelte Randy.

Brenda erklärte, dass die Polizei in Kane'ohe die Festplatte gehabt hatte, auf der das Video gespeichert war. Die Kollegen hatten sich das Video angesehen, damit aber nicht viel anfangen können. Man erkannte zwar jemanden auf dem Video, aber nicht besonders gut. Die Qualität war schlecht. Man habe der Baufirma die Festplatte heute Morgen zurückgebracht.

Kalei entschied, dass Brenda und Lauren am Nachmittag noch einmal zu Evergreen Constructions fahren sollten. Sie sollten Eli Kealoha mitsamt Laptop und ihrer Spezialsoftware mitnehmen, damit diese das Video bearbeiten konnte.

"Ich will heute Nachmittag mit Chris die Familie Kameāloha, der das Gelände der Mililoa Ranch gehört, besuchen," erläuterte Kalei seine eigenen Pläne für den Nachmittag.

"Kimo hat mir schließlich doch verraten, dass die Kameālohas einen Sohn haben, der in der Vergangenheit mit dem Gesetz in Konflikt geraten ist und gerade auf Bewährung ist.

Brenda hat bereits herausgefunden, dass er vor zwei Jahren zusammen mit ein paar Kumpels zwei Autos geklaut hat und ein illegales Rennen auf Sand Island gefahren ist. Das Ganze endete in einer Kurve direkt vor dem Gebäude der US Coast Guard. Die Kids haben ein paar Picknicktische platt gemacht. Zum Glück wurde niemand verletzt, aber der Sachschaden war nicht unerheblich. Sie leben in Waimanalo in der Nähe der 'Nation of Hawaii'."

"Inwiefern ist die Familie eigentlich mit Kimo von der Laie-Gemeinschaft verwandt?", wollte Lauren wissen und Kalei erläuterte, dass Kimo der Cousin des Familienvaters sei.

Nacheinander verließen die beiden Teams die Polizeistation. Lauren und Brenda warteten, bis Eli ihre Ausrüstung zusammengesucht hatte. Dann bestiegen sie gemeinsam einen Streifenwagen, einen Ford Interceptor SUV, der genug Platz für alle bot.

Beim Einsteigen streifte Elis Hand Laurens Arm und sie lächelte sie verschmitzt an. Lauren versuchte vergeblich, sich daran zu erinnern, ob sie Eli gestern im ‚Kanpai' irgendein falsches Signal gegeben hatte.

Brenda Lee, wie immer in ihrer schwarzen Police Officer- Uniform, fuhr sie nach Kane'ohe.

Eine halbe Stunde später betraten die drei Frauen das Büro von Evergreen Constructions.

William Sanders stand mit einem blonden Mann, den Lauren sofort als Daniel Stevens erkannte, am Kartentisch. Beide blickten irritiert auf, als das Eingangsglöckchen lange und anhaltend läutete.

Der Büroleiter entschuldigte sich bei seinem Chef und begrüßte die Polizistinnen enthusiastisch, aber Officer

Brenda Lee ignorierte seine geflöteten Begrüßungsfloskeln und fragte sogleich streng: "Mr. Sanders, gibt es einen Grund, warum Sie meinen Kollegen gestern nichts von der Existenz des Überwachungsvideos erzählt haben? Soweit ich weiß, haben Sie mit meinen Kollegen über den Einbruch gesprochen."

William Sanders sah unruhig zu Daniel Stevens hinüber, der ihn aber weder unterstützte noch maßregelte.

Sanders wandte sich wieder der uniformierten Beamtin zu: "Das Video war mir entfallen. Während ihre Kollegen hier waren, erinnerte ich mich daran, wollte ich mich aber zunächst bei Mr. Stevens versichern, dass es ihm recht war, dass wir das Video ..." Seine Stimme verlor sich.

"Das Überwachungsvideo könnte ein Beweisstück in einem Mordfall sein, das Sie bewusst zurückgehalten haben", tadelte Officer Lee den Mann. Dann wandte sie sich Daniel Stevens zu.

"Und Sie sind?", fragte sie kaum freundlicher in seine Richtung.

Daniel Stevens kam einen Schritt vom Kartentisch in ihre Richtung. "Mein Name ist Daniel Stevens. Ich bin der stellvertretende Geschäftsführer von Evergreen Constructions und der Schwager des kürzlich verstorbenen Jamie Hayward, Officer."

"Mein Beileid, Mr. Stevens", sagte Brenda Lee knapp.

Dieser ignorierte die Bemerkung und sagte stattdessen: "Es tut mir leid, wenn mein Mitarbeiter die Ermittlungen behindert hat. Ich bin sicher, er hat es nicht absichtlich getan. Wir sind zurzeit alle sehr angespannt. Der bevorstehende Vertragsabschluss, die Sabotageversuche, der Einbruch und nun auch noch der Mord an meinem Schwager. Da kann es schon mal passieren, dass einem von uns das eine oder andere Detail entfällt."

Dabei lächelte er Brenda Lee und die anderen beiden entschuldigend an, aber keine der drei Frauen ließ sich von seinem Charme beeindrucken.

"Bitte händigen Sie die Festplatte unserer Mitarbeiterin aus", wandte sich Brenda stattdessen an den Büroleiter und deutete auf Eli. "Sie ist unsere IT-Expertin und wird schauen, was aus dem Video herauszuholen ist." Sofort sprang die Büroangestellte mit den kurz geschnittenen schwarzen Haaren dienstbeflissen von ihrem Platz auf und hielt ihnen eine Festplatte in der Größe eines Taschenbuches hin. Eli Kealoha nahm sie in Empfang und baute ihren Laptop auf einem freien Schreibtisch auf.

Zur selben Zeit erreichten Kalei und Chris Logan Waimanalo auf der anderen Seite der Insel. Nachdem sie ein paar Minuten am einladenden türkisfarbenen Wasser der Waimanalo-Bucht entlanggefahren waren, bogen sie vom Highway ab und fuhren durch Wohnstraßen mit einfachen, eingeschossigen Häusern, die auf großen, üppig und wild bewachsenen Grundstücken standen.

In der Kakaina Street hielten sie schließlich vor einem hellgelb gestrichenen Holzhaus unter einem Mangobaum an. Auf dem asphaltierten Vorplatz standen ein halbes Dutzend Autos in mehr oder weniger fahrtüchtigem Zustand. Ein alter bordeauxroter Cadillac, dessen Achsen auf vier großen Schlackesteinen ruhten, rostete vor sich hin.

Im angrenzenden Garten arbeitete eine Frau in einem Gemüsebeet. Sie richtete sich auf, wischte sich die Hände an einem Tuch ab und kam durch den Garten auf sie zu.

"Willkommen, Kalei", rief sie ihm zu, nachdem sie ihn erkannt hatte.

Kalei wand sich um die Autos herum und umarmte die kleine Frau behutsam. Sie ging ihm gerade bis zur Brust und war weich und rund gebaut.

"Grüß dich, Auntie Malena", sagte er lächelnd. "Wie geht es dir? Dein Garten ist prächtig."

Sie lächelte stolz. Dann fiel ihr Blick auf Chris Logan, der gerade vom Dodge zu ihnen herüberkam.

"Bist du etwa dienstlich hier?", fragte sie erschrocken.

"Leider ja", sagte Kalei bedauernd und stellte seinen Partner vor.

"Ist David auch zuhause?", erkundigte sich Kalei nach Malenas Mann.

Ihr Mann David sei vor einer Viertelstunde mit ihrem Sohn Mano zum Sperrfischen gefahren, gab Malena Kameāloha bereitwillig Auskunft. "Möchtest du, dass ich sie anrufe und bitte herzukommen?"

"Ja, das wäre schön. Es geht um das Grundstück der Miliiloa Ranch in Laie."

Malenas Blick verfinsterte sich. "Dieses unselige Grundstück", stieß sie hervor. "Wie die Aasgeier sind diese Bauleute hinter dem Land her. Akzeptieren kein 'Nein' als ein 'Nein'. Belagern und bedrängen uns."

"Haben sie offen Drohungen ausgesprochen?", wollte Kalei alarmiert wissen. "Dann könnt ihr gegen sie vorgehen."

"Nein, nicht direkt. Aber es fühlt sich so an. Sie zermürben uns durch ihre permanenten Forderungen, dass wir ihnen unser Land verkaufen sollen. Außerdem ist es auch das Land der Gemeinschaft. Auch unsere Nachbarn in Laie sind gegen den Verkauf und reden ständig auf uns ein, dass wir ja nicht nachgeben dürfen. Erinnern uns ein ums andere Mal daran, dass das Land uns nur auf dem Papier gehört, aber in Wirklichkeit das Land unserer hawaiianischen Ahnen ist und in der Familie bleiben muss. Ich wünschte, Davids Vater hätte es uns niemals übertragen."

Sie strich sich müde über die Augen. "Ich werde jetzt David anrufen", sagte sie. "Setzt euch derweil auf die Veranda."

Kalei und Chris folgten Malena Kameāloha auf die Terrasse des hellgelben Hauses. Sie bat sie, auf zwei Gartenstühlen Platz zu nehmen, und verschwand im Haus. Nur wenige Minuten später kam sie mit einem Wasserkrug, in dem Pfefferminzblätter, Ananas und Orangenscheiben schwammen, und einigen Gläsern zurück.

"David und Mano machen sich sofort auf den Weg", sagte sie und schenkte den beiden ein. Sie war höflich und freundlich, aber auch auf der Hut.

Malena fragte Kalei, wie es seinen Eltern ginge, und sie unterhielten sich einige Minuten über die Familien. Kaleis Vater Frank war ebenfalls Police Officer beim Honolulu Police Department gewesen und seit zwei Jahren im Ruhestand. Er verbrachte seine freie Zeit jetzt hauptsächlich mit seinem Angelboot auf dem Wasser.

Zehn Minuten später bog ein alter Jeep Cherokee in die Einfahrt des Hauses ein. Zwei Männer in blauen Camouflage-Neoprenanzügen stiegen aus und kamen zum Haus. Beide trugen Harpunen zum Speerfischen mit sich und beide wirkten angespannt. Kein Wunder, sie hatten sich auf einen freien Nachmittag und die Unterwasserjagd gefreut und nun mussten sie der Polizei Fragen beantworten. Der ältere der beiden Männer begrüßte Kalei und Chris dennoch freundlich. Der jüngere hielt sich im Hintergrund und verbarg seinen Missmut nicht.

Als sie schließlich zu fünft am Verandatisch saßen, kam Kalei auf den Grund ihres Besuches zu sprechen.

David Kameāloha berichtete, dass die Baufirma Evergreen Constructions vor gut einem Jahr zum ersten Mal an ihn herangetreten war und ihm ein Angebot für die Mililoa Ranch gemacht hatte. Das erste Angebot sei lächerlich gewesen und er habe es komplett ignoriert. Die Baufirma habe aber nicht lockergelassen und das Angebot zunächst schrittweise erhöht.

Es sei dann irgendwann sogar recht attraktiv geworden.

"Du hast wahrscheinlich über deine Eltern davon gehört, Kalei, dass wir in den letzten Jahren einige finanzielle Schwierigkeiten hatten", sagte David beschämt mit gesenktem Blick.

"Ja, ich habe davon gehört und es tut mir sehr leid, dass ihr solches Pech hattet."

Kaleis Vater hatte ihm erzählt, dass David Kameāloha vor einem Jahr wegen öffentlicher Einsparungen seinen Job als Elektriker bei der Stadtverwaltung von Honolulu verloren und bisher noch keine neue Arbeit gefunden hatte. Seine Frau verkaufte selbstangebautes Gemüse auf verschiedenen Bauernmärkten, konnte damit aber nicht genug verdienen, dass es für ihre gesamte Familie reichte.

"Das Angebot war ab einem bestimmten Zeitpunkt also durchaus interessant für euch. Warum habt ihr nicht verkauft?", wollte Kalei wissen.

"Wir haben mit Kimo und den anderen von der Gemeinschaft gesprochen", fuhr David fort, während sein Sohn Mano immer finsterer dreinschaute. "Die Ranch ist ein wichtiges Stück Land für die Gemeinschaft. Im Norden war wahrscheinlich ein alter Begräbnisplatz und es gibt auch Hinweise, dass dort Zeremonien abgehalten wurden. Meine Familie sieht sich nur als Verwalter des Landes. Die meisten aus der Gemeinschaft sind strikt gegen den Verkauf des Grundstücks."

"Wir dürfen es nicht verkaufen", mischte sich nun Mano aufgebracht ein. "Onkel Kimo hat völlig recht, wenn er sagt, dass das Land in den Händen der Einheimischen bleiben muss und wir unser Erbe nicht einfach an die *Haoles* verscherbeln dürfen. Es wäre Unrecht."

"Mein Sohn hat in dieser Sache eine sehr klare Meinung", sagte David, und Kalei bemerkte einen Anflug von Stolz auf seinen Sohn in seiner Stimme.

Zum ersten Mal seit dem Beginn des Gesprächs meldete sich Chris Logan zu Wort: "Wie hat Evergreen Constructions eure wiederholte Absage aufgenommen?"

"Sie haben uns Druck gemacht", antwortete Mano mit wütender Stimme. "Haben versucht, uns einzuschüchtern."

"Was genau haben sie getan?", wollte Chris wissen.

Malena legte ihrem Sohn beschwichtigend eine Hand auf den Unterarm und antwortete mit ruhiger Stimme: "Zwei Vertreter der Baufirma sind mehrmals hier bei uns aufgetaucht, teilweise sehr spät abends oder am Wochenende. Sie sagten, dass sie von unserer finanziellen Schieflage wüssten und dafür sorgen könnten, dass die Banken uns keinen Zahlungsaufschub mehr gewähren würden. Dieses Haus", sie deutete auf ihr Heim, "ist noch nicht abbezahlt und wir sind ein paar Mal mit den Raten in Verzug geraten."

Als keine weitere Erklärung folgte, sagte Kalei: "Wir wissen davon, dass Mano vor zwei Jahren an einem illegalen Autorennen beteiligt war und nun auf Bewährung ist."

Malena senkte den Blick, David sah wütend zu seinem Sohn hinüber, Mano ließ sich bockig in seinem Stuhl nach hinten fallen und murmelte etwas Unverständliches.

"Haben die Leute von der Baufirma dieses Thema auch erwähnt?", fragte Kalei. "Haben sie damit gedroht, jemandem von Manos Bewährung zu erzählen?"

Manos Oberkörper schnellte wieder nach vorne und seine Stimme war voller Zorn. "Das haben sie nicht nur gesagt, sie haben es auch gemacht. Ich hatte einen prima Job bei einer Gartenbaufirma hier in Waimanalo und plötzlich, aus heiterem Himmel, ohne dass irgendetwas vorgefallen wäre, entlässt mich der Chef von heute auf morgen. Meinte, ich würde nicht zum Team passen und so'n Scheiß."

"Du weißt nicht mit Sicherheit, ob es daran lag, dass Jimmy Tanaka von deiner Bewährung erfahren hat. Er hat gesagt, dass du zu oft unpünktlich warst und nicht bereit gewesen bist, bei einem Kunden am Sonntag zu arbeiten", warf seine Mutter ein.

Mano warf seiner Mutter einen verletzten Blick zu und schlug mit der flachen Hand wütend auf die Tischplatte.

Da steckt eine ganze Menge Wut in dem Jungen, dachte Chris und hakte noch einmal bei Manos Vater nach: "Glaubst du auch, dass die Baufirma herausgefunden hat, dass Mano auf Bewährung ist?"

"Ich denke schon", bestätigte David achselzuckend.

Plötzlich piepte Kaleis Mobiltelefon, das einen eingehenden Anruf ankündigte. Kalei warf einen Blick auf das Display, entschuldigte sich kurz und stand vom Tisch auf. Er ging in Richtung Autos und telefonierte ein paar Minuten.

Als er das Gespräch beendet hatte, blickte er auf das Handy und sah sich eine gerade eingegangene Nachricht an. Er deckte das Display mit der Hand ab, um es besser erkennen zu können, und kam dann mit resigniertem Blick zurück auf die Terrasse.

Vier Augenpaare schauten ihn gespannt an. Alle schienen zu ahnen, dass dieser Anruf eine entscheidende Wende bringen würde.

Kalei blieb neben Manos Stuhl stehen und wandte sich an die gesamte Runde.

"Das war unsere Kollegin Officer Lee aus dem Büro der Baufirma in Kane'ohe", verkündete er. "Dort ist vor zwei Wochen eingebrochen worden. Unsere IT-Spezialistin hat in dem Überwachungsvideo das Gesicht des Einbrechers sichtbar machen können. Sie hat mir gerade einen Screenshot geschickt." Er hielt das Display seines Telefons in Richtung Chris, David und Malena. Malena schlug sich die Hand vor den Mund, Davids Blick flog zu seinem Sohn. Dieser hatte sich in seinem Stuhl aufgerichtet und war bereit, aufzuspringen. Seine linke Hand griff reflexartig nach seiner Harpune, die neben ihm an die Hauswand gelehnt war.

Aber Kalei war schneller. "Lass es bleiben", sagte er scharf und umfasste Manos Oberarm mit festem Griff. Mano verzog sein Gesicht schmerzerfüllt und ließ sich wieder nach hinten sinken.

"Es tut mir wirklich leid, aber wir müssen Mano auf die Polizeistation zur Befragung mitnehmen", sagte Kalei, an die Eltern gewandt.

"Was wird ihm vorgeworfen?", wollte sein Vater erregt wissen. "Ein Einbruch?"

"Erstmal nur das", bestätigte Kalei und bedeutete Mano, aufzustehen. Chris war gleich an der Seite seines Partners, um zu verhindern, dass der junge Mann doch noch die Flucht ergriff. Manos Mutter streckte die Hand nach ihrem Sohn aus, aber der schüttelte nur abwehrend den Kopf.

"Wir müssen auch sein Handy mitnehmen und seinen Computer, wenn er einen hat", sagte Chris. Kalei nickte.

Erst als sie am Wagen waren, legten sie Mano Handschellen an, aber seine Eltern standen dicht aneinandergedrängt auf der Veranda und schauten der Prozedur erschüttert zu.

Kapitel 15

Als Daniel Stevens an diesem Abend die Strandvilla seiner Schwester im Kaihalulu Hotel & Resort betrat, war es schon nach acht Uhr abends. Er hatte bis vor einer halben Stunde im Firmenbüro in Kane'ohe mit seinem Büroleiter Sanders zusammengesessen. Sie hatten diverse Telefonkonferenzen mit seinem Hauptbüro in Los Angeles geführt und versucht, Strategien auszuarbeiten, wie man den Baubeginn vorantreiben konnte. Seine Rechtsberater hatten ihm davon abgeraten, weiteren Druck auszuüben, solange die Ermittlungen im Fall seines ermordeten Schwagers noch liefen. Es war zum Verrücktwerden. Die Zeit lief ihm davon, das Wasser stand ihm fast bis zum Hals und sein dämlicher Schwager ließ sich buchstäblich wie eine Katze ersäufen.

Seine Schwester hätte bei der heutigen Sitzung im Büro in Oahu als leitende Rechtsberaterin der Firma eigentlich dabei sein sollen, aber Julia hatte sich seit gestern Mittag, nachdem sie mit der Polizeibeamtin aus England gesprochen hatte, total ausgeklinkt.

Als er gestern morgen mit dem Red Eye Flight von Los Angeles in Honolulu angekommen war, hatte er sie noch ordentlich angezogen und zurechtgemacht in der Villa vorgefunden.

Sie schien erleichtert gewesen zu sein, dass er da war, und hatte ihm heulend berichtet, was mit ihrem Mann passiert war.

Dann waren die Polizisten zweimal hintereinander aufgetaucht und Julia hatte sich immer mehr in sich zurückgezogen, so, als wäre sie aus einem Schockzustand erwacht und habe erst mit Verzögerung begriffen, was passiert war.

Auch jetzt konnte er sie zusammengekauert auf der Terrasse sitzen sehen. Sie hatte sich eine Decke um die Schultern gelegt - viel zu warm bei diesem tropischen Wetter - und hielt eine dampfende Tasse in der Hand, aus der sie aber nicht trank. Sie starrte ins Leere und wirkte, als hätte sie gar nicht bemerkt, dass er die Villa betreten hatte.

Julia schien ehrlich um ihren Ehemann zu trauern, diesen nichtsnutzigen Versager. Jamie Hayward, der Wolf im Schafspelz, dachte Daniel. Polizeibeamter beim altehrwürdigen New Scotland Yard, aber mit Dreck an seinen manikürten Händen, so schwarz und klebrig wie Teer. Ein Dirty Cop, einen korrupten oder unethischen Polizisten, so nannten das die Amerikaner.

Er musste versuchen, Julia wieder auf die Spur zu bringen. Sie war gerade ein Totalausfall für ihn und die Firma und das konnten sie sich einfach nicht leisten.

Und vor allem musste er herausbekommen, ob Jamies Tod irgendetwas mit ihrem kleinen, schmutzigen Geheimnis zu tun hatte und ob der Idiot vor seinem Ableben bei seiner Ehefrau gebeichtet hatte.

Er füllte zwei Eiswürfel in ein Glas, schnappte sich die halb leere Whiskyflasche, die auf der Anrichte stand, und trat auf die Terrasse heraus.

"Hallo, Schwesterherz", begrüßte er Julia ein bisschen zu gutgelaunt. Sie zuckte bei seinen Worten zusammen, als hätte er ihr auf die Schulter geschlagen, drehte sich aber nicht zu ihm um.

Daniel rückte sich einen der schweren Gartenstühle aus Teak so zurecht, dass er seiner Schwester gegenübersaß und sie ihn nicht ignorieren konnte. Er füllte drei Fingerbreit Whisky in sein Glas und nahm einen tiefen Schluck. Die Eiswürfel klirrten. Schade, dass es die schottische Variante und kein Bourbon war.

"Julia, Darling. Es tut mir leid, dass es dir so schlecht geht. Vielleicht hättest du heute Nachmittag mit ins Büro kommen sollen. Es hätte dich vielleicht abgelenkt und wir hätten deine Hilfe wirklich gut gebrauchen können", sagte er und griff nach ihrer Hand.

Sie entzog sie ihm und sah ihn gequält an. Ihre Haut war blass und fleckig und verschmierte Mascaraspuren befanden sich unter ihren geröteten Augen und auf ihren Wangen. Sie roch leicht nach Schweiß und Erbrochenem.

"Hat die Polizei denn inzwischen einen Hinweis, wer Jamie getötet haben könnte?", wollte er von ihr wissen. "Haben Sie schon jemanden verhaftet? Halten sie dich denn nicht auf dem Laufenden?"

Julia schüttelte langsam den Kopf. Er konnte nicht ausmachen, auf welche seiner Fragen sich dieses Kopfschütteln bezog oder ob sie ihn überhaupt gehört hatte.

Ungeduldig schüttete Daniel die zweite Hälfte seines Whiskys in sich hinein und füllte sich noch einmal nach. Diese ganze Situation war eine Katastrophe. Offenbar war außer ihm niemand in der Lage, Ordnung in das Chaos zu bringen.

"Kam dir Jamie irgendwie verändert vor, nachdem ihr hier in Hawaii angekommen seid?", wagte Daniel einen neuen Vorstoß. "Hatte er Angst vor etwas oder jemandem? Hat er sich mit jemandem getroffen?"

Es dauerte scheinbar einige Momente, bevor seine Fragen bei Julia ankamen. Sie blickte ihn stirnrunzelnd an. "Was meinst du damit? Er war doch hier, um Urlaub zu machen. Wir wollten wieder mehr Zeit füreinander haben."

Daniel konnte sehen, wie ihr bei ihren Worten schon wieder die Tränen in die Augen schossen. Wahrscheinlich würde es gleich einen weiteren Heulkrampf geben.

"Er hat also niemanden getroffen?", vergewisserte sich Daniel noch einmal.

"Wen soll er denn getroffen haben, meine Güte?" Julia wirkte nun alarmiert. "Meinst du er hatte eine andere Frau hier?"

Sie dachte ein paar Sekunden nach, bevor sie ihn scharf ansah.

"Hat er bei deiner Hochzeitsfeier vor zwei Jahren etwa jemanden kennengelernt? Oder bei dieser blöden Junggesellenparty, die ihr ja unbedingt unter euch feiern musstet?"

Aha, dachte Daniel. Da geht es ja schon mal in die richtige Richtung.

"Nein, wieso, hast du da etwas einen Verdacht? Also, ich weiß von keiner anderen Frau", sagte er schnell und beobachtete sie genau.

Sie murmelte etwas Unverständliches.

"Was, was hast du gesagt?", hakte er nach und beugte sich zu ihr hinüber. Der säuerliche Geruch von ungeputzten Zähnen stieg ihm in die Nase.

"Jamie hatte eine Affäre mit jemandem in London", sagte sie leise, "irgendein Flittchen bei ihm im Büro. Er hat mir geschworen, dass so etwas nie wieder vorkommt."

Ihre Stimme wurde lauter, verzweifelter. "Er hat es mir geschworen", rief sie noch einmal und nun flossen die Tränen doch. Sie stieß einen Laut aus, der so gequält und animalisch war, dass selbst Daniel, der sich für ziemlich abgebrüht hielt, erschrocken zusammenzuckte.

Für einen Moment fragte er sich, ob es möglich war, dass seine Schwester ihren Ehemann in einem Anfall von jähzorniger Eifersucht unter Wasser gedrückt haben könnte. Vielleicht hatte Jamie, der durch seine Affäre in London in einer defensiven Position war, irgendeine Andeutung gemacht, die Julia in blinder Raserei dazu getrieben hatte, ihre Hände um seinen Hals zu legen während er, vom Whisky halb betäubt, unfähig gewesen war, sich zu wehren.

Daniel wusste, dass Julia mehr Kraft hatte, als es auf den ersten Blick aussah. In ihrer Kindheit hatte sie mühelos beim Klettern auf Bäumen, beim Schwimmen im Teich und beim Reiten durch die Wälder von Kent mit ihm mithalten können.

Sie war außerdem zielstrebig und kompromisslos, er kannte sie bei ihrer Arbeit als Juristin, was ihrer Firma unter normalen Umständen hervorragend zugute kam.

Mit einem wütenden Laut schleuderte Julia ihre Tasse mit dem heißen Tee auf den edlen Natursteinboden. Daniel, aus seinen Überlegungen gerissen, sah verblüfft zu, wie das Porzellan zersprang und die Scherben in alle Richtungen spritzten. Einige landeten in dem Hibiskusbusch am Rande der Terrasse. Ein Rascheln ertönte aus derselben Richtung, zu laut für einen Vogel oder ein kleines Tier. Ein Schatten löste sich auf der anderen Seite des Busches aus der Dunkelheit und rannte davon.

"Was zum Teufel", fluchte Daniel und sprang auf. Er rannte zu der Mauer, die die Terrasse vom Strand trennte und war mit einem Satz auf die andere Seite gesprungen. Gut zwanzig Meter links von ihm rannte jemand an der Hecke entlang in Richtung der nächsten Villa.

Daniel setzte an, ihm nachzurennen, kam aber in dem weichen Sand nur stolpernd vorwärts. Ein plötzlicher Schwindel erfasste ihn. Wahrscheinlich eine Kombination aus zu wenig Wasser am Tag und den beiden hastig getrunkenen Whiskys vor ein paar Minuten.

Die Gestalt verschwand gerade aus seinem Sichtfeld.

Daniel stolperte weiter, bis er festen Boden unter seinen Füßen hatte und am Ende der Sichtschutzhecke angekommen war. Vor ihm lag die Parkanlage, dezent indirekt beleuchtet.

Jemand rannte gerade quer über den Rasen. Er verzichtete auf die weitere Verfolgung und konzentrierte sich darauf, zu erkennen, wer sie soeben belauscht hatte.

Er meinte, einen dürren jungen Mann mit schulterlangen, wehenden Haaren erkennen zu können. Im Licht eines Strahlers, der eigentlich eine hölzerne Tiki-Skulptur beleuchten sollte, konnte er dunkle Haut an nackten Armen und Beinen erkennen. Er hatte wenig Zweifel, dass er diesen jungen Hawaiianer schon einmal getroffen hatte.

Kapitel 16

Sonntag, 18. Februar Waimanalo, Hawaii

Der folgende Tag war ein Sonntag, und wer in Oahu nicht in der Tourismus- oder Gastronomiebranche arbeitete, verbrachte seinen freien Tag vorzugsweise am Strand, auf dem Wasser, auf einem Wanderweg oder beim BBQ. Die zahlreichen öffentlichen Beachparks boten die Möglichkeit, gleich mehrere Highlights miteinander zu verbinden. Besonders beliebt waren unter den Hawaiianern gemeinsame Treffen mit der gesamten Familie in diesen Parks.

Man traf sich dann bereits am Vormittag und arrangierte mitgebrachtes Essen auf Klapptischen, fläzte sich auf Campingstühlen und mietete für den Tag auch gerne mal eine Hüpfburg für die Kinder an. Es war eine traditionelle und essenzielle Form der Familienzusammengehörigkeit, zu der fast nie ein Tourist oder Besucher eingeladen wurde.

Die Familie Kalawai traf sich schon seit Jahren immer am Kaiona Beach Park am Ortsrand vom Waimanalo. Viele Familienmitglieder wohnten in und um Waimanalo auf der Südostseite Oahu's. So hatten es die meisten nicht sehr weit zum Treffpunkt.

Malu Kalawai war heute jedoch ganz und gar nicht nach Familientreffen zumute. Sie litt immer noch unter der Trennung von ihrem Freund Kalei und hätte den Tag lieber in ihrer Wohnung in der Stadt verbracht als mit ihren Eltern, Onkel, Tanten, Cousinen und Cousins, die sie ständig mitfühlend und bedauernd ansahen oder, schlimmer noch, versuchten, sie mit einem Sohn einer befreundeten oder benachbarten Familie zu verkuppeln.

Malu hatte die mitgebrachten Platten mit Braten, den sie am Vortag gemeinsam mit ihrer Mutter zubereitet hatte, auf einem der Tische abgestellt und sich an den angrenzenden Strand verzogen, wo sie nun im hellen Sand saß und darauf hoffte, dass ihre kleinen Nichten und Neffen sie für eine Weile in Ruhe lassen würden.

Es war schon fast zwei Wochen her, dass sie zum letzten Mal mit Kalei telefoniert hatte, und dieses Telefonat hatte nicht dazu beigetragen, ihre Hoffnung auf eine Weiterführung ihrer Beziehung zu nähren.

Wieso konnte sie ihn nicht einfach vergessen und sich jemanden suchen, der besser zu ihr passte?

Es war keineswegs so, dass es keine Anwärter gegeben hatte. Sie hatte sie bloß in den vergangenen vier Jahren, seitdem sie Kalei kannte, alle abgewiesen. Männer, die bodenständig und ausgeglichen waren, die ihrer Familie gefallen hätten und zu deren Lebensplan eine Familie und Kinder gehörten.

Kalei hingegen hatte nie ein Geheimnis daraus gemacht, dass Ungebundenheit und Unverbindlichkeit zu seinem Konzept gehörten. Da ihm durch seinen Beruf beim Honolulu Police Department Grenzen gesetzt waren, es Regeln zu beachten gab und ermittlungstechnische Abläufe befolgt werden mussten, legte er in seinem Privatleben umso mehr Wert auf Freiheit.

Malu war einfach davon ausgegangen, dass er sich im Laufe der Zeit ändern und ihre Wünsche und Zukunftspläne teilen würde. Sie hatte fest daran geglaubt, dass er erkennen würde, wie gut sie zusammenpassten und wie erfüllend es wäre, mit ihr eine Familie zu gründen. Sie war bereit gewesen, alles von ihm abzuhalten, was ihn belastet hätte. Sie hätte ihm den Rücken freigehalten, die eher lästigen Aufgaben der Elternschaft notfalls allein übernommen, damit er nur die angenehmen Seiten als Vater und Ehemann genießen konnte.

Diese traditionelle Mutterrolle war keineswegs das, was sie schon immer für sich erträumt hatte, aber sie war absolut bereit gewesen, diese Aufgabe hundertprozentig auszufüllen, wenn sie als Belohnung dafür Kalei als Ehemann und Vater ihrer Kinder bekommen hätte.

Doch trotz ihrer Hingabe und Bereitschaft hatte Kalei ihre Bitten schließlich abgewiesen und ihre Beziehung beendet. Malu hatte sich zusammengerissen und seine Entscheidung ruhig und erwachsen hingenommen, ein paar Tränen geweint, war aber ansonsten vernünftig und verständnisvoll gewesen. Nun, zumindest so lange, bis er ihre Wohnung verlassen und sie allein zurückgelassen hatte. Kalei hatte immer darauf bestanden, seine eigene Behausung in Manoa zu behalten, und sich nicht überreden lassen, mit ihr zusammenzuziehen. Nun war er wahrscheinlich umso dankbarer dafür.

Seitdem dachte sie über eine Strategie nach, wie sie Kalei zurückgewinnen konnte. Sie war zwar nicht bereit, ihm zuliebe ihren Kinderwunsch gänzlich aufzugeben, hatte aber beschlossen, wenn nötig, Zugeständnisse zu machen, was das Heiraten anging.

Hatte Kalei eigentlich jemals für sie etwas aufgegeben, oder war er auch nur einen Kompromiss eingegangen? Sie drehte sich zur Hüpfburg um, wo gerade laut geweint und geschrien wurde, weil mehrere Kinder zusammengestoßen waren, als sie just in diesem Augenblick Kaleis Auto auf den asphaltierten Parkplatz des Beachparks einbiegen sah.

Am Sonntag war das Briefing in der Polizeistation erst für den Mittag angesetzt. Lauren hatte also den Vormittag frei und Kalei überredet, den Tag gemeinsam mit einer Runde Stand-Up-Paddeln zu beginnen. SUP-Boards hatte Kalei genug und so musste Lauren nichts weiter tun, als mit Bikini und Boardshorts bekleidet am Hoteleingang auf Kaleis Pickup zu warten.

Obwohl man auch in Waikiki hätte paddeln können, bat Lauren Kalei, mit ihr zum 'Magnum Beach' zu fahren. Damit meinte sie den Gezeitenpool, der in der 1980er-Jahre-Serie 'Magnum P.I.' an das Grundstück 'Robins Nest' angrenzte, auf dem der Held der Serie, Privatdetektiv Thomas Magnum, gemeinsam mit dem Verwalter des Anwesens, Jonathan Higgins, wohnte. Der Gezeitenpool lag versteckt hinter dem Anwesen in der

Nähe des Kaiona Beach Parks und war nur bei niedrigem Wasserstand trockenen Fußes zu erreichen. Sein SUP-Board konnte man am kleinen Sandstrand des Beachparks zu Wasser lassen.

Von Laurens Hotel aus fuhren sie und Kalei einmal quer durch Waikiki und dann auf dem H1 Highway nach Osten. Nach etwa zwanzig Minuten ging der H1 in den kleineren Highway 72 über und führte am Meer entlang. Den östlichsten Ortsteil Honolulus, Hawaii Kai, passierten sie dann kurze Zeit später.

In unmittelbarer Nähe dieses Ortsteils befand sich der Kokohead Krater, dessen Gipfel nur über eine ehemalige Bahntrasse zu erreichen war, die mittlerweile von Sportlern als schweißtreibendes Work-out genutzt wurde. Mehr als eintausend Schritte brauchte es, um über die ausgetretenen Bahnschwellen nach oben zu gelangen. Durch die intensive Nutzung und Erosion waren die Stufen unterschiedlich weit und hoch, sodass man manche Abschnitte beinahe klettern musste.

Lauren hatte es in ihrer Zeit in Honolulu geliebt, am frühen Abend auf den Gipfel des Kokohead-Kraters zu laufen. Der Ausblick vom Gipfel war atemberaubend und reichte vom Diamond Head über Hawaii Kai, die Hanauma Bay und Makapu'u Point. An klaren Tagen kann man Oahus Nachbarinseln Moloka'i und Lanai sehen.

Kalei bemerkte Laurens sehnsüchtigen Blick, als sie am Kokohead-Krater vorbeifuhren.

"Es ist so unglaublich voll dort geworden", sagte er bedauernd. Mittlerweile hatten so viele Touristen die Kokohead-Treppen entdeckt, sodass man nur noch selten problemlos durchkam, ohne sich an jemandem vorbeizudrücken oder hinter jemandem warten zu müssen.

"Die letzten dreißig Stufen waren immer die schlimmsten", erinnerte sich Lauren lachend.

"Aber die Aussicht von oben war den Aufstieg jedes Mal wert."

Eine Viertelstunde später bogen sie auf den Parkplatz am Kaiona Beach ein. Sie wuchteten die zwei großen Stand-Up-Paddle-Boards von der Ladefläche und trugen sie zu dem schmalen Strandabschnitt. Schnell schoben sie die Boards in das glasklare Wasser und stießen sich mit einigen kräftigen Paddelbewegungen vom Ufer ab. Obwohl Lauren seit Jahren nicht mehr auf einem SUP-Board gestanden hatte, bereitete es ihr keine Mühe, die Balance zu halten. Das Wasser war an diesem Strandabschnitt, der das östliche Ende des Waimanalo Beaches markierte, sehr flach und leuchtete in einem hellen, karibisch anmutenden Türkis.

Lauren und Kalei paddelten zunächst in Richtung Makapu'u Point und drehten nach zwanzig Minuten um, weil sie noch eine Runde in Magnums Gezeitenpool schwimmen wollten.

Der Pool war wie eine Badewanne aus hüfttiefem Wasser, das von Lavasteinen begrenzt wurde. Kalei beobachtete Lauren dabei, wie sie auf dem Board sitzend versuchte das Gleichgewicht zu halten, um ihre Shorts abzustreifen. Obwohl ihre Haut winterlich blass war, bemerkte er ihre muskulösen Arme und Beine und ihren flachen, straffen Bauch. Keine Bodybuildermuskeln, sondern die schlanken, langen Muskeln einer Langstreckenläuferin oder einer Yogini.

Lauren ließ sich lachend rückwärts ins warme Wasser fallen.

Obwohl es Kalei reizte zu ihr zu schwimmen und mit albernen Wasserspielchen zu versuchen, sie zu berühren, hielt er einen Meter Abstand und schwamm einfach nur neben ihr her. Dabei war ihm danach, wie ein Seehund um sie herum zu tauchen oder sie wie ein Oktopus mit seinen Armen zu umschlingen.

Als sie nach dem Schwimmen wieder zum Beach Park zurückkehrten, steuerte eine junge Frau am Strand auf Kalei zu. Sie schien auf ihn gewartet zu haben, denn sie stand bereits vor ihm, nachdem er sich als Erster von seinem Board gleiten ließ und es auf den Sand zog.

Die Frau begrüßte Kalei, ohne dass Lauren verstehen konnte, was geredet wurde. Hin und wieder traf sie ein feindseliger Blick. Lauren beschloss, lieber Abstand zu halten und trug das Board zu Kaleis Wagen, wo sie es auf der Ladefläche verstaute. Als sie ihr Paddel in einer dafür vorgesehenen Halterung befestigt hatte, schaute sie zum Strand zurück und sah nun einen Mann bei Kalei und dieser Frau, der Kalei herzlich begrüßte und umarmte.

Kurze Zeit später blickten die Männer zu ihr hinüber und der Mann bedeutete ihr mit großer Geste zu ihnen zu kommen.

Sie angelte ihre Flip-Flops und ein Shirt von der Ladefläche und streifte es über, bevor sie sich auf den Weg machte. Bei den dreien angekommen, stellte Kalei den Mann als Patrick Kalawai, einen guten Freund, vor. Patrick schüttelte Lauren begeistert die Hand. Sie war nun gespannt, wer die Frau war, und sie erfuhr es sogleich von Kaleis Freund.

Patricks Cousine Malu und Kalei seien lange Jahre ein Paar gewesen. Leider hätten sie sich vor kurzem getrennt, aber natürlich seien sie alle weiterhin Freunde und Kalei und seine Kollegin aus England herzlich bei ihrem Beach-BBQ willkommen.

Soso, Kaleis Ex-Freundin also. Das war mal interessant.

Kalei wirkte leicht angespannt, als er erklärte, dass sie beide gegen Mittag im Police Department in der Innenstadt sein mussten. Patrick erklärte, dass sie dann ja noch zumindest ein halbes Stündchen Zeit hätten, um mit ihm und seiner Familie eine Kleinigkeit zu essen und zu trinken.

Kalei blickte Lauren fragend an und sie nickte zustimmend.

Zu viert betraten sie den Rasen des Beachparks, auf dem es von kleinen Kindern und Tischen mit Essen nur so zu wimmeln schien. Lauren wurde als Kaleis Kollegin aus Europa vorgestellt, nicht ohne zu erwähnen, dass auch sie vor vielen Jahren als Police Officer beim HPD gedient hatte, was ihr einige anerkennende Blicke einbrachte. Offensichtlich hatte man in der Familie Kalawai weniger Vorbehalte gegen *Haole,* als es in manch anderen alteingesessenen hawaiianischen Familien der Fall war.

Dankbar nahm Lauren einen Becher mit eisgekühlter Limonade entgegen und griff hungrig zu, als ihr jemand ein Tablett mit aufgeschnittener Mango und Papaya vor die Nase hielt.

Die beiden jungen Frauen, die das Tablett mit den Früchten hielten, wollten von Lauren wissen, wie es war, in England zu leben und ob das Wetter dort tatsächlich permanent so schlecht sei, wie man immer höre. Währenddessen wurde Kalei von einigen jungen Männern begrüßt und in ein Gespräch verwickelt. Als die beiden Frauen schließlich mit ihren Früchten weiterzogen, ging Lauren ein paar Schritte in Richtung Strand, um ein wenig Abstand zwischen sich und zwei schreiende Kleinkinder zu bringen.

Während sie noch vergeblich nach etwas suchte, an dem sie sich ihre von der Papaya klebrigen Finger abwischen konnte, stand mit einem Mal Malu neben ihr.

"Ich weiß, dass du nicht nur Kaleis Kollegin aus England bist", sagte sie mit einem anklagenden Unterton in der Stimme zu Lauren. "Du bist auch seine ehemalige Freundin, mit der er vor etwa zehn Jahren zusammen war."

"Wie kommst du darauf?", fragte Lauren verblüfft.

"Du bist doch diejenige, die ihn damals von heute auf morgen verlassen hat. Ein echt mieser Zug von dir, wenn du mich fragst."

"Hör mal, Malu, das geht dich doch eigentlich nichts an", erwiderte Lauren leicht genervt. "Was immer zwischen Kalei und mir gewesen ist, war lange, bevor ihr euch kennengelernt habt, beendet. Ich habe seit acht Jahren keinen Kontakt mehr zu Kalei gehabt und dich kenne ich überhaupt nicht."

Malu schien dieses Argument nicht gelten zu lassen, sie stieß ein verächtliches Schnauben aus. "Aber ich kenne dich", stieß sie hervor und wandte sich Lauren zu, um sie anzusehen. Lauren suchte in ihrem Gesicht nach irgendeinem Hinweis, dass sie sich schon mal begegnet waren, aber sie war sich ziemlich sicher, Malu noch niemals vorher getroffen zu haben.

"Du kennst mich vielleicht nicht", sagte Malu daraufhin. "Aber du, du warst ständig präsent, wenn Kalei und ich zusammen waren, Lani." Den Kosenamen spuckte sie ihr vor die Füße.

Lauren verstand nicht, was sie meinte.

"Er hatte ein Foto von dir, dass er zwischen den Seiten eines Buches versteckt hatte. Ich habe ihn oft dabei beobachtet, wie er es hervorgeholt und betrachtet hat. Und er hatte dann diesen traurigen Ausdruck in den Augen. Ich habe sofort erkannt, dass du die Frau auf dem Foto bist. Auch wenn du inzwischen eine dürre Ziege geworden bist." Lauren hielt sich selbst nicht für dünn, sie fand sich eher athletisch, aber auf eine üppig gebaute Person wie Malu mit weiblichen Rundungen mochte sie dürr wirken.

"In den ersten Jahren, in denen wir zusammen waren", fuhr Malu fort, "da hat er manchmal nachts deinen Namen gerufen. 'Lani, bleib bei mir. Geh nicht!' ", äffte Malu Kalei nach.

"Ich hab dich echt gehasst. Aber immerhin wusste ich, dass du auf der anderen Seite der Erde bist. Aber kaum hat mein Kalei unsere Beziehung beendet, tauchst du plötzlich in Oahu auf. Na, wenn das kein Zufall ist." In Malus Augen schimmerten jetzt Tränen.

"Hör zu", begann Lauren, "es tut mir wirklich leid, dass du und Kalei nicht mehr zusammen seid. Aber ich kann dir versichern, dass ich vor vier Tagen nicht den Schimmer einer Ahnung hatte, dass ich jetzt hier sein würde. Wir arbeiten in einer gemeinsamen Ermittlergruppe an einem internationalen Fall. Das ist alles."

Malu liefen jetzt Tränen über die Wangen. "Dann verschwinde bloß schnell wieder. Du machst schon wieder alles kaputt!"

Damit lief sie in Richtung Strand und verschwand hinter einigen Strandkohlbüschen aus ihrem Blickfeld. Lauren schluckte betroffen.

Kalei rief ihren Namen. Sie drehte sich um. Er stand mit zwei Männern zusammen und winkte sie aufgeregt zu sich.

"Das ist Jonas Keala", stellte Kalei einen der beiden jungen Männer vor, als Lauren zu ihnen getreten war. "Er hat bis vor einem Jahr im Kaihalulu Hotel & Resort an der North Shore gearbeitet und glaubt, Jamie Hayward auf einem Bild auf der 'Honolulu Star Advertiser' Webseite als einen früheren Hotelgast wiedererkannt zu haben." Der 'Star Advertiser' war die größte Tageszeitung in Honolulu.

"Kann ja sein. Julia Stevens hat Chris und mir letzten Donnerstag ja erzählt, dass sie und Jamie vor zwei Jahren schon mal im Kaihalulu waren, zur Hochzeit ihrer Bruders Daniel."

"Stimmt schon", räumte Kalei ein. "Aber Jonas erinnert sich an Jamie, weil der auf einer Junggesellenparty im Hotel dabei war, die wohl aus dem Ruder gelaufen ist."

"Inwiefern?", fragte Lauren mit einem Mal sehr interessiert und wandte sich Jonas Keala zu.

"Irgendein reicher *Haole* wollte es halt vor seiner Hochzeit noch einmal richtig krachen lassen und hat mit seinen Kumpels einen draufgemacht", berichtete Jonas. "Ich hatte am Anfang des Abends noch hin und wieder Getränke in die Villa gebracht, aber irgendwann wollten sie nicht mehr, dass ich hineingehe. Einer der Kumpels hat mich an der Eingangstür abgefangen, mir die Drinks abgenommen und mich weggeschickt. Er schien mir ziemlich neben der Spur und verstört zu sein. Hat mir einen Fünfzig-Dollar-Schein in die Hand gedrückt und gemeint, dass die Party vorbei sei und ich nicht mehr zur Villa kommen sollte. Drinnen hat eine Frau geweint und ein Mann hat irgendetwas geschrien, aber ich hab nicht verstehen können, worum es ging."

"Was war dir vorher aufgefallen, als du in der Villa bedient und Getränke geliefert hast?", wollte Lauren von ihm wissen.

"Da waren zwei Mädchen, *Kamaaina*", sagte Jonas und meinte damit, dass es sich um hawaiianische Mädchen gehandelt hatte. "Die beiden waren total zugedröhnt mit irgendwas, haben sich auf den Sofas rumgeräkelt und sich von den Kerlen betatschen lassen. Einer von den Grapschern war dieser Typ von dem Foto, das ich neulich im 'Advertiser' gesehen hab."

"Wie sicher bist du dir, dass der Mann von der Party derselbe ist, wie der, den du neulich auf dem Foto erkannt hast?", fragte Kalei. Er suchte ein Bild von Jamie Hayward auf seinem Smartphone heraus und zeigte es Jonas.

Der nickte: "Bin mir ziemlich sicher, Mann. Es dauerte eine Minute oder so bis einer der Gäste mit meinem Trinkgeld ankam. Bis dahin hab ich dumm glotzend im Raum gestanden und dem Typen beim Fummeln zugesehen."

"Waren die Mädchen Prostituierte?", wollte Lauren wissen, aber Jonas schüttelte den Kopf.

"Glaub nicht, keine professionellen jedenfalls. Ich kannte sogar eine der beiden. Sie ist mit meiner kleinen Schwester auf dieselbe Highschool in Waimanalo gegangen."

"Wie sind die beiden dorthin gekommen?", fragte Lauren. "Das Kaihalulu wird doch kein Ort gewesen sein, an dem sie normalerweise herumgehangen haben."

Jonas Keala wand sich um eine Antwort herum. "Mann, ich will hier keine Gerüchte in die Welt setzen und irgendjemanden in die Scheiße reiten."

"Jonas", redete Kalei ihm ins Gewissen. "Falls an dem Abend etwas Unschönes passiert ist, ist es schon schlimm genug, dass du damals deinen Mund gehalten hast. Die Party von damals muss mit unserem Fall von heute ja überhaupt nichts zu tun haben, aber ich werde der Sache auf jeden Fall nachgehen."

Jonas schaute zweifelnd zu seinem Kumpel hinüber, der bisher schweigend danebengestanden hatte.

"Jetzt sag's ihm schon, *Cuz*", forderte sein Freund Jonas schließlich auf und machte eine auffordernde Handbewegung.

Jonas gab sich einen Ruck. "Es gab damals so ein Gerücht, dass Kenoah Kahele seine beiden Schwestern reichen Typen auf deren Partys als, nun ja, Gespielinnen anbietet."

Kalei zog scharf die Luft ein. "Redest du von Theo Kaheles Sohn?", fragte er ungläubig.

"Ja, genau von dem", gab Jonas zu.

"Wer ist das?", wollte Lauren wissen. Der Name Kahele war bisher noch nicht während ihrer Ermittlungen aufgetaucht.

"Die Familie Kahele lebt auch in der Laie-Gemeinschaft. Sie sind irgendwie mit Kimo verwandt und meine Eltern kennen sie auch", erläuterte Kalei rasch.

"Weißt du, ob Kenoah immer noch den Zuhälter spielt?", wollte er von Jonas wissen.

"Hab nichts mehr davon gehört und Kenoah oder seine Schwestern hab ich seit dem Abend im Kaihalulu auch nicht mehr gesehen."

"Wo finden wir Kenoah?", fragte nun Lauren. "Lebt er auch in Laie?"

"Nein, nicht mehr. Kenoah ist in den letzten Jahren wohl ziemlich abgestürzt, hab ich noch mitbekommen. Angeblich wohnt er jetzt in einem der Zelte in Downtown Honolulu."

Kapitel 17

Während der Rückfahrt nach Honolulu telefonierte Kalei mit Lieutenant Yuna Takahashi.

Er bat sie herauszufinden, ob Kenoah Kahele im Polizeisystem registriert war, und seinen gewöhnlichen Aufenthaltsort aufzuspüren. Außerdem sollte sie recherchieren lassen, ob es vor zwei Jahren irgendeinen Vorfall im Kaihalulu Hotel & Resort gegeben hatte, der der Polizei zu Ohren gekommen war.

Kalei hielt auf dem Weg zur Polizeistation rasch an Laurens Hotel, damit sie sich etwas anderes anziehen konnte. Er selbst hatte Klamotten im Auto und zog sich im Wagen um, während Lauren sich im zehnten Stock schnell eine lange Hose und eine Baumwollbluse überzog und das nasse Haar zu einem unordentlichen Knoten zusammenzwirbelte. Mit noch sandigen Füßen schlüpfte sie in ihre Chucks.

Als sie zum Wagen zurückkam, trat Randy gerade aus dem Hotel und schloss sich ihnen an. "Ich dachte, ihr wart am Strand heute Morgen. Wo habt ihr denn da diese heiße Information herbekommen?", wollte er wissen. Lauren brachte ihn während der kurzen Fahrt zur Police Station auf den neuesten Stand.

In der Abteilung der 'Criminal Investigation' herrschte an diesem Sonntagmittag genau so viel Betrieb wie an einem gewöhnlichen Wochentag. Neben dem Fall des getöteten Engländers beschäftigte eine Reihe von brutalen Raubüberfällen auf Touristen die Beamten. In den letzten zwei Monaten waren vier Paare, die jeweils ein abgelegenes Ferienhaus auf Oahu gemietet hatten, nachts im Schlaf überfallen worden. In zwei Fällen waren männliche Gäste, die versucht hatten, sich den Einbrechern entgegenzustellen, übel zusammengeschlagen worden. Die Frauen waren eingeschüchtert und sexuell belästigt worden. Verständlicherweise fürchtete man in Oahu um die Sicherheit der Touristen und um seinen guten Ruf, deshalb waren der Sonderkommission 'Ferienhaus' besonders viele Beamte zugeteilt worden.

Als Kalei, Lauren und Randy das Großraumbüro betraten, saß Chris Logan an seinem Rechner und tippte etwas ein. Lieutenant Takahashi stand hinter ihm und sah ihm über die Schulter.

"Was haben wir bis jetzt?", fragte Kalei geschäftig, als sich die drei Chris' Schreibtisch näherten.

Yuna Takahashi antwortete: "Kenoah Kahele ist im System wegen Drogenbesitz und Verkauf. Das erste Mal ist er vor vier Jahren auffällig geworden. In den letzten zwölf Monaten ist er auch zweimal bei kleineren Diebstählen erwischt worden."

"Keine Zuhälterei?"

Takahashi schüttelte den Kopf: "Nope."

"Was ist mit irgendwelchen Vorfällen im Kaihalulu Hotel, eine Junggesellenparty betreffend?", wollte Lauren wissen.

Zu diesem Thema hatte ein anderer Kollege recherchiert, der sich nun zu Wort meldete. Police Officer Paul Shoeman berichtete, dass es im Hotel in den letzten drei Jahren einige Anzeigen wegen Diebstahls gegeben hatte. Meistens waren den Gästen Wertgegenstände entwendet worden, hauptsächlich Schmuck, gelegentlich auch mal eine teure Golfausrüstung oder eine schicke Abendrobe.

"Einmal wurde sogar ein seltenes Grünpapageienpärchen aus Papua-Neuguinea aus seiner Voliere gestohlen", berichtete der Beamte belustigt. "Und ein Aushilfskoch hat mal Edelstahltöpfe und Kupferpfannen aus der Küche mitgehen lassen."

Takahashi unterbrach ihn ungeduldig. "Irgendetwas, das zu meiner aktuellen Anfrage passt, Shoeman?"

"Nein, Ma'am", unterbrach sich der junge Officer beschämt.

"Wo finden wir diesen Kenoah?", fragte Randy in die Runde. "Habt ihr seine Adresse?"

Chris scrollte noch ein paar Sekunden auf dem Bildschirm herum und schnappte sich dann seine Dienstwaffe aus der Schublade.

"Ich denke, ich weiß, wo wir ihn finden werden", sagte er und marschierte los. "Es wird eine kurze Fahrt", versprach er und klimperte mit den Wagenschlüsseln. "Bloß die Straße runter."

Es wurde beschlossen, dass Chris und Kalei als Beamte des HPD, die Befragung Kenoah Kaheles übernahmen, falls sie ihn denn antreffen sollten, und sich Lauren und Randy im Hintergrund halten sollten. Sie sollten lediglich als Beobachter auftreten. Zusätzlich wurde ein Streifenwagen mit zwei uniformierten Officers angefordert, die sich in der Nähe in Bereitschaft halten sollten, falls die Situation Verstärkung erforderte.

Chris und Kalei fuhren in Chris' Charger, während Lauren und Randy den allgegenwärtigen weißen Toyota nahmen, der immer verfügbar zu sein schien, wenn sie einen Dienstwagen brauchten.

Sie fuhren die Ward Avenue in Richtung Meer, wobei sie an der Blaisdell Hall vorbeikamen, wo Konzerte und Veranstaltungen stattfanden. "Hier hat Elvis sein 'Aloha from Hawaii'-Konzert gegeben", bemerkte Lauren, als sie an der kreisrunden Arena vorbeikamen. "Eine Milliarde Menschen haben das Konzert via Satellit gesehen. Und das 1973."

"Beeindruckend", musste Randy zugeben und blickte wieder nach vorne. Sie kamen am 'Kanpai' vorbei, wo einige Besucher ein spätes Mittagessen einnahmen oder bereits ihr erstes Bier vor sich stehen hatten. Nach zwei Minuten konnten sie die Masten der Yachten und Katamarane im Kewalo Basin-Hafen sehen. Sie folgten einem Schild in Richtung University of Hawaii Medical College.

Kurz darauf fuhr Chris vor ihnen langsamer, als ob er eine Hausnummer suchen würde. Nur dass hier in dieser Straße keine Wohnhäuser standen, sondern Zelte die Bürgersteige säumten wie auf einem Straßenmarkt. Randy stellte überrascht fest, dass die ganze Straße und der angrenzende Park mit Menschen bevölkert war, die vor ihren Zelten auf dem staubigen Boden saßen. Manche schoben ihre Habseligkeiten in Einkaufswagen oder Trolleys vor sich her. Einige schliefen auf dem Gehweg oder saßen in Gruppen zusammen, starrten vor sich hin oder unterhielten sich. Es war ein beeindruckender Kontrast zu den nur ein paar Blocks entfernten Luxushotels in Waikiki.

"Hier wohnt Kenoah?", fragte Randy an Lauren gewandt und sah an den Zelten entlang. Ein paar Kinder rannten umher, spielten miteinander, aßen oder schrieben in Schulhefte.

Vor ihnen fuhr Chris langsamer und hielt schließlich neben einem pinkfarbenen Zelt an. Eine ältere Frau in einem der typischen, bunten, unförmigen hawaiianischen Kleider saß vor dem Zelt in einem Klappstuhl und flocht einem etwa fünfjährigen Mädchen Zöpfe. Sie hatte sich eine Frangipaniblüte, aus denen man hier Blumenkränze herstellte, hinter das Ohr gesteckt.

Lauren und Randy kamen hinter dem Dodge zum Stehen und konnten Chris' Stimme durch das offene Fahrerfenster hören. "Ich bin auf der Suche nach Kenoah Kahele", sprach Chris die Frau auf dem Klappstuhl an.

Die Frau flocht zunächst weiter, als hätte sie ihn nicht gehört.

"Was könntest du wohl von ihm wollen?", fragte sie schließlich, ohne von ihrer Flechterei aufzublicken.

"Jemand hat versucht, ihn anzuschwärzen. Es wäre besser, wenn ich mit ihm spreche und mich davon überzeuge, dass er nichts damit zu tun hat."

"Letztes Mal, als ihr Bullen hier wart, habt ihr unsere Sachen auf die Straße geschmissen und unsere Wohnungen niedergerissen", sagte die Frau und sah ihn endlich an. Chris konnte sehen, dass sie vermutlich jünger war, als es auf den ersten Blick den Anschein hatte. Er schätzte sie auf Mitte vierzig.

"Deswegen bin ich nicht hier", sagte Chris. "Und außerdem kennt ihr Kimo. Er hat uns hergeschickt." Kalei und er hatten sich zuvor darauf geeinigt, dass es nicht schaden konnte, den Grund ihres Besuches etwas zu beschönigen. Die Frau deutete auf ein Zelt hinter der nächsten Straßenecke.

Ihrem Hinweis folgend, fuhr Chris bis zur Grünfläche und bog dort ab. Urplötzlich taumelte ein Mann zwischen den Zelten hervor und wankte auf die Straße, direkt vor Laurens und Randys Wagen. Wenn Lauren schneller um die Kurve gefahren wäre, hätte sie den Mann wahrscheinlich angefahren. Aufgeregt vor sich hin brabbelnd setzte der Mann seinen Weg fort, ohne sich wirklich um das Auto zu kümmern. Auf der anderen Straßenseite angekommen, ließ er sich unter eine Palme fallen und rührte sich nicht mehr.

"Sollte jemand nach ihm sehen?", fragte Randy verblüfft und deutete auf das schlaffe Bündel Mensch unter der Palme. Aber Lauren winkte ab. Sie schien der Beinahe-zusammenstoß nicht weiter aufzuregen. "Der kommt schon zurecht."

Die meisten der Leute hatte ihre Gespräche und Tätigkeiten unterbrochen und sahen den beiden zivilen Polizeifahrzeugen hinterher oder entgegen.

Chris hielt bei einer Kolonie von etwa zehn Zelten, die nah beieinander aufgebaut waren. Ein winziger, gebeugter Mann trat vor sein Zelt und sah ihnen neugierig entgegen. Ein kleines Kind krabbelte aus der Zeltöffnung und zog sich an seinem Bein hoch. Er nahm es auf den Arm.

Lauren stoppte den Toyota etwa drei Wagenlängen hinter dem Charger. Sie und Randy blieben zunächst im Wagen sitzen. Im Rückspiegel konnten sie den Streifenwagen des HPD in die Ilalo Street einbiegen sehen. Er verharrte in zweihundert Metern Entfernung am Straßenrand.

Kalei stieg aus dem Wagen, ging auf den Mann zu, wies sich und Chris als Beamte des Honolulu Police Department aus und fragte nach Kenoah. Der ältere Mann deutete stumm auf das Zelt neben sich. Es war ein dunkelgrünes Vier-Personen- Zelt, wie man es zum Campen verwendete. Eine blaue Plastikplane war über das Dach gespannt, um es besser vor Regen zu schützen. Einige staubige Spielsachen lagen vor dem Zelteingang auf dem Gehsteig.

Ein Mann steckte den Kopf aus dem Zelteingang, wahrscheinlich hatte er seinen Namen gehört.

Er hatte schulterlange, fettige Haare und ein dünnes, hohlwangiges Gesicht. Seine Gesichtshaut war von zahlreichen Unreinheiten bedeckt, manche hatten sich entzündet. Schwankend richtete er sich langsam auf und trat auf den Asphalt heraus.

"Was wollt ihr?", fragte Kenoah in schleppendem Tonfall. Das Weiße um seine dunkelbraunen Augen war gerötet, die Lider halb geschlossen.

Kalei ließ sich von Kenoah seinen Führerschein zeigen. Dieser pulte eine abgegriffene Plastikkarte aus seinen schmutzigen Cargoshorts, auf die Kalei einen Blick warf, ohne sie anzufassen.

"Wir haben ein paar unschöne Geschichten über dich gehört, Kenoah", begann Kalei das Gespräch. "Es gibt einen Zeugen, der uns berichtet hat, dass man bei dir deine beiden Schwestern für eine Party buchen kann."

"Was für 'ne Party denn? Wer erzählt denn so einen Scheiß?", nuschelte Kenoah und sein Blick flog von einem zum anderen, haftete sich an Lauren fest, die inzwischen aus dem Wagen gestiegen war und gemeinsam mit Randy an der Fahrerseite des Wagens lehnte.

"Hey", Kalei schnippte vor Kenoahs Augen mit zwei Fingern, um dessen Aufmerksamkeit zurückzugewinnen. "Es geht uns hier nicht darum, dich für Zuhälterei dranzukriegen. Wir wollen nur von dir wissen, ob du im März vor zwei Jahren deine beiden Schwestern zu einer Party im Kaihalulu Hotel an der North Shore gebracht hast."

"Woher soll ich das wissen, Mann? Ist Ewigkeiten her. Ich kann mich nicht mal mehr daran erinnern, was ich letzte Woche gemacht hab. "

"Glaube ich dir aufs Wort", murmelte Chris im Hintergrund.

Prostitution war in Hawaii offiziell illegal und Kenoah würde selbst in seinem benebelten Zustand nichts zugeben, was ihm eine Anklage wegen Zuhälterei einbringen konnte.

Kalei formulierte seine Frage um und fragte Kenoah, ob er oder seine Schwestern sich an eine Junggesellenparty im Kaihalulu erinnern könnten, auf der mehrere Engländer und Amerikaner anwesend gewesen waren.

Kenoah konnte sich nicht daran erinnern. Auf Chris' Handy ging eine Nachricht ein, die er schnell überflog, während Kalei fragte, wo Kenoah am vergangenen Montagabend gewesen war.

Die Nachricht kam von Officer Shoeman, der in der Polizeistation geblieben war, um nach weiteren Informationen über die Familie Kahele im Allgemeinen und

Kenoah im Besonderen zu suchen. Die Nachricht lautete: 'Kahale hat zwei Schwestern: Malia und Iolana. Für Malia konnte ich keinen Aufenthaltsort feststellen. Iolana ist am 9. März vor zwei Jahren im Alter von 18 Jahren auf einem Friedhof in Laie bestattet worden'.

Chris nahm seinen Partner beiseite und zeigte ihm die Nachricht.

Kalei wandte sich wieder Kenoah zu, der blinzelnd in Richtung Lauren starrte und von einem Fuß auf den anderen trat.

"Wir würden uns gerne mal mit Malia und Iolana unterhalten. Wo finden wir sie?"

Das Blinzeln wurde hektischer.

Chris verlor zunehmend die Geduld mit dem zappeligen Junkie. "Wir sollten vielleicht mal einen Blick in dein Zelt werfen und schauen, ob sich da irgendetwas drin befindet, was nicht so ganz in diese feine Umgebung hier passt", drängte Chris sich vor und machte einen Schritt auf den Zelteingang zu. Kenoah stellte sich ihm schnell in den Weg. Jetzt konnte Chris den Geruch nach altem Schweiß und verschwitzten, ungewaschenen Kleidungsstücken wahrnehmen, der von ihm ausging. Sie sahen sich einen Moment an, dann rief Kenoah in Richtung Zelt: "Malia!"

Es raschelte im Zelt und dann kam eine Frau herausgetreten. Da der Zelteingang niedrig war, musste sie sich tief bücken, um herauszukommen. Als sie sich aufrichtete, sahen Kalei und Chris, dass sie hochschwanger war. Sie drückte sich die Hände in den Rücken und stöhnte leise. Gleich hinter ihr lugte ein kleiner Junge aus dem Zelt.

"Wie viele Leute wohnen bloß in diesem Zelt?", raunte Randy Lauren zu.

Malia wirkte müde und ungepflegt, schien aber nicht auf Drogen zu sein. Sie sah den Polizisten misstrauisch entgegen. Kalei fragte sie nun ebenfalls, ob sie an besagter Party in dem Hotel an der North Shore teilgenommen hatte, aber im Gegensatz zu ihrem Bruder verneinte sie sofort und bestimmt. Sie sei noch nie in einem Luxushotel gewesen. Weder als Gast noch beruflich.

"Was ist mit deiner Schwester Iolana passiert?", fragte Chris, froh, dass man sich mit ihr immerhin unterhalten konnte, auch wenn er sich ziemlich sicher war, dass sie in Bezug auf ihren Besuch im Kaihalulu gelogen hatte.

Ein trauriger Schatten huschte über das Gesicht der jungen Frau, die vermutlich noch nicht mal Mitte zwanzig war. "Die dumme Kuh hat sich eine Überdosis verpasst", mischte sich Kenoah in das Gespräch ein. "Hat nicht aufgepasst und sich vor zwei Jahren zu viel gespritzt." Malia schaute wütend zu ihm auf.

"Na, wer könnte eure kleine Schwester wohl mit den Drogen bekannt gemacht haben?", warf Chris sarkastisch ein.

In dem Moment schob sich der kleine Junge, der sich bisher hinter Malia gehalten hatte, hinter ihren Beinen hervor und rannte schnurstracks auf seinen kurzen Beinen auf Lauren und Randy zu. "Noah!", rief Malia erschrocken und machte einen Schritt nach vorn.

Der kleine Noah blieb vor Lauren stehen, strahlte sie an und reckte ihr seine kleinen Ärmchen entgegen. Lauren, die mit kleinen Kindern nicht viel anzufangen wusste, beugte sich zu ihm hinunter und fasste seine Hände. Malia schaute ihrem Kind nervös hinterher, aber Chris hinderte sie daran, zu ihm zu gehen.

"Bei meiner Kollegin passiert ihm schon nichts", beruhigte er die junge Frau und wiederholte seine Frage, was mit Iolana geschehen sei.

Malia antworte: "Meine Schwester war mit einem Mann zusammen, der sie heroinabhängig gemacht hat. Vor zwei Jahren hat er sie verlassen, um aufs Festland zu gehen. Iolana war am Boden zerstört und konnte sich allein nicht zurechtfinden. Sie hat eine Überdosis genommen. Mein Bruder hat sie tot in ihrem Apartment gefunden." Sie schaute zu Kenoah hinüber, der wie aufs Stichwort angemessen betrübt dreinschaute.

"Auch Iolana war nie in diesem Hotel. Das weiß ich genau."

Noah war inzwischen von Randy auf den Arm genommen worden und jauchzte vergnügt. Lauren hatte die Fahrertür des Toyota geöffnet und zeigte ihm das Innere des Polizeiwagens.

Kalei und Randy stellten Malia noch einige Fragen zu Iolana und beschlossen dann, es für heute gut sein zu lassen.

Kalei winkte Lauren zu sich, die daraufhin Noah von Randy übernahm und ihn sich auf die Hüfte setzte. Lächelnd trat sie auf Malia zu. "Ein niedliches Kerlchen", sagte sie freundlich. "Wie alt ist er?"

Malia lächelte ihren Sohn liebevoll an. "Er ist im vergangenen November ein Jahr alt geworden", antwortete sie und nahm ihn Lauren erleichtert ab.

Kapitel 18

Montag, 19. Februar Oahu, Hawaii

Der sechste Ermittlungstag begann für die Ermittler der Criminal Investigation Division mit der Morgenbesprechung in der Wache. Leider hatte es in der Nacht von Sonntag auf Montag einen weiteren Raubüberfall auf ein Ferienhaus in Hawaii Kai gegeben. Ein junger Webseitenprogrammierer, der seine Aufträge den Winter über von Oahu aus abgearbeitet hatte, war um zwei Uhr morgens aufgewacht, weil er ein Geräusch in seiner Küche gehört hatte. Er war über die nächtlichen Einbrüche informiert und hatte sich entschlossen, nichts zu riskieren. Er hatte lautlos die Verandatür seines Schlafzimmers geöffnet und war in den Garten geflohen. Vor dort war er zum Nachbargrundstück hinuntergelaufen, hatte sich hinter einem Gartenhäuschen versteckt und die Polizei gerufen. Als die Streife zehn Minuten später eintraf, hatten die beiden Einbrecher bereits die Flucht ergriffen und einen Laptop, zwei Computermonitore sowie zwei Tablets mitgenommen. Immerhin hatte der Programmierer von seinem Versteck aus beobachten können, dass die Einbrecher männlich waren und einen alten, hellen SUV mit Hawaii-Kennzeichen fuhren. Möglicherweise konnte man damit etwas anfangen.

Kalei berichtete den Kollegen von der Sonderermittlung 'North Shore', die am Sonntag nicht in der Dienststelle gewesen waren, von den neuen Hinweisen, die sie beim

Beach BBQ von Jonas Keala erfahren hatten, und von ihrem Besuch im Zeltcamp an der Ilalo Street.

Tatortermittlerin Eli verkündete, dass auch sie am Sonntag nicht untätig gewesen war und sich den Laptop von Mano, dem Sohn von David Kameāloha, vorgenommen hatte. Das Passwort wäre ziemlich leicht zu knacken gewesen, sagte sie nicht ohne Stolz.

Sie hatte nach Beweisen gesucht, die Mano für den Einbruch in das Büro der Baufirma und den Schmierereien an deren Fassade verantwortlich machte. Natürlich hatte sie auch nach Hinweisen zum Mord an Jamie Hayward gesucht.

Sie machte eine Pause, um den Laptop und ihre daran angeschlossene Spezialfestplatte zu sortieren. "Und was hast du nun herausgefunden?", fragte Lieutenant Yuna Takahashi ungeduldig. Auch die anderen Ermittler starrten sie an.

Eli ließ sich durch ihre Kollegen nicht hetzen, sondern fuhr seelenruhig mit ihrer Arbeit fort. Schließlich hatte sie alles an ihrem Platz, so wie sie es wollte. Sie wandte sich zufrieden den anderen zu.

"Mano hat auf seinem Rechner einige E-Mails verschickt. Er hat an verschiedene Behörden geschrieben und dabei um Unterstützung gebeten, das Land der Mililoa Ranch, das sich seit Generationen im Besitz der indigenen Bevölkerung befindet, vor der kapitalistischen Ausbeutung durch profitgierige Amerikaner und Europäer zu schützen. Er fordert Verantwortung und Respekt vor dem Land und den Leuten, die dieses Gebiet seit Jahrhunderten besiedeln."

"Hat er damit Erfolg gehabt?", fragte Chris Logan. "Hat ihm irgendjemand geantwortet und ihm Hilfe angeboten?"

"Nein, es haben ihm nur wenige geantwortet und niemand hat sich wirklich für seine Anfrage erwärmt. Es wird vor allem mit der Beschaffung neuer Arbeitsplätze durch die neue Hotelanlage argumentiert", antwortete Eli. "Aber es kann natürlich sein, dass er Unterstützer auf anderem Wege kontaktiert und gefunden hat."

Die Technikspezialistin scrollte sich durch einige weitere Dokumente.

"Viel interessanter sind allerdings die E-Mails, die er vorbereitet und als Entwurf gespeichert hat. Also diejenigen, die er noch nicht abgeschickt hat", sagte sie dann. "Es gibt da zum Beispiel einige gespeicherte Texte, die an unseren Freund Will Sanders von Evergreen Constructions adressiert sind. Dabei geht es darum, dass sich die Einwohner der Laie-Gemeinschaft nicht erpressen und einschüchtern lassen und dass man sich wehren wird. Er schreibt, dass die Einschläge näherkommen werden und dass es ihre Pflicht sei, das Land ihrer Ahnen mit allen ihnen zur Verfügung stehenden Waffen zu verteidigen."

"Wie poetisch", kommentierte Takahashi. "Von welchen Waffen er wohl spricht?"

"Es wird noch ein bisschen gruseliger", fuhr Eli fort. "Ich habe eine namenlose Datei gefunden, die er zwischen einigen Schulprojekten versteckt hatte. Es handelt sich dabei um einen Brief an eine nicht genannte Person, in der er ankündigt, dass er - ich zitiere - 'dich verfolgen, dich aufspüren und ertränken werde wie einen räudigen Hund'."

"Nicht schlecht", ließ Chris verlauten. "Täterwissen oder Mordphantasien?"

Lieutenant Takahashi winkte ab. "Sein Anwalt wird uns erzählen, dass dies ein Drehbuchentwurf oder Buchprojekt ist. Solange er keine Namen oder konkrete Orte nennt, hilft uns das nur bedingt weiter."

"Aber es zeigt uns schon, dass er sich intensiv mit diesem Thema auseinandergesetzt hat", warf Kalei ein. "Er hat es auf dem öffentlichen Weg versucht und ist von allen abgewiesen und ignoriert worden. Als nächstes waren Sachbeschädigung und Diebstahl an der Reihe. Trotzdem wurden die Pläne für das Bauvorhaben weiter umgesetzt. Seine Familie und die Nachbarn wurden sogar noch massiver unter Druck gesetzt. Vielleicht wollte er persönlich mit der Rechtsberaterin und Tochter des Baulöwen sprechen und ist raus zum Kaihalulu Hotel gefahren. Dort trifft er dann auf einen betrunkenen Jamie Hayward, der ihn nicht zu seiner Frau vorlässt und ihn möglicherweise auch noch verbal attackiert."

"Der Sprung von Sachbeschädigung und Diebstahl zu Mord oder Totschlag ist mir einfach zu krass", hielt Lauren dagegen.

Die Ermittlungsleiterin Yuna Takahashi beendete die Diskussion. "Ich werde gemeinsam mit Detective Logan den jungen Mano verhören", kündigte sie an. "Kalei, ich möchte, dass du noch einmal zur Laie-Gemeinschaft hinausfährst und mit den Leuten dort redest. Ich kann mir nicht vorstellen, dass ein knapp Zwanzigjähriger den gewaltsamen Widerstand allein initiiert. Er wird entweder die Unterstützung der Gemeinschaft haben oder könnte von ihnen angestiftet worden sein. Nimm dir ein oder zwei Leute mit, die dich bei der Befragung unterstützen." Sie erhob sich und bedeutete Chris Logan, ihr zu folgen.

Kalei hatte sich Police Officer Paul Shoeman geschnappt und ihn angewiesen, einen Streifenwagen für die Fahrt nach Laie zu organisieren. Der Detective befand sich bereits im Treppenhaus auf dem Weg zum Ausgang, als Lauren ihn einholte.

"Kann ich mitkommen?", fragte sie ohne große Einleitung.
"Hältst du das für eine gute Idee, nach deinem Zusammentreffen mit Keoki neulich? Könnte für ein bisschen Unruhe sorgen, wenn du wieder dort auftauchst."

"Na und?", sagte sie achselzuckend. "Jetzt bin ich ja drauf vorbereitet. Ich möchte versuchen, mit den Eltern von Kenoah, Malia und Iolana zu reden. Ich will ihre Version der Geschichte hören."

Kalei antwortete ihr nicht, sondern stieß die Tür zur Straße auf. Dort wartete Officer Shoeman in einem Polizeiwagen mit eingeschaltetem Blaulicht. Offenbar rechnete er mit der Notwendigkeit einer schnellen Fahrt an die Windward Side. Kalei schien kurz die Vorteile und Nachteile einer Fahrt allein mit dem eifrigen Police Officer abzuwägen, entschied sich dann dagegen und öffnete die hintere Tür für Lauren. Diese zwinkerte Kalei zu und nahm auf dem Rücksitz Platz.

"Nicht pöbeln und nicht spucken auf der hinteren Bank in der Roller Disco, klar?", wies er sie mit einem knappen Grinsen an.

Auf der Fahrt nach Laie ließ sich Lauren auf eine Diskussion mit Officer Paul Shoeman ein, warum die meisten Polizisten in Großbritannien keine Waffen trugen.

"Dieser Tradition liegt eine jahrhundertealte Politik zugrunde", erklärte Lauren. "Anfang des 19. Jahrhunderts, als die Metropolitan Police gegründet wurde, hatte die Bevölkerung Bedenken, dass die neue Polizei zu militärisch ausgerichtet sei und aggressiv vorgehen könnte. Die Philosophie der Met Police ist aber, dass wir primär der Bevölkerung und nicht dem Staat verpflichtet sind.

Eine Waffe signalisiert potenziell tödliche Gewalt. Das schafft eine ganz andere Dynamik und erschwert die Konfliktbewältigung."

Officer Shoeman entgegnete: "Nun, es hilft sicherlich, dass es in Großbritannien sehr viel weniger Waffen in Privatbesitz gibt als bei uns in den USA. Ehrlich gesagt, ich würde mich ohne meine Dienstpistole nicht nachts auf einen Einsatz nach Kalihi oder Kaka'ako trauen."

"Das spielt sicherlich eine Rolle", gab Lauren zu. "Nur etwa vier von einhundert Einwohnern besitzen eine eigene Waffe und 90 Prozent der 'Bobbies' in London tragen außer Pfefferspray, Handschellen und Schlagstöcken nur ihre Uniform. Aber seitdem es auch bei uns immer mehr terroristische Anschläge gibt, wurde die Zahl der Polizeibeamten, die autorisiert sind, eine Waffe zu tragen, bei uns ziemlich erhöht. Trotzdem sind wir weiterhin der Meinung, dass Terroranschläge sich am besten nachrichtendienstlich verhindern lassen."

Kalei schüttelte ungläubig den Kopf. "Nur vier Personen von Hundert haben eine Waffe? Was für eine schöne Welt. In den USA kommt auf jeden einzelnen Einwohner mehr als eine Waffe!" Paul Shoeman nickte bestätigend.

"Aber was, wenn dann etwas passiert? So wie vor einem Jahr, als der Idiot auf der Westminster Bridge dutzende Leute mit einem Auto umgefahren hat?", wollte der Officer wissen.

"Dann kommt natürlich die Anti-Terror-Einheit. Die sind mit Körperschutz, Helmen und Gewehren ausgestattet. Trotzdem", erklärte Lauren, "benutzen auch die uniformierten Beamten ihre Waffen kaum. Vor zwei Jahren zum Beispiel hat ein Teenager in London fünf Leute niedergestochen und einen dabei getötet. Der Täter ist verhaftet worden, ohne dass die Polizei nur einen einzigen Schuss abgegeben hat."

Kalei hatte ihren erneuten Besuch bei Kimo Kameāloha telefonisch angekündigt und das metallene Tor stand offen, als sie nach einer Stunde in Laie ankamen.

Der weiße Streifenwagen des Honolulu Police Department erzeugte sofort eine angespannte Stimmung in der Gemeinschaft. Zusammen mit dem uniformierten Police Officer symbolisierte der Polizeiwagen eine Staatsmacht, die sie nicht als die ihre anerkannten. Kalei hatte sich jedoch bewusst für ein offizielles Fahrzeug entschieden. Vor zwei Tagen hatte es sich um einen eher halboffiziellen Besuch gehandelt. Nun waren sie als Polizeibeamte vor Ort, denen die Bewohner Rede und Antwort zu stehen hatten, auch wenn einige das anders sehen mochten.

Kimo stand bereits flankiert von seinem Leibwächter Koa auf der Veranda vor seinem hellgelben Haus und erwartete sie. "Heute ganz offiziell unterwegs, Kalei Kahamoku?", rief er ihnen entgegen. Anstatt eine Antwort zurückzurufen, stieg Kalei rasch die Stufen zur Veranda hinauf, damit nicht das ganze Dorf mithörte, was er zu sagen hatte.

Obwohl Kalei nicht klein war, überragte ihn Koa um mehr als anderthalb Köpfe.

Officer Shoeman bemühte sich, Haltung zu bewahren, als er sich neben den Detective stellte. "Der Officer und ich möchten uns gerne mit dir noch einmal unter vier Augen unterhalten", sagte Kalei an Kimo gewandt.

"Meine Kollegin hingegen", er deutete auf Lauren, "möchte die Eltern von Kenoah Kahele sprechen. Wo findet sie die?"

Kimo bedachte Lauren mit einem langen Blick, dann sagte er an sie gewandt: "Die Kaheles wohnen in dem hellblauen Haus dort drüben." Er deutete auf ein heruntergekommenes Holzhaus, das ein Stück von der Straße entfernt stand. Auf der Terrasse saß eine Frau in einem bunten Kleid.

Lauren nickte und machte sich auf den Weg. Diesmal stellte sich ihr Koa nicht in den Weg.

Kalei und Officer Shoeman folgten Kimo in sein Haus.

"Du musst wissen, Mano hat sich engagiert. Er war entschlossen, seinen Beitrag für die Familie und die Gemeinschaft zu leisten. Er wollte von mir wissen, was er tun könne", sagte Kimo schließlich, nachdem Kalei ihm erklärt hatte, dass sie Mano Kameāloha des Einbruchs in das Büro der Baufirma Evergreen Constructions beschuldigten und des Mordes an Jamie Hayward verdächtigten.

"Und was hast du ihm geraten, Kimo? Dass er die Familie Stevens mit Gewalt dazu bringen soll, die Baupläne fallen zu lassen?"
"Natürlich nicht. Mano ist ein hitzköpfiger junger Mann, aber er ist nicht gewalttätig", sagte der Chef der Gemeinschaft.

"Mano ist ein Jäger", hielt Officer Shoeman dagegen. "Er weiß, wie man tötet."

"Wir alle hier sind Jäger", erwiderte Kimo aufgebracht. "Wir jagen Wild, wir fischen Fische, aber wir töten doch keine Menschen."

Kalei beschwichtigte den großen Mann. "Hat Mano mit dir über seine Pläne gesprochen? Hat er dir erzählt, was er vorhatte, oder hat er dir später berichtet, was er davon in die Tat umgesetzt hat?"

"Er ist der Sohn meines Cousins und betrachtet mich als seinen Onkel. Mit anderen Worten, ja, er hat mir erzählt, dass er etwas an die Wand der Baufirma in Kane'ohe gesprayt hat", gab Kimo zu. Officer Showman schnaubte: "Ich wette, du hast ihm nicht klar gemacht, dass das Sachbeschädigung und nicht in Ordnung ist, fremdes Eigentum zu beschmutzen."

"Nein, das habe ich nicht", gab Kimo aufrichtig zu. "Es ist nämlich auch nicht in Ordnung, Grundbesitzer, die ihr Land nicht verkaufen wollen, zu bedrängen und unter Druck zu setzen, Officer." Er blickte den jungen Beamten aufgebracht an. "Unsere Gemeinschaft und meine Familie wurden bedroht und niemand hat uns zur Seite gestanden."

"Wie üblich hat sich auch niemand von der Laie-Gemeinschaft an irgendeine Polizeibehörde gewandt und Anzeige gegen die Baufirma erstattet", entgegnete Officer Shoeman.

Kimo Kameāloha lehnte sich mit verschränkten Armen in seinem Sessel zurück.

"Wir regeln unsere Sachen nun mal gerne selbst", sagte er. "Wann haben uns die amerikanischen Behörden denn auch jemals zur Seite gestanden?"

Stille breitete sich in dem stickigen, kleinen Haus aus. Auf der Straße hatte ein Hahn angefangen, durchdringend zu krähen.

Kimo brach das Schweigen als Erster: "Ich versichere euch, dass Mano keinerlei Absichten hatte, der Familie Stevens etwas Böses anzutun. Es ist vielleicht möglich, dass er wütende Mails verschickt hat oder sogar in das Büro der Baufirma eingebrochen ist, um einen Laptop zu klauen, aber er hätte niemals die Grenze überschritten, einen Menschen zu verletzen oder gar umzubringen."

"Vielleicht wollte er einfach nur mit Julia Stevens und ihrem Mann reden. Er fährt nachts ins Kaihalulu Hotel, schleicht sich zur Villa. Dann kommt es zu einem Streit. Jamie Hayward ist betrunken, vielleicht beleidigt Mano Mrs. Stevens. Hayward greift Mano an, dieser wehrt sich. Bam! Notwehr", zeichnete Shoeman ein mögliches Szenario, aber Kimo schüttelte bei seinen Worten beständig den Kopf.

"Er hätte sich mir oder seinem Vater anvertraut, wenn etwas in der Art passiert wäre. Er hätte mit dieser Schuld nicht einfach weitermachen können, als wäre nichts passiert."

Shoeman sah Kalei resigniert an. So kamen sie nicht weiter.

"Lass uns noch mit ein paar anderen Bewohnern der Gemeinschaft sprechen, die Mano Kameāloha und seine Familie kennen ", schlug Kalei vor und sprang förmlich aus dem Besucherstuhl vor Kimos Schreibtisch.

Der Chef der Laie-Gemeinschaft erhob sich langsam und mit der geübten Umsicht eines Mannes, dem sein Rücken zu schaffen macht.

Er trat an das Fenster seines Büros, studierte den Himmel und die Bäume. Wolken waren aufgezogen und hatten sich vor die Sonne geschoben. "Der Wind hat sich gedreht", verkündete Kimo, als hätte das irgendeinen Einfluss auf das Gespräch, das sie gerade geführt hatten.

"Wir bekommen Kona-Wetter. Kann sein, dass ein Sturm aufzieht."

Lauren überquerte die staubige Straße und fühlte die Blicke der Menschen in ihrem Nacken. Sie ging zielstrebig auf das hellblaue Haus zu, ohne sich weiter umzusehen. Obwohl ihre Ankunft nicht lautlos vonstatten ging, schien die Frau auf der Veranda Lauren erst zu bemerken, als diese direkt vor ihr stand. Die Frau wirkte älter, als sie wahrscheinlich war. Sie trug ein weit geschnittenes Kleid aus bunter Baumwolle, das Mu'umu'u genannt wurde. Es war knöchellang und gab den Blick auf staubige Füße frei, die in ebenso staubigen Plastiklatschen steckten.

Lauren stellte sich kurz vor und fragte die Frau, ob sie Jalma, die Mutter von Kenoah Kahele, sei.

"Darf ich mich zu dir setzen, Jalma?", fragte sie schließlich, als die Frau nicht antwortete.

Lauren zog einen weißen Plastikstuhl zu sich heran und platzierte sich einen Meter neben der Hausbewohnerin. Sie ließ den Blick über die Landschaft schweifen. "Schön habt ihr es hier", versuchte sie, das Gespräch anzukurbeln.

"Was willst du von uns?", fragte die Frau plötzlich unvermittelt in abweisendem Tonfall. "Ich habe dir nichts zu sagen. Meine Kinder sind alle von mir gegangen. Ich habe keinen Sohn mehr."

"Ich habe Kenoah gestern getroffen", sagte Lauren überrascht. "Er lebt in Honolulu. Zusammen mit deiner Tochter Malia."

"Was ist das für ein Leben?", fragte Kenoahs Mutter resigniert. "Er hat sich schon vor vielen Jahren von unserer Gemeinschaft und unseren Werten abgewandt. Das ist ein Schlag ins Gesicht für alle Eltern und nur schwer zu verwinden. Aber was uns zerstört hat, ist, dass er meine beiden Mädchen mit ins Unglück gezogen hat."

Sie sah Lauren zum ersten Mal direkt an und Lauren konnte die Qual in ihren Augen sehen.

"Hast du Kinder?", wollte sie von Lauren wissen. Diese schüttelte stumm den Kopf.

"Dann kannst du es nicht verstehen", sagte Jalma und wandte sich erneut von Lauren ab. Sie starrte in Richtung des Waldes, der hinter dem Dorf begann. Für sie war das Gespräch beendet.

"Ich habe einen Bruder, der mit zwanzig an einer Überdosis Heroin gestorben ist", sagte Lauren nach einer Pause. "Wir lebten in Portland und mein Vater hat ein Geschäft in der Innenstadt eröffnet, in der es damals noch verwahrloster zuging als heute."

Aus den Augenwinkeln nahm Lauren wahr, dass Kenoahs Mutter sich ihr wieder halb zuwandte. Sie sprach weiter: "Mein Bruder und ich hingen als Jugendliche oft vor dem Geschäft unseres Vaters rum und sind mit Obdachlosen und Süchtigen ins Gespräch gekommen. Mein Bruder hat sich in ein Junkiemädchen verliebt und ist so selbst an den Stoff gekommen. Wir standen uns als Kinder sehr nah, aber weder meine Eltern noch ich konnten ihn von dem Zeug wegbringen." Lauren sah zu der Frau hinüber. Diese nickte mit traurigen Augen.

"Malia und Iolana haben Kenoah vergöttert. Sie sind ihm als Kinder überallhin nachgelaufen und wollten immer dort sein, wo er gerade war", sagte sie schließlich.

"Iolana war immer sehr verträumt und schien in ihrer eigenen romantischen Welt zu leben, aber Malia war das Wildere der beiden Mädchen. Als Kenoah anfing zu rauchen und zu trinken und auf Partys zu gehen, war Malia begeistert dabei. Malia und Kenoah sind vor fünf Jahren nach Honolulu gezogen. Wir haben sie nur noch selten gesehen. Aber zum Glück hatten wir ja noch Iolana, unsere jüngste Tochter."

Gedankenverloren knetete sie den Saum ihres bunten Kleides.

"Warum ist Iolana schließlich auch von hier fortgegangen?"

"Iolana hat ihre Geschwister vermisst und hin und wieder Malia in der großen Stadt besucht. Mein Ehemann und ich haben versucht, sie daran zu hindern, weil wir Angst um sie hatten. Aber wir konnten unsere Tochter ja auch nicht einsperren. Sie war fast volljährig und Iolana verbrachte immer mal wieder ein Wochenende bei Malia. Dabei muss sie wohl diesen Jack kennengelernt haben, einen nichtsnutzigen Kerl, der in einem verkommenen Apartment in Kalihi gewohnt hat. Ein paar Monate nach ihrem achtzehnten Geburtstag ist Iolana zu ihm in die große Stadt gezogen."

Die Erinnerung machte Iolanas Mutter sichtlich zu schaffen. Sie zog ein Taschentuch aus den Falten ihres Kleides und tupfte sich die Augen. Sie begann immerzu verneinend den Kopf zu schütteln, als würde die Aufregung bei ihr einen „Nein-Sage-Tremor“ auslösen.

Lauren verspürte ein schlechtes Gewissen, der armen Frau so zuzusetzen, aber sie musste mehr über die drei Geschwister erfahren, um den Zusammenhang zu verstehen.

"Und was passierte dann?"

"Vier Monate nach Iolanas Auszug kam Kenoah eines Morgens Anfang März zu uns. Es war ein Sonntag und mein 52. Geburtstag. Kenoah sah schrecklich aus, als ob er seit Tagen nicht geschlafen hätte. Er berichtete uns, dass er Iolana leblos in dem Apartment gefunden hätte, das sie zuvor mit ihrem Freund bewohnt hatte.

Mein Mann Theo und ich fuhren sofort mit dem Auto eines Nachbarn hinter Kenoah her in die Stadt. Er führte uns zu einem verwahrlosten Gebäude in Kalihi, dessen Haustür aus den Angeln gestemmt worden war und auf dessen Balkonen Müll gelagert wurde. Der H1 Highway verlief direkt hinter dem Haus. Es war fürchterlich laut dort."

Ihre Stimme verlor sich. Lauren nickte ihr aufmunternd zu.

"Theo und ich fanden unsere Tochter im Badezimmer auf dem Boden. Sie lag eingepfercht zwischen einer winzigen Dusche und einer schmutzigen Toilette. Sie hatte einen Lederriemen um ihren Oberarm gebunden und eine Spritze in ihrer Armbeuge stecken und sie atmete nicht mehr."

Die letzten Worte gingen in einem Schluchzen unter. Lauren sprang von ihrem Stuhl auf und umarmte die Frau spontan, wiegte sie hin und her und flüsterte ihr beruhigende Worte ins Ohr.

So saßen sie einige Minuten, bis Lauren das Geräusch sich nähernder Schritte wahrnahm. Kalei hatte sich ihnen leise genähert und blieb nun ein paar Meter von ihnen entfernt auf der ersten Verandastufe stehen. Er sah Lauren fragend an, die sich von Jalma löste.

Iolanas Mutter atmete tief durch und sah sich verwirrt um, wurde auf Kalei aufmerksam und nahm schnell eine aufrechte Haltung ein.

"Das ist mein Kollege Kalei", sagte Lauren schnell. "Er hat sich mit Kimo unterhalten. Bitte erzähl weiter, Jalma."

Die Frau nickte, und wischte sich die Tränen erneut mit dem Taschentuch vom Gesicht.

"Wir haben Iolana aus dem Apartment geholt und ihr eine Bestattung hier auf dem Friedhof der Gemeinde gegeben. Mit Kenoah haben wir seitdem nicht mehr gesprochen. Er hat Unglück über die ganze Familie gebracht."

"Dürfen wir Iolanas Grab sehen?", fragte Lauren leise.

Die Mutter zögerte kurz, dann nickte sie, erhob sich langsam von ihrem Stuhl, wobei sie sich schwer auf Lauren stützte, und humpelte zum Rand der Veranda. Lauren bot ihr ihren Arm an, den die Frau dankbar ergriff. Langsam gingen sie gemeinsam in Richtung Straße. Kalei folgte ihnen in einigem Abstand schweigend.

Sie gingen die Hauptstraße des Dorfes entlang und bogen bereits nach wenigen Metern in einen kleinen Weg ein. Ein kniehoher Zaun umgab den Friedhof, dessen Grabstätten aus Steinquadern oder einem Bett aus vielen kleineren, glattgeschliffenen Steinen bestand. Manche Gräber hatten schlichte weiße Holzkreuze.

Iolanas Mutter ging langsam, aber zielstrebig auf ein Grab in der hinteren Ecke des Friedhofs zu. Auf dem Stein lag eine kleine, weiße Platte, auf der Iolanas Name stand. Frische und verwelkte Blumenkränze und einzelne Frangipaniblüten, die von dem benachbarten Baum heruntergefallen waren, schmückten das Grab.

Jalma beugte sich hinunter und pflückte einige verwelkte Blüten von der Steinplatte.

Lauren und Kalei gaben ihr ein paar Augenblicke Zeit, um sich zu sammeln.

"Habt ihr Malia denn nicht mehr gesehen, seitdem sie mit Kenoah zusammen nach Honolulu gezogen ist?", fragte Lauren schließlich.

"Kenoah haben wir verboten, zu Iolanas Bestattung zu kommen, und er kam auch nicht. Aber Malia ist ein Jahr nach Iolanas Beerdigung noch einmal hier gewesen. Sie hatte ein Baby dabei, das keinen Vater hatte, und suchte nach Vergebung. Sie hat uns gesagt, dass sie eine genauso große Schuld an Iolanas Tod trage wie Kenoah, weil sie Iolana Drogen gegeben habe, die Kenoah ihnen besorgt hatte."

Jalma presste die Lippen aufeinander und zerdrückte die welken Blüten in ihrer Hand.

"Mein Mann hat Malia fortgejagt. Er hat ihr gesagt, dass wir sie und ihren Bruder nie wieder sehen wollen und dass wir ihr nie vergeben werden."

"Ist das immer noch so?" fragte Lauren leise. "Malia ist wieder schwanger und wohnt in einem Zelt zusammen mit anderen Obdachlosen in Honolulu."

Jalma schloss die Augen.

"Ihr kleiner Sohn Noah lebt auch dort. Er sollte nicht dort sein. Er sollte bei seiner Familie sein. Jalma, er braucht eure Hilfe", sagte Lauren eindringlich.

Der Tremor setzte wieder ein und Jalma schien sich in ihre eigene Welt zurückzuziehen.

Wie viel Leid kann eine Mutter ertragen, fragte Lauren sich.

Kalei berührte Lauren sacht am Unterarm und bedeutete ihr, dass sie gehen sollten.

Er reichte Lauren eine seiner Visitenkarten, die sie zögernd auf Iolanas Grabstein legte.

"Bitte, denk darüber nach, Jalma", bat sie, bevor sie ging. "Bitte, überlegt euch, ob ihr nicht wenigstens eurem Enkel helfen könnt."

Sie drehten sich um und ließen die Frau in ihrem bunten, fröhlichen Kleid, das so gar nicht zu ihrer Gefühlslage passte, auf dem Friedhof zurück.

Erst als Kalei und sie auf der Hauptstraße ankamen, erlaubte es sich Lauren, tief auszuatmen. Sie schüttelte ihre Schultern, als könne die traurige Stimmung abzustreifen, so wie ein Hund nach einem Bad das Wasser aus seinem Fell schüttelt.

"Wie hast du sie dazu gebracht, dass sie mit dir über Kenoah, Malia und Iolana redet?", fragte Kalei, während sie Seite an Seite in Richtung Streifenwagen gingen.

Lauren streckte den Kopf nach rechts und links, wie um eine Verspannung im Nacken zu lösen.

"Ich habe ihr erzählt, dass mein Bruder in Portland an Drogen gestorben ist", sagte sie schließlich.

"Ich wusste gar nicht, dass du einen Bruder hattest", sagte Kalei verblüfft. "Das hast du mir ja nie erzählt. Das tut mir wirklich leid."

Lauren warf ihm einen sonderbaren Blick zu. "Ich habe keinen Bruder", sagte sie. "Ich bin ein Einzelkind."

Kapitel 20

Daniel Stevens hatte seine Schwester Julia allein im Kaihalulu Hotel & Resort zurückgelassen. Er war sich nicht sicher gewesen, ob sie wirklich etwas mitbekommen hatte, als er ihr gesagt hatte, dass er dringend ins Büro nach Kane'ohe müsse, um dringende Sachen mit seinem Büroleiter zu besprechen.

Tatsächlich hatte er sich mit seinem Freund Dexter Harding verabredet. Dexter und Daniel kannten sich seit einer Ewigkeit. Sein Freund war der Trauzeuge auf seiner Hochzeit vor zwei Jahren gewesen und natürlich war er auch auf der beschissenen Junggesellenparty an dem Abend vor der Hochzeit gewesen. Der Abend hatte so hervorragend angefangen, aber dann katastrophal geendet. Eigentlich genauso wie seine Ehe, resümierte Daniel.

Dexter wohnte in einem sündhaft teuren Haus in Honolulus Schickimicki-Stadtteil Kahala, nur einen Steinwurf vom Strand entfernt. Sie hatten sich während des Studiums in Los Angeles kennengelernt. Für Dexter war damals schon klar gewesen, dass er einmal in Hawaii leben wollte, und er hatte seine Pläne zielstrebig und rücksichtslos durchgesetzt.

Er war ebenfalls im Baugewerbe und hatte durch die Familie Stevens viele lukrative Aufträge zugeschanzt bekommen. Im Gegenzug dazu unterstützte Dexter Evergreen Constructions bei ihrem Hotelprojekt an der Windward Side.

Sogar seine damalige Frau Iris hatte Daniel über Dexter kennengelernt. Schade, dass sich Iris im Nachhinein als totale Fehlinvestition erwiesen hatte, aber dafür konnte Dexter ja schließlich auch nichts.

Ebenso wenig, wie man Dexter irgendeine Schuld an den Ereignissen in der Nacht des Junggesellenabschieds geben konnte. Er hatte die beiden Mädels über deren Bruder organisiert. Der wiederum war ihm vom Freund eines Freundes empfohlen worden, der die ältere Schwester zu seinem vierzigsten Geburtstag, nun ja, geschenkt bekommen hatte. Das Geburtstagskind hatte Dexter fast enthusiastisch von dem Hawaiimädchen vorgeschwärmt, das wirklich tabulos alle seine Wünsche erfüllt hätte. Das war genau das Richtige für die Junggesellenparty seines besten Freundes Daniel, hatte sich Dexter gesagt. Vor allem, weil der Bruder, der als Lude fungierte, für die Party im Kaihalulu Hotel auch noch seine jüngste Schwester angeboten hatte. 'Ein echter Leckerbissen' hatte er geschwärmt. Süß, jung und schüchtern. Fast noch eine Jungfrau. Sie war sogar noch teurer als ihre immerhin schon sehr reife und erfahrene Schwester gewesen.

Daniel verbot sich darüber nachzudenken, was er und die ältere Schwester so alles miteinander getrieben hatten, bevor, ja, bevor alles irgendwie aus dem Ruder gelaufen war.

Er musste sich jetzt auf etwas anderes konzentrieren.

Er nahm einen Schluck von dem japanischen Yamazaki Single Malt Whisky, den Dexter ihm trotz der frühen Tageszeit ungefragt eingegossen hatte, nachdem Daniel unangemeldet bei ihm aufgetaucht war.

Daniel hatte sich am gestrigen Sonntag das Gehirn darüber zermartert, woher er den jungen Hawaiianer kannte, der am Samstagabend ihn und Julia in ihrer Villa belauscht hatte und der schließlich in den dichten Büschen, die die Hotelanlage umgaben, verschwunden war.

Inzwischen war er sich ziemlich sicher, dass es der junge Mann gewesen war, der ihnen vor zwei Jahren seine beiden Schwestern vermittelt hatte.

Als Trauzeuge hatte Dexter die ganze Party und das Drumherum organisiert. Daniel hatte sich nur zurücklehnen und genießen sollen. Deshalb hatte zunächst auch nur Dexter mit dem Bruder der Mädchen zu tun gehabt, als es um die finanziellen Dinge gegangen war.

Nach dem Ereignis, wie Dexter und Daniel die Vorkommnisse im weiteren Verlauf der Party seitdem nannten, war der Bruder allerdings in der Villa aufgetaucht und hatte seine Schwestern mitgenommen. Dexter hatte dem Bruder geholfen, Daniel hatte ihn wirklich nur kurz gesehen. Es war für Dexter Ehrensache gewesen, Daniel und dessen Schwager Jamie aus der Sache herauszuhalten.

Nun saß Dexter Daniel in der flauschigen Sitzgarnitur seines Wohnzimmers gegenüber, ebenfalls an seinem Drink nippend. Dexter hatte seinem Freund den Gartenblick überlassen.

"Du machst mich ganz nervös, Mann", beschwerte Dexter sich bei Daniel, weil dieser zunächst unruhig im Raum herumgetigert war, bis der Hausherr seinem Besuch ein Kristallglas mit der bernsteinfarbenen Flüssigkeit eingeschenkt und ihn gedrängt hatte, sich aufs Sofa zu setzen und ihm zu erzählen, was ihn so durcheinandergebracht hatte.

"Du wärst vielleicht auch etwas angespannt, wenn gerade dein Schwager in einem Jacuzzi ertränkt worden wäre und irgendwelche dunklen Kerle nachts um dein Haus schleichen", erwiderte Daniel gereizt.

"Und du bist dir sicher, dass dein nächtlicher Besucher derjenige ist, der die Mädels nach dem Ereignis mitgenommen hat?", vergewisserte Dexter sich.

Daniel nickte. "Mittlerweile schon. Hat 'ne Weile gebraucht, bis ich draufgekommen bin.

Die Frage ist nur, woher hat der Kerl gewusst, dass Jamie und Julia und jetzt auch ich im Kaihalulu Hotel sind? Wir waren seit zwei Jahren nicht mehr dort."

Dexter schwante Übles. Ihm blieb der edle Schluck beinahe im Hals stecken, bevor er sagte: " Kenoah Kahele hat mich vor ein paar Wochen aufgesucht." Auf Daniels fragenden Blick hin erklärte er: "Das ist der Lude, der mir seine Schwestern im Paket verkauft hat für deine

Feier." Mit einer Bewegung seines Glases forderte Daniel seinen Freund auf, fortzufahren.

"Er wollte für sein weiteres Schweigen noch mal Geld haben, der kleine Scheißer."

"Hast du ihm was gezahlt?", fragte Daniel alarmiert.

Dexter schüttelte den Kopf: "Nein, Mann. Der Kerl war ziemlich neben der Spur. Das konnte man sehen. Der brauchte wahrscheinlich nur Geld für seinen nächsten Schuss. Ich habe ihn nicht für eine Gefahr gehalten und einfach weggeschickt. Er hat selbst schließlich genug Schuld an der Sache, so dass er es sich nicht leisten kann, uns zu verpfeifen. So ungefähr habe ich ihm das gesagt."

Und das war alles? Du hast ihm nichts davon erzählt, dass meine Schwester und ihr Mann auf Oahu sein werden?"

Dexter schüttelte den Kopf, aber man sah ihm an, dass er ein schlechtes Gewissen hatte.

"Erzähl, Dex!", sagte Daniel scharf.

Dieser gab schließlich zu, dass ihn der Besuch Kenoahs beunruhigt hatte. Deshalb hatte er mit seinem Freund gesprochen, der ihm Kenoah vor zwei Jahren vermittelt hatte, um herauszufinden, wie es um diesen bestellt war. War seine Forderung nur eine leere Drohung oder musste man ihn ernst nehmen?

"Mein Kumpel hat mir erzählt, dass Kenoah inzwischen ziemlich auf Crystal ist und in einem der Zelt-Camps in

Honolulu lebt. Zusammen mit seiner älteren Schwester. Angeblich kommt er mit dem Tod seiner kleinen Schwester immer weniger klar und sucht nach einem Schuldigen."

"Wie wäre es, wenn er vor allem sich selbst die Schuld daran gibt, was damals passiert ist", schlug Daniel vor. "Immerhin hat er seine Schwestern vertickt wie ein Profizuhälter. Aber wie kann er davon erfahren haben, dass Jamie und Julia hier sind?"

Dexter kratzte sich seufzend am Kopf. "Ich habe meinen Freund gebeten, ihn ein bisschen ins Gebet zu nehmen. Ihm klarzumachen, dass bei uns nichts mehr zu holen ist und dass es besser für ihn ist zu vergessen, dass die Party jemals stattgefunden hat."

Er druckste herum. "Kann sein, dass mein Freund erwähnt hat, dass Jamie demnächst hier sein wird und ihn fertigmachen wird, wenn er sich nicht auf der Stelle wieder in das Dreckloch zurückzieht, aus dem er gekommen ist. Ich schätze, mein Kumpel hat ein bisschen dick aufgetragen, hat vielleicht erwähnt, dass Jamie bei der Polizei ist und seine Dienstwaffe mitbringen würde oder so etwas in der Art."

Dexter raufte sich die Haare. "Scheiße Mann, das kann doch nicht wahr sein, oder? Meinst du, dass dieser kleine Versager Jamie auf dem Gewissen hat?"

Daniel musste sich schwer zusammenreißen, seinen alten Freund nicht anzuschreien und zu schütteln. Wie blöd konnte man sein? So langsam häuften sich seine Fehler und falschen Entscheidungen.

Er nahm einen weiteren großen Schluck von Dexters teurem Whisky. "Nun, dann wissen wir jetzt zumindest mehr als die Polizei. Und wir müssen dafür sorgen, dass wir ihnen weiterhin einen Schritt voraus bleiben.

Ich sage dir jetzt, wie wir weiter vorgehen."

Kapitel 21

Lauren und der Rest des Ermittlungsteams hatten den Nachmittag damit verbracht, ihre Berichte zu schreiben und ihre Gedanken zu sortieren.

Lieutenant Takahashi und Chris Logan hatten am Vormittag Mano Kameāloha, den Einbrecher und Fassadenbeschmutzer, verhört. Sein Onkel Kimo hatte ihm einen Anwalt besorgt, der kurz nach Beendigung der Morgenbesprechung in der Polizeistation aufgetaucht war, um seinem Mandanten beizustehen. Nachdem er sich die Anklagepunkte der Beamten angehört hatte, hatte er sich einige Minuten mit dem jungen Mann beraten.

Bei dem anschließenden Verhör hatte der Anwalt erklärt, dass Mano den Einbruch und die Sachbeschädigung am Gebäude der Evergreen Construction in Kane'ohe zugebe. Er sei bereit, den Beamten den gestohlenen Laptop auszuhändigen. Es sei weder beschädigt, noch habe er Daten gelöscht. Er war außerdem bereit, für die Reinigung der Fassade zu bezahlen oder einen sozialen Dienst abzuleisten. Er bat die Behörden jedoch darum, auch die Einschüchterungsversuche der Baufirma sowie deren Drohungen genauer zu untersuchen. Es könne nicht angehen, dass er allein bestraft wurde, während die große Firma tun und lassen konnte, was sie wollte. Schließlich habe sich sein Mandant durch Evergreen Construction bedroht gefühlt und habe nur deshalb diese verzweifelten Maßnahmen ergriffen.

Yuna Takahashi versprach mit ernster Miene, sich darum zu kümmern: "Du hast mein Wort, Mano, wir werden der Sache nachgehen und ich werde mich für dein Anliegen einsetzen."

Mano schaute sie unsicher an, nickte dann widerstrebend.

"Aber sage mir bitte, ob du etwas mit dem Tod von Jamie Hayward am vergangenen Dienstag zu tun hattest. Es ist ja möglich, dass es sich um einen tragischen Unfall gehandelt hat und du nicht vorhattest, ihm etwas anzutun."

Mano schüttelte heftig den Kopf und sah hilfesuchend zu seinem Anwalt hinüber.

Dieser versicherte den Beamten, dass Mano Mr. Hayward nicht getötet hatte, auch nicht aus Versehen. Er war an dem besagten Abend mit dem Boot seines Vaters beim Fischen gewesen und gegen neun Uhr abends zu Hause gewesen. Er sei dann direkt auf sein Zimmer gegangen und gegen elf Uhr eingeschlafen. Seine Eltern hatten den Abend bei Nachbarn verbracht und ihn nicht kommen sehen. Vielleicht hatten sie nach ihrer Rückkehr noch einmal nach ihrem schlafenden Sohn gesehen. Das solle die Polizei doch bitte überprüfen.

Lieutenant Takahashi hatte nach dem Verhör ihre Ermittlergruppe zusammengerufen und den Frauen und Männern ihren Eindruck mitgeteilt, nämlich, dass sie glaubte, dass der Junge unschuldig sein könnte, den Mord an Jamie Hayward betreffend. Chris Logan und

Kalei waren hingegen der Meinung, dass man Mano Kameāloha noch nicht von der Liste der Verdächtigen streichen sollte. Es stecke so viel unkontrollierte Wut in dem Jungen.

"Was meinst du, Lauren?", fragte Randy an seine Partnerin gewandt. Ihm war aufgefallen, dass Lauren zustimmend genickt hatte, während Lieutenant Takahashi gesprochen hatte.

"Ich musste den ganzen Nachmittag an das denken, was uns Malia und Kenoah Kahele, ihre Mutter Jalma und der ehemalige Hotelangestellte Jonas erzählt haben."

Als Lieutenant Takahashi eine auffordernde Geste machte, sprach Lauren weiter: "Jonas war sich sehr sicher, Jamie Hayward als einen der Gäste einer Party erkannt zu haben, die vor zwei Jahren im Kaihalulu Hotel stattgefunden hat. Er sagte, bei diesem Junggesellenabschied seien auch Malia und ihre Schwester Iolana anwesend gewesen. Auch wenn die Kahele-Geschwister bestreiten, dass sie jemals auf dieser besagten Party gewesen sind, glaube ich Jonas. Offensichtlich ging es bei der Party hoch her, mit Sicherheit waren neben Alkohol auch Drogen im Spiel und die Mädchen haben sicherlich nicht nur Hula getanzt.

Nun treffen wir einige Zeit später Malia und sie hat ein kleines Kind. Sie hat mir gesagt, dass Noah letzten November ein Jahr alt geworden sei. Dementsprechend muss er ungefähr vor zwei Jahren, im März, gezeugt worden sein." Sie sah erwartungsvoll in die Runde.

"Also zum Zeitpunkt des angeblichen Junggesellenabschieds im Kaihalulu", ergänzte Kalei.

Lauren nickte. "Was wäre, wenn Noah Jamie Haywards Kind ist und Malia ihn kürzlich in seiner schicken Unterkunft besucht und Unterhalt von ihm gefordert hat? Er weigert sich, sie gerät in fürchterliche Wut und ertränkt ihn." Sie sah sich in der Runde um und konnte sehen, wie ihre Kollegen diese Möglichkeit in Betracht zogen. Lauren fuhr fort: "Es wäre natürlich auch denkbar, dass Malia sich an Jamies Ehefrau Julia gewandt und ihr gesteckt hat, was ihr Mann so alles bei ihrem letzten Hawaii-Aufenthalt getrieben hat. Julia sagte ja selbst, dass es in ihrer Ehe nicht optimal gelaufen sei und sie hierhergekommen waren, um sich wieder näherzukommen."

Chris schmunzelte: "Und da schlägt Julia ausgerechnet den Ort vor, an dem ihr Ehemann mit einer anderen Frau herumgemacht und wohlmöglich ein Kind mit ihr gezeugt hat?"

"Das wusste Julia ja vorher noch nicht. Wenn meine Theorie stimmt, hat Malia ihr diese Neuigkeit erst mitgeteilt, nachdem Jamie und Julia bereits auf Oahu eingetroffen waren. Wie auch immer Malia davon erfahren hat, dass ihr Liebhaber nun zum ersten Mal seit zwei Jahren wieder auf der Insel ist."

"Wenn es vor zwei Jahren so passiert ist, wie du glaubst, dann käme natürlich auch Malias Bruder Kenoah in Frage. Er könnte Jamie Hayward mit dem Wissen über sein uneheliches Kind erpresst haben. Seine Geschäftstüchtigkeit hat er ja schon unter Beweis gestellt, als er seine Schwestern als Prostituierte vermittelt hat", sagte Kalei.

Lieutenant Takahashi nickte. "Das ist ein guter Ansatz, Lauren. Wir werden der Sache gleich morgen auf den Grund gehen."

Es war bereits nach neun Uhr abends, Officer Brenda Lee hatte vor einer Stunde Pizza für alle geholt, als Kalei einen Anruf auf seinem Mobiltelefon empfing. Er schaute aufs Display, zögerte kurz, stand von seinem Schreibtischstuhl auf und ging einige Schritte auf den Flur hinaus, bevor er das Gespräch annahm. Er hörte kurz zu, dann versuchte er den Redefluss des Anrufers zu unterbrechen. Weit kam er aber nicht. Er begann beschwichtigende Worte zu murmeln, während er immer hektischer auf und ab lief. Schließlich schien es, als ob der Anrufer plötzlich aufgelegt hatte. Kalei starrte einen Moment verdutzt auf das Display vor sich.

"Was ist los?", wollte Lauren wissen, die ihn dabei beobachtet hatte, wie er während des Telefonats immer nervöser wurde. Kalei antwortete nicht, ging schnellen Schrittes zum Schreibtisch zurück und schnappte sich die Autoschlüssel des Toyota. Dann eilte er auf den Ausgang zu. Lauren sprang auf und rannte ihm hinterher.

"Was ist passiert?", hielt sie ihn kurz vor dem Treppenhaus auf.

"Das war Malu. Sie war total hysterisch und hat geschrien und geweint. Ich konnte sie kaum verstehen, aber ich habe Angst, dass sie irgendeine Dummheit macht. Muss mal bei ihr vorbeifahren."

Lauren fragte nicht, ob sie ihn begleiten solle. Vielleicht hatte ihr Treffen gestern am Beachpark Malu so durcheinandergebracht. Sie schien ja keineswegs über die Trennung von Kalei hinweg zu sein. Lauren nickte und ließ Kalei ziehen. Was sollte er auch anderes tun?

Sie kehrte zu dem Schreibtisch zurück, den sie sich mit Randy teilte. Sie merkte mit einem Mal, wie müde sie war. Die fettige Pizza tat da sicher ihr Übriges. Es war bestimmt keine schlechte Idee, für heute Feierabend zu machen und den Abend im Hotel ausklingen zu lassen.

Sie griff nach ihren Sachen und sah Randy fragend an: "Kommst du mit ins Hotel?"

Sie beschlossen, ein Taxi bis zu einem großen Strandpark zu nehmen und von dort die letzten paar hundert Meter zum Hotel zu laufen. Sie verabschiedeten sich von den anderen Beamten, die ebenfalls Anstalten machten, den Tag für beendet zu erklären. *Let's call it a day.*

Sie hatten kaum den Strandpark erreicht, als diesmal Laurens Mobiltelefon in ihrer hinteren Hosentasche klingelte. In der Erwartung, dass es vielleicht Kalei sein könnte, ging sie sofort dran: "Wie sieht es aus?"

"Detective Inspector! Gut, dass ich sie noch erreiche." Die kultivierte englische Stimme klang verzagt. Lauren erkannte sie sofort.

"Mrs. Stevens, was kann ich für Sie tun?"

Die Frau am anderen Ende der Leitung zögerte einige Sekunden und schien nach Worten zu suchen. Schließlich sagte sie: "Ich glaube, ich habe in Jamies Sachen etwas gefunden, das Ihnen weiterhelfen könnte, seinen ... also denjenigen, der ihn ..."

Lauren war sofort wieder hellwach. Sie bedeute Randy mit einer stummen Geste, stehenzubleiben.

"Was haben Sie gefunden, Mrs. Stevens?"

"Das möchte ich lieber nicht am Telefon besprechen. Ich möchte es Ihnen persönlich geben, Ihnen und dem englischen Sergeant, der mit Ihnen nach Hawaii gekommen ist."

"Die Ermittlungen leiten die Detectives hier in Honolulu. Es ist ihre Zuständigkeit und sie sollten dem HPD ...", begann Lauren, aber sie wurde von Julia Stevens unterbrochen.

"Nein! Was ich gefunden habe, hat etwas mit Jamies Arbeit und der London Metropolitan Police zu tun. Ich werde es nur Ihnen geben. Sie können dann entscheiden, was Sie damit machen wollen. Aber ich werde es niemand anderem zeigen. Ich werde einfach leugnen, dass ich mit Ihnen gesprochen habe."

Lauren unterdrückte ein ungeduldiges Schnauben, wägte schnell das eine gegen das andere ab und sagte dann: "Ok, Mrs. Stevens. Sind sie im Kaihalulu Hotel?" Wenn sie sich beeilten, konnten sie um diese Uhrzeit in einer guten Stunde dort sein. Zu Laurens Überraschung verneinte Julia Stevens. "Ich bin wahrscheinlich ganz in Ihrer Nähe, auf Sand Island."

"Auf Sand Island?", fragte Lauren irritiert. Was machte die Frau zu dieser Stunde im Industriegebiet? Dort gab es hauptsächlich Schrottplätze und Zulieferer für Baustoffe. Die Honolulu Basis der US Coast Guard befand sich ebenfalls auf Sand Island.

"Ich hatte heute Abend einen wichtigen Termin mit einer Baufirma hier in der Gegend. Der Termin war so wichtig, dass ich ihn nicht verschieben konnte. Ich habe den ganzen Tag mit mir gerungen, ob ich Ihnen zeigen soll, was ich gefunden habe. Deshalb habe ich es mitgenommen, als ich heute Nachmittag zu dem Termin nach Honolulu gefahren bin."

Sie machte eine Pause und Lauren wartete, dass sie fortfuhr. Sie war neugierig und fragte sich, ob Julia Stevens' Fund mit ihrer neuen Theorie zusammenhing, dass Jamie Hayward der Vater von Malias Sohn war.

"Bitte, Detective Inspector, ich möchte zurück ins Hotel. Ich werde Ihnen entweder heute Abend geben, was ich entdeckt habe, oder ich werde meine Meinung morgen früh wahrscheinlich schon wieder geändert haben. Ich möchte nicht, dass ein schlechtes Licht auf Jamie fällt." Es folgte eine kurze Pause und dann ein entschlossenes:

"Vergessen Sie es! Es war falsch, dass ich sie angerufen habe. Ich fahre jetzt zur Nordküste."

Jetzt beeilte Lauren sich zu sprechen: "Nein, wir kommen zu Ihnen. Wir sind nur fünfzehn Minuten entfernt. Sagen Sie uns, wo wir sie treffen können!"

Randy hatte schon seinen Notizblock gezückt und hielt ihn ihr hin, damit sie die Adresse aufschreiben konnte. Er wusste aus Erfahrung, dass Lauren sich Straßenbeschreibungen und Telefonnummern nur schlecht merken konnte. Schnell ergriff Lauren den dargebotenen Kugelschreiber und kritzelte etwas auf den Block.

"Wir sind in einer Viertelstunde bei Ihnen", sagte Lauren beschwörend. "Bitte, bleiben Sie, wo Sie sind!" Dann war die Verbindung unterbrochen.

Randy sah Lauren auffordernd an und sie berichtete ihm kurz, was Julia Stevens ihr am Telefon gesagt hatte.

"Du willst jetzt einfach so zu ihr hinfahren? Ohne Lieutenant Takahashi oder Kalei zu informieren? Das können wir nicht machen."

Lauren wand sich. Sie wusste, dass es nicht richtig gewesen war, auf eigene Faust zu entscheiden, wie sie mit Julias Anruf umgingen. Sie hatten weder die Befugnis noch die Aufgabe, sich allein nachts mit einer Zeugin oder möglicherweise sogar Verdächtigen zu treffen, um eventuelles Beweismaterial an sich zu nehmen. Alles an dieser Situation war falsch und gegen die Vorschriften. Aber trotzdem ... Wenn Sie jetzt erst einmal in der vorschriftsmäßigen Reihenfolge brav die nötigen Anrufe machten und auf Back-up vom Honolulu Police Department wartete, dann wäre Julia Stevens längst von Sand Island verschwunden. Und dann? Dann würde sie das wahrscheinlich als Vertrauensbruch sehen und den Kollegen gegenüber behaupten, sie hätte gar nichts Wichtiges in Jamies Sachen gefunden.

Das war natürlich genau die Art von eigenmächtigem Handeln, vor dem sie ihr Chef George McAllister gewarnt hatte: Keine Alleingänge, keine Missachtung der Befehlskette, kein Ignorieren der Anweisungen. Verdammt.

Lauren wählte Kaleis Mobilnummer, hoffte, dass er abnahm, damit sie ihn zumindest darüber informieren konnte, was sie erfahren hatten und nun vorhatten. Vielleicht konnte er ihnen ja den offiziellen Auftrag erteilen, sich mit Julia Stevens zu treffen. Aber der Anruf wurde nicht entgegengenommen. Die Zeit verrann. Selbst wenn sie sofort ein Taxi erwischten, würde es knapp werden

Lauren traf eine Entscheidung, denn sie war die ranghöhere Beamtin. "Ich fahre hin, Randy. Du musst nicht mitkommen. Informiere stattdessen Lieutenant Takahashi oder Chris. Und komm mit ihnen nach! Ich fahre hin und versuche, sie zu überreden, auf euch zu warten."

Randy schüttelte entschlossen den Kopf. "Keine Chance, Partner. Ich lasse dich nicht allein dorthin gehen. Ich komme mit. Wir müssen uns beeilen."

Entschlossen ging er auf die Hauptstraße zu, auf der immer noch reger Verkehr herrschte. Lauren hastete ihm hinterher. In der Dunkelheit konnte sie mehrere Fahrzeuge mit dem gelben Taxi-Leuchtschild auf dem Boulevard erkennen. Randy hob den Arm und ein schwarzer Ford hielt vor ihnen am Bordstein.

Das Taxi fuhr an schlecht beleuchteten Industriehallen und heruntergekommenen, teilweise leerstehenden Gebäuden durch den Stadtteil Kalihi, östlich des Honolulu International Airports, vorbei. Der Taxifahrer hatte sie ungläubig angesehen, als sie ihm ihr Ziel nannten. Ob sie sich ganz sicher seien, dass sie zu dieser Adresse wollten. Da sei doch um diese Uhrzeit überhaupt niemand mehr.

Randy hatte ihm befohlen, die Klappe zu halten und sie einfach auf dem schnellsten Weg zu dem gewünschten Ort zu fahren. Im Taxi hatten er und Lauren dann verschiedene Textmitteilungen an die Kollegen des HPD geschickt, um sie über ihr Vorhaben zu informieren.

Im Radio verkündete der Sprecher, dass das angekündigte 'Kona-Wetter' nicht nur Regen, sondern auch Sturm mit Böen von bis zu 90km/h mit sich bringen würde. Kona-Wetter bedeutete, dass die üblichen Nordost-Passatwinde von einem Tiefdruckgebiet aus dem Süden abgelöst wurden. Kona-Wetter brachte feucht-warme Luft und meistens eine Wetterverschlechterung. Der Mann in der Radiostation wies Bootsbesitzer an, ihre Schiffe ausreichend zu sichern und den aktuellen

Wetterbericht im Auge zu behalten. Man erwarte die ersten Regenschauer ab morgen Mittag.

Zehn Minuten, nachdem sie ins Taxi gestiegen waren, fuhren sie über die Brücke, die Sand Island mit dem Festland verband. In der Mitte der Brücke stand ein Kontrollturm, links von ihnen konnten sie die beleuchteten Kräne des Industriehafens von Honolulu sehen. Rechts lag ein Bootshafen hinter einem guten Dutzend riesiger Gas-Tanks. Als sie von der Brücke auf den Sand Island Parkway fuhren, erstreckte sich auf der linken Seite das riesige Gelände der Matson Shipping and Logistik Company. Hunderte Container warteten dort auf ihre Verladung oder darauf, dass ihre Fracht an die Kunden in Hawaii verteilt wurde. Auch hier war niemand mehr bei der Arbeit. Die Werkstore waren geschlossen, nur ein einsamer Wachmann saß vor den Toren in seinem Häuschen.

"Was, um Himmels willen, will Julia Stevens nachts in dieser Gegend?", fragte Randy leise und auch Lauren bekam ein komisches Gefühl. Sollte der kleine Noah tatsächlich Jamie Haywards Kind sein, rückte auch Julia wieder in den engeren Kreis der Verdächtigen. Sie hoffte, dass sich einer der HPD- Beamten auf ihre Nachrichten melden würde, aber die Messenger App blieb stumm.

Schließlich hielt der Fahrer an einer Kreuzung. Rechts und links der Mikole Street stapelten sich Schrottautos übereinander, auf dem Grundstück jenseits der Kreuzung verbarg eine hohe Mauer den Blick auf das, was dahinter war. Lauren deutete auf einen Parkplatz, vor dem ein Schild mit der Aufschrift 'Falcon Construction' leuchtete. "Hier ist es", sagte sie und bat den Fahrer, anzuhalten. Sie schaute sich misstrauisch um und stieg dann gemeinsam mit Randy aus. Kaum hatten sie die Türen des Taxis geschlossen, brauste der Wagen davon und verschwand hinter der nächsten Ecke. Zurück blieb das entfernte Geräusch der Kräne und Verladearbeiten am gegenüberliegenden Industriehafen. Davon abgesehen war es still. Niemand war zu sehen.

Lauren und Randy sahen sich stumm an und betraten gemeinsam den Parkplatz der Baufirma. Der Platz war leer bis auf einen schwarzen Cadillac neueren Baujahrs, der in der rechten unteren Ecke der Heckscheibe das Zeichen einer internationalen Mietwagenfirma aufwies. Der Wagen war dunkel und schien verlassen. Trotzdem nahm Lauren an, dass er sich um Julia Stevens' Mietwagen handeln könnte. Von der Frau selbst war jedoch weit und breit nichts zu sehen. Auch das Gebäude von 'Falcon Construction' war dunkel und leer. Es sah nicht so aus, als ob sie sich zu einem Wachmann in die Lobby gesellt hatte, um dort auf Lauren und Randy zu warten.

"Mrs. Stevens?", rief Lauren in Richtung Gebäude. Ihre Stimme verlor sich in der Dunkelheit.

Randy ging auf den Mietwagen zu, der einsam auf dem Platz stand. Lauren näherte sich unterdessen der Tür der Baufirma. Etwas stimmt hier doch nicht, dachte sie. Julia Stevens musste gesehen haben, dass sie angekommen waren. Es machte doch keinen Sinn, sich nun vor ihnen zu verbergen. Erneut rief sie nach der Witwe des englischen Polizisten.

Randy hatten inzwischen den Cadillac erreicht und versuchte ins Innere zu sehen. Die dunkel getönten Scheiben veranlassten ihn dazu, sein Handy hervorzuziehen und die Taschenlampenfunktion zu aktivieren. Als er ins Innere des Wagens leuchtete, zuckte er jäh zurück. Ein Mensch war auf dem Fahrersitz zusammengesunken und der Oberkörper war in Richtung Beifahrersitz gekippt. Gold schimmerndes, schulterlanges Haar lag ausgebreitet über dem Gesicht der Gestalt, die sich nicht rührte und nicht auf das helle Licht der Lampe reagierte. "Lauren!", rief Randy nach seiner Partnerin. "Ich glaube, ich habe Julia ..."

Der Rest des Satzes wurde durch einen lauten Knall abgeschnitten, der von den hohen Betonwänden der umliegenden Gebäude zurückgeworfen wurde. Randy wurde nach hinten geschleudert, als hätte man ihn an einem Faden, der um seine Hüfte gebunden war, nach hinten gezogen. Er stieß einen erschrockenen Laut aus. Kein Schrei, nur ein erstauntes, ungläubiges "Oh", als könne er gar nicht begreifen, was ihm gerade widerfuhr. Dann ging er in die Knie.

Lauren, die auf halbem Weg zur Eingangstür des Gebäudes war, brauchte zwei Sekunden, um zu begreifen, was gerade geschehen war. In England flogen einem nicht jeden Tag Kugeln um die Ohren und sie stand einen Moment einfach nur erschrocken da. Wie ein Reh im Scheinwerferlicht. Erst als Randy hart auf dem Boden aufschlug, setzte sie sich in Bewegung und hechtete zu ihm hinter den Cadillac.

Sofort sah sie, dass Randy im Brustbereich getroffen war und stark blutete. Er blickte sie entsetzt an, wiederholte immer nur: "Verdammt, verdammt", und versuchte mit seinen bloßen Händen die Blutung zu stoppen. Laurens Blick ging hektisch zwischen ihrem Partner und dem Eingangsbereich hin und her. Sie waren unbewaffnet und völlig ungeschützt, sollte plötzlich jemand mit einer Waffe um den Wagen herumkommen und auf sie anlegen. Mit zitternder Stimme flüsterte sie Randys Namen und bat ihn, leise zu sein.

In diesem Moment vibrierte ihr Mobiltelefon, Kaleis Name wurde auf dem Display angezeigt.

Mit zitternden Fingern versuchte sie, das Display zu entsperren, aber erst im dritten Anlauf gelang es ihr. "Kalei", wisperte sie, "jemand schießt auf uns. Wir sind auf Sand Island. Mikole Street. Falcon Construction. Bitte, schick Verstärkung, schnell." Sie robbte zum Vorderrad des Cadillacs, lugte drumherum, sah aber niemanden, der sich dem Auto näherte. Sie drückte das Telefon an ihr Ohr, atmete schwer. Sie glaubte Kalei sagen zu hören, dass er auf dem Weg sei, dass ein Streifenwagen bereits kurz vor Sand Island wäre. Aber vielleicht wünschte sie sich auch nur, dass er das sagte.

"Ruf einen Rettungswagen", beschwor Lauren ihn. "Randy ist angeschossen worden."

Sie blickte zu ihm hinüber. Er war blass geworden, presste die Lippen zusammen, hatte offensichtlich Atemnot. Sie griff nach seiner freien Hand, drückte sie. Ich habe es vermasselt, dachte sie. Ich habe es so schwer vermasselt.

Kalei drückte sie kurz weg, um die 911 anzurufen, dann war er zurück am Telefon, blieb bei ihr. Während er durch Kalihi raste, versicherte er ihr, dass die Kollegen jeden Moment bei ihnen sein mussten, dass sie es schaffen würden, dass Randy nur noch ein paar Minuten durchhalten sollte.

Lauren saß mit dem Rücken an den Cadillac gelehnt. Mit der rechten Hand streichelte sie Randy, mit der linken Hand klammerte sie sich an die Verbindung zu Kalei und dabei flog ihr Blick hin und her, aber niemand schlich auf sie zu, niemand kam um die Front oder das Heck des Wagens auf sie zugestürzt.

Nach einer gefühlten Ewigkeit hörte sie endlich die Sirenen und kurze Zeit später flackerte endlich das rote und blaue Licht der Polizei- und Rettungsfahrzeuge zwischen den abgestoßenen Fabrikhallen hin und her.

Kapitel 22

Dienstag, 20. Februar Oahu, Hawaii

Die Nacht war ihr endlos erschienen. Die Stunden zwischen der Ankunft von Polizei und Ambulanz in der Mikole Street und dem Eintreffen in ihrem Hotel gegen halb vier Uhr morgens waren in einer Art Nebel an ihr vorbeigezogen. Mehrere Sanitäter hatten sich auf Randy gestürzt und sie beiseitegedrängt. Sie saß noch immer auf dem Asphalt neben dem Cadillac, als Kalei neben ihr auf die Knie gegangen war und sie in seine Arme gezogen hatte. Sie hatte sich an ihn gelehnt und ein paar Augenblicke die warme Stille an seiner Brust genossen, hatte den Duft seiner Haut eingesaugt und sich ein paar gnädige Sekunden sicher und sorgenfrei gefühlt.

Dann aber war Lieutenant Takahashi neben ihnen aufgetaucht und hatte Lauren die zu erwartende Szene gemacht. Kalei war anschließend mit ihr ins Queens Hospital gefahren, in das sie sowohl Randy als auch Julia Stevens gebracht hatten. Die Frau hatte eine Kopfverletzung gehabt und war bewusstlos gewesen, aber sie befand sich nicht in Lebensgefahr.

Im Hospital hatten Lauren und Kalei mehrere Stunden im Wartezimmer ausgeharrt, während Randy operiert wurde. Kalei war ein paarmal auf dem unbequemen Plastikstuhl eingenickt, aber Lauren hatte kein Auge zumachen können.

Sie hatte stattdessen in London bei George McAllister angerufen, bevor das HPD das tun konnte. Entgegen ihrer Gewohnheit hatte sie nicht versucht, sich aus ihrer Schuld herauszureden, sondern hatte die volle Verantwortung für den schiefgelaufenen Einsatz übernommen. Laurens Chef hatte sich noch nicht dazu geäußert, wie es nun weitergehen würde, aber sie ging davon aus, dass er sie unverzüglich nach England zurückbeordern würde.

So unangenehm das Gespräch mit McAllister auch gewesen war, richtige Magenschmerzen verursachte ihr der Anruf bei Randys Lebensgefährten Lawrence. Sie erreichte ihn während einer Präsentation, bei der er seine Arbeit einem bekannten englischen Filmproduzenten vorführte, und riss ihm mit ihrer Nachricht den Boden unter den Füßen weg. Am Ende weinten sie beide und Lawrence versprach, die nächste Flugverbindung nach Honolulu zu nehmen. Ob Randy es schaffen würde, wollte er von Lauren wissen und Lauren versicherte ihm, dass ihr Partner stark sei und die Verletzung ganz sicher überleben würde - auch wenn sie selbst alles andere als überzeugt davon war.

Nach vier Stunden war schließlich ein Arzt zu ihnen gekommen und hatte ihnen berichtet, dass die Operation abgeschlossen sei und Randy auf die Intensivstation gebracht worden war. Man hatte ihrem Partner ein 9mm-Projektil aus dem Brustbereich entfernt. Das Geschoss war im Körper stecken geblieben und hatte multiple

Verletzungen im Gewebe sowie innere Blutungen verursacht. Auch Lunge und Leber waren betroffen. Man hatte Randy im Augenblick stabilisiert und musste nun die nächsten Stunden abwarten.

Julia Stevens' Zustand war ebenfalls soweit stabil, aber sie war noch immer ohne Bewusstsein. Man ging von einem heftigen Schlag auf den Hinterkopf aus. Julia hatte einen Schädelbruch erlitten. Durch verletzte Venen und Arterien war Blut in die Räume zwischen dem Gehirngewebe geflossen und hatte sich zwischen Hirn und Schädel angesammelt. Es war ein chirurgischer Eingriff notwendig gewesen, von dem sie sich nun erholen musste. Kurz nach Mitternacht war Daniel Stevens im Queens Hospital aufgetaucht und hatte verlangt, seine Schwester zu sehen. Ein weiblicher Police Officer hatte ihn abgefangen und über den Überfall auf Julia informiert. Er selbst war angeblich den ganzen Abend über bei seinem Freund Dexter Harding in dessen Villa in Kahala gewesen.

Es war fast drei Uhr nachts, als Lauren und Kalei das Queens Hospital verließen. Kalei beschwor Lauren, in ihr Hotel zu fahren und sich ein paar Stunden auszuruhen. Es war klar, dass sie am Morgen dem Lieutenant Rede und Antwort würde stehen müssen.

"Wie geht es eigentlich Malu?", wollte Lauren von Kalei wissen, als sie vor dem hell erleuchteten Eingangsbereich des Krankenhauses auf ein Taxi warteten.

Kalei fuhr sich mit der Hand über die geröteten Augen. "Sie war vermutlich kurz vor einem Nervenzusammenbruch. Als ich zu ihr kam, lag sie weinend und zusammengekrümmt auf den Küchenboden. Ich hatte sie gerade dazu bringen können, aufzustehen und sich an den Küchentisch zu setzen, als dein Anruf kam. Ich habe vom Auto aus ihre Schwestern angerufen und die haben sich beide sofort auf den Weg gemacht." Laurens schlechtes Gewissen verstärkte sich umso mehr.

Um halb acht Uhr morgens war Lauren zu Fuß unterwegs zur Polizeistation in Honolulu Downtown. Die Sonne versteckte sich hinter einer dicken Wolkendecke. Die Luft war warm und feucht und wirkte bedrückend. Sie hatte in den wenigen Stunden nicht wirklich geschlafen, aber sie hatte zumindest etwas Ordnung in ihre Gedanken bringen können. Zweifellos hatte sie einen Fehler gemacht, indem sie entschieden hatte, nur mit Randy und ohne Absprache mit den Kollegen vom HPD nach Sand Island zu fahren. Sie konnte nur inständig hoffen, dass Randy die Schussverletzung überleben und wieder gesund werden würde. Was sie jetzt für ihn tun konnte war zu erreichen, dass ihr Einsatz gestern Abend nicht umsonst gewesen war.

Sie hatte schon oft ihre Kompetenzen überschritten und eigenmächtige Entscheidungen getroffen, aber noch nie war ein Kollege dadurch verletzt worden. Aber auch diesmal würde sie zu ihrer Handlungsweise stehen. Sie musste irgendwie an der Ermittlung dranbleiben und herausfinden, ob Julia Stevens ihnen tatsächlich etwas hatte mitteilen wollen oder ob sie sie in eine Falle gelockt hatte. Warum sie sich in diesem Fall allerdings selbst einen über den Schädel hätte ziehen sollen, blieb unklar.

Als Lauren im Alapa'i Police Headquarter ankam, wurde sie sogleich zu Lieutenant Takahashi beordert, um ihr die Ereignisse der Nacht aus ihrer Sicht zu schildern. Die Version ihrer eigenen Mitarbeiter hatte sie offensichtlich schon gehört. Die Leiterin ihres Criminal Investigation Teams hörte ihr aufmerksam zu und unterbrach sie nur selten. Es war schwierig für Lauren einzuschätzen, was sie genau von der Aktion hielt.

Weder schickte Takahashi Lauren nach Hause, noch zog sie sie von den Ermittlungen ab. Vorerst, wie sie betonte. Es sei schlussendlich die Entscheidung ihrer Vorgesetzten in London, wie sie nun weiter verfahren würden. Da es in England aber Dank der Zeitverschiebung schon fast wieder Abend war, rechnete niemand in den nächsten Stunden mit einer finalen Entscheidung

Im Ermittlungsraum setzte sich Lauren sogleich an den Rechner, den man ihr und Randy zugeteilt hatte. Während sie bei Takahashi im Büro gewesen war, hatte der Rest des Ermittlerteams bereits mit dem Morgenbriefing im Besprechungsraum begonnen und sie wollte nicht einfach so hereinplatzen.

Sie fühlte einen Kloß im Hals, als sie an den Schreibtisch heranrückte und dort Randys vergessenen Kaffeebecher stehen sah, auf dem stand: 'Wenn du dein Leben in einem Wort beschreiben müsstest: *Akihi* - Hawaiianisch, Verb - eine Wegbeschreibung hören, loslaufen und die Beschreibung dabei vergessen.

Gleich neben der Tasse lag eine Baseballkappe der Hawaii Rainbow Warriors, die ihr Partner sich gleich am Tag nach ihrer Ankunft gekauft hatte, um seine Kopfhaut vor der ungewohnten tropischen Sonne zu schützen.

Sie fuhr mit den Fingern über das grüne, eingestickte Symbol auf der Kappe und fuhr seufzend den Rechner hoch.

Nach der Morgenbesprechung verteilte Lieutenant Takahashi Aufgaben an die einzelnen Ermittler. Der Angriff auf Julia Stevens und Randy hatte Vorrang vor allen anderen für den heutigen Tag geplanten Befragungen. Eli Kealoha und ihr Team waren damit beschäftigt, die Spuren auszuwerten, die sie am Tatort auf Sand Island gesichert hatten. Die Officers Brenda Lee und Paul Shoeman wurden damit beauftragt, zu 'Falcon Constructions" zu fahren und herauszufinden, was Julia dort gemacht und mit wem sie verabredet gewesen war. Sie sollten nach möglichen Aufzeichnungen aus Sicherheitskameras fragen und in diesem Zusammenhang auch die Nachbarfirmen aufsuchen.

Kalei und Chris sollten Daniel Stevens aufsuchen, ihn zu dem befragen, was seine Schwester angeblich in den Sachen ihres Mannes gefunden hatte und sein Alibi für den Abend überprüfen. Weder in dem Cadillac noch in

Julia Stevens' Handtasche waren irgendwelche Unterlagen oder Fotos gefunden worden, die einen Hinweis darauf gaben, weswegen sie Lauren und Randy um ein Treffen gebeten hatte. Man musste davon ausgehen, dass derjenige, der sie niedergeschlagen hatte, diese Sachen entweder an sich genommen hatte oder sich noch irgendein Hinweis in ihrer Beach Villa befand. Wenn es denn diese angeblichen Funde, die Jamie Haywards Arbeit bei der Met Police betrafen, überhaupt je gegeben hatte.

Lauren war aufgesprungen, um sich Kalei und Chris anzuschließen, aber Lieutenant Takahashi legte ihre Hand auf Laurens Oberarm und hielt sie sanft zurück: "Wirklich, Lauren, es tut mir leid, aber ich kann dir nicht erlauben, mit den Jungs mitzufahren. Wir haben strikte Anweisungen von unserem Leiter der Criminal Investigations und deinem Chef in London erhalten.

"Verdammt", fluchte Lauren und riss sich aus Takahashis Griff los. Sie blickte hilfesuchend zu Chris und Kalei, aber beide schüttelten bedauernd den Kopf.

"Hey, Lauren", sagte Chris mitfühlend, "bleib doch bei Randy im Krankenhaus und sieh zu, dass er alles bekommt, was er braucht."

Kalei ergriff für einen kurzen Moment Laurens Hand und drückte sie. Die Berührung jagte ihr einen kleinen Stromstoß durch den Körper. Überrascht schaute sie ihn an. "Ich halte dich auf dem Laufenden. Versprochen!", versicherte er, ließ ihre Hand los und folgte seinem Partner nach draußen.

Lauren stand einen Moment unschlüssig zwischen den Schreibtischen herum. Dann drehte sie sich um und verließ ebenfalls die Station.

Sie trat auf die Straße hinaus und blickte in den inzwischen schiefergrauen Himmel, an dem sich dunkle Gewitterwolken zusammenzogen. Lauren atmete ein paarmal tief durch und lief die halbe Meile bis zum Queens Medical Center. Sie fragte sich, ob Malu wohl heute im Hospital Dienst hatte und ob sie sich womöglich um Randy kümmern würde. Hatte Kalei mal erwähnt, auf welcher Station Malu arbeitete?

Auf der Intensivstation erfuhr sie, dass Randys Zustand unverändert war und sie nicht zu ihm gelassen werden konnte. "Wir werden Sie sofort informieren, wenn sich etwas ändert. Glauben Sie mir, Sie können hier im Moment nichts für ihn tun. Gehen Sie nach Hause."

Warum schickten sie heute bloß alle weg? Sie sollte wirklich einen Tag frei machen, ins Hotel gehen und Schlaf nachholen. Aber ob das funktionieren würde? Sie stand einen Moment unschlüssig vor dem Eingang des Krankenhauses und sah den vorbeifahrenden Autos hinterher. Der auffrischende Wind fuhr in die Palmen am Straßenrand und verursachte rauschende und knackende Geräusche. Lauren wandte sich nach links und setzte sich in Bewegung. Zunächst ging sie nur ziellos die Straße hinunter, aber je näher sie der Wasserfront kam, umso mehr wusste sie, was sie tun wollte. Sie musste noch einmal mit Malia reden. Versuchen, von ihr mehr über das Schicksal ihrer Schwester herauszufinden. Sie wusste natürlich, dass sie wieder einmal weder dazu befugt war, allein mit Malia zu sprechen, noch dass sie überhaupt irgendwelche Ermittlungen durchführen durfte. Ihr Chef höchstpersönlich und auch Lieutenant Takahashi hatten ihr klare Anweisungen erteilt und sie riskierte ein Disziplinarverfahren und eine Menge Ärger in London, wenn sie sich George McAllisters direkter Order widersetzte.

Trotzdem konnte ihr niemand verbieten, in Honolulu herumzulaufen und sich beispielsweise das University of Hawaii Medical College näher anzusehen.

Sie beschleunigte ihren Schritt, bog am Honolulu Kreuzfahrt Terminal auf eine laute Hauptverkehrsstraße ein und gelangte von dort in die Ilalo Street. Sie schlenderte zunächst an dem modernen Bau des Medical College vorbei und hielt Ausschau nach Kenoah und Malia. Am liebsten wollte sie Malia allein treffen, denn sie würde niemals irgendetwas Hilfreiches preisgeben, solange ihr Bruder dabei war.

Fußgänger, die nicht zum Zeltcamp gehörten, waren in dieser Straße eher selten und vorbeifahrende Autofahrer sahen sie misstrauisch an.

Schließlich stand sie vor dem grünen Zelt, aus dem am Sonntag Malia und ihr Sohn Noah gekrochen waren. Sie rief die Namen der beiden, aber nichts rührte sich. Sie konnte nicht ganz sicher einschätzen, ob das Zelt leer war oder die Bewohner nur nicht herauskommen wollten, aber sie ließ trotzdem den Blick über den Park hinter dem Zelt schweifen.

Sie entdeckte den kleinen Noah, der auf dem Rasen mit einem Spielzeugbagger spielte. Um ihn herum wirbelten Windböen kleine Staubwirbel auf. Malia saß neben ihm auf einem umgedrehten Eimer und schien von dem nahenden Unwetter nichts mitzubekommen. Weit und breit war kein Kenoah in Sicht.

Lauren schlenderte ohne Eile auf die beiden zu. Als Noah sie sah, sprang er auf und lief zu ihr. Malia sah ihm beunruhigt hinterher, beruhigte sich aber, als sie Lauren erkannte.

"Der Kleine hat ja echt einen Narren an dir gefressen", sagte sie zu Lauren, als Noah und sie bei ihr angekommen waren. Lauren bewunderte ein paar Minuten Noahs Bagger und übertrug ihm dann die Aufgabe, die Baggerschaufel mit Grashalmen zu füllen. Dann wandte sie sich Malia zu und ließ sich neben ihr auf einem Baumstumpf nieder.

"Wo sind deine Bullenkollegen?", wollte die junge Hawaiianerin wissen. "Ihr seid doch niemals allein unterwegs."

"Mein Partner Randy ist gestern angeschossen worden und liegt im Krankenhaus", sagte Lauren.

"Mann, das tut mir leid für ihn. Hoffe, es geht im bald besser", sagte Malia desinteressiert und zog ein Päckchen Zigaretten und ein Einwegfeuerzeug aus den Taschen ihres Kleides.

"Und wo ist der süße Hawaii Cop mit den Schokoladenaugen?", fragte sie stattdessen, zündete sich eine Zigarette an und inhalierte tief.

"Der ist anderweitig beschäftigt", sagte Lauren knapp und unterließ es, Malia darauf hinzuweisen, dass Schwangere nicht rauchen sollten. Nikotin war wahrscheinlich eine der harmloseren Substanzen, denen ihr ungeborenes Kind ausgesetzt war.

"Ich bin mehr oder weniger privat hier", sagte sie stattdessen.

Malia zog zweifelnd die Augenbrauen in die Höhe. "Bin nicht daran interessiert, mich mit dir zu unterhalten. Auch nicht privat, weißt du?"

Sie machte Anstalten aufzustehen, aber Lauren hielt ihren Unterarm fest und zwang sie zurück auf den umgedrehten Eimer. Sie quetschte Malias Handgelenk etwas fester als nötig, was diese mit einem leisen Schmerzenslaut kommentierte. Noah sah kurz zu seiner Mutter auf, wandte sich dann aber wieder beruhigt seinen Autos zu, als Lauren ihm fröhlich zuwinkte.

"Hör mal, Malia", sagte Lauren nun schärfer. "Ich habe mich gefragt, wer Noahs Vater ist. Könnte es vielleicht sein, dass du bei dem Junggesellenabschied im Kaihalulu Hotel, nach dem wir euch am Sonntag gefragt haben, schwanger geworden bist?"

"Wie kommst du denn darauf?", fragte Malia alarmiert und versuchte erneut, sich von Lauren loszureißen.

"Das Datum stimmt vermutlich", fuhr Lauren fort. "Und ich finde, Noah hat erstaunlich helle Haut für einen Hawaiianer, meinst du nicht?" Sie betrachtete das Kind mit schiefgelegtem Kopf. "Das wirft ein ganz neues Licht auf den Mord an dem englischen Polizeibeamten, nicht wahr?"

Malia entwand Lauren endlich ihren Arm und rieb sich das schmerzende Gelenk. "Es geht dich einen feuchten Scheiß an, wer der Vater meiner Kinder ist. Ein *Hoale* ist es ganz sicher nicht", knurrte sie und schaute dann in Richtung der Zelte, Ablehnung und auch ein wenig Furcht im Blick.

Ich komme nicht zu ihr durch, dachte Lauren frustriert. Ich schaffe es nicht. Trotzdem redete sie weiter.

"Ist das wirklich das Leben, das du für deinen Sohn willst? Soll er hier in diesem Dreck aufwachsen? Ohne Perspektive, ohne Bildung?"

Malia schloss die Augen, zog an ihrer Zigarette, blies den Rauch in Laurens Richtung

"Und was ist mit deinem ungeborenen Kind? Also, nachdem du ihm durch deine Qualmerei einen echt beschissenen Start in diese Welt mitgegeben hast? Was soll aus deinen Kindern denn mal werden? Irgendwann werden sie doch mal größer und müssen in die Schule. Wenn es dir schon egal ist, was aus dir wird, kann es dir doch nicht egal sein, wie es deinen Kindern geht. Du musst ihnen doch etwas Besseres bieten wollen als das hier."

Malia warf wütend die Zigarette auf den staubigen Boden vor sich und trat sie aus. "Wo sollen wir denn hin?", presste sie zwischen zusammengebissenen Zähnen hervor. Uns will doch niemand. Keiner wird mir Arbeit geben, niemand wird mir eine Wohnung vermieten."

"Deine Eltern ...", begann Lauren, aber Malia unterbrach sie mit einem Schnauben, das Noah erneut veranlasste, beunruhigt in Richtung der Frauen zu blicken.

Er machte Anstalten aufzustehen, aber Malia beruhigte ihn mit einem Keks, den sie aus ihrer Umhängetasche zog und ihm zusteckte. Hätte ich diese Tasche nach einer Waffe durchsuchen sollen, fragte sich Lauren plötzlich. Nach dem Erlebnis der vergangenen Nacht sollte sie wirklich ihre sieben Sinne besser im Griff haben, schalt sie sich. Aber so richtig glaubte sie nicht, dass Malia im Beisein ihres Kindes eine Waffe bei sich trug.

"Meine Eltern haben meinen Bruder und mich geächtet, nachdem Iolana gestorben ist. Sie haben uns verantwortlich gemacht für ihren Tod. Meine Mutter und mein Vater haben mich im vergangenen Jahr vor den Augen der gesamten Gemeinschaft aus dem Dorf gejagt. Mit einem Baby auf dem Arm. Noah war damals erst ein paar Monate alt. Sie haben ihren eigenen Enkel verstoßen. Welche Großeltern tun so etwas?", fragte Malia mit Tränen in den Augen.

"Ich habe gestern mit deiner Mutter gesprochen", sagte Lauren nun. "Ich denke, es tut ihr wirklich aufrichtig leid, dass sie dich und Noah weggeschickt hat. Sie macht sich große Sorgen um euch und will euch helfen."

Malia schüttelte ungläubig den Kopf. "Was willst du eigentlich von mir? Was interessiert es dich, wie es mir geht oder meinem Sohn oder meinem ungeborenen Kind? Wir sind euch allen doch total egal!" Ihre Augen begannen verdächtig feucht zu glänzen.

Plötzlich ging Lauren ein anderer Gedanke durch den Kopf:

"Du glaubst, dass du schuld bist an Iolanas Tod, habe ich Recht? Du hättest ihren Tod verhindern können und hast es nicht getan, nicht wahr? Deshalb traust du dich nicht zu deinen Eltern zurück."

Malia verlor nun langsam die Fassung. Tränen liefen in hellen Linien an ihren ungewaschenen Wangen hinab und ihre Lippen zitterten.

Noah kam zu seiner Mutter gelaufen und schmiegte sich an ihren schwangeren Bauch. Er presste sein kleines Gesicht an ihre Brüste. Sie umschloss ihn mit beiden Armen und wiegte ihn hin und her.

"Aber ich bin schuldig", schluchzte sie. "Ich habe Iolana dazu überredet, mit zu dieser Party im Kaihalulu Hotel zu gehen. Kenoah hatte es ihr befohlen, aber sie weigerte sich. Bis ich auf sie eingeredet habe, ihr versichert habe, dass es nur eine harmlose Party sei, nicht so wie beim letzten Mal mit all den Männern, die sie angefasst und bedrängt haben. Sie hat mir vertraut, sich von mir überreden lassen. Hat brav ein paar Pillen geschluckt, die ich ihr gegeben habe, um ihre Nervosität zu bekämpfen und hat dann kaum noch mitbekommen, was um sie herum passiert ist."

Malia schlug die rechte Hand vor ihren Mund. Mit der Linken hielt sie weiterhin ihren Sohn umklammert. Lauren streichelte ihr über den Rücken. "Erzähl mir, was damals passiert ist", sagte sie sanft.

Malia, zweieinhalb Jahre zuvor:

Iolana hat heute Nachmittag herumgezickt, die kleine Diva. Sie wollte nicht mit auf die Junggesellenparty in dem schicken Hotel an der North Shore kommen, dabei hat Kenoah zwei Mädchen versprochen, nicht bloß eins. Er hat dem Bräutigam von seiner kleinen Schwester vorgeschwärmt, die erst achtzehn ist und so süß und unschuldig. Er hat sie angepriesen wie ein Stück Vieh und der reiche Schnösel ist total drauf abgefahren. Hat den Preis für heute Abend noch mal kräftig erhöht, aber darauf bestanden, dass die kleine Hula-Schönheit auf jeden Fall dabei ist. Ich bin tatsächlich ein wenig eifersüchtig gewesen auf das ganze Getue um meine kleine Schwester.

Ich denke, ich bin mein Geld auch wert und habe bisher keinen schlechten Job gemacht. Iolana war bisher nur auf einer einzigen Party dabei und da hat Kenoah noch keinen der Kerle richtig an sie rangelassen. Die durften nur anfassen und küssen, aber mehr lief damals nicht. Trotzdem war das damals schon fast zu viel für die kleine Iolana.

Ich wollte mir das Geld für heute Abend jedenfalls nicht entgehen lassen und deshalb habe ich eben ganz schön auf Iolana eingeredet. Hab ihr versichert, dass es nur eine harmlose Geburtstagsparty von ein paar Amerikanern ist, die ganz gepflegt im schicken Hotel feiern wollen. Hab ihr vorgeschwärmt, was es alles für Köstlichkeiten dort zu essen und zu trinken geben wird und was sie sich alles von dem Geld kaufen kann, das wir heute Abend verdienen werden. Ich glaube zwar nicht, dass Kenoah das Geld gerecht unter uns aufteilen wird, aber es ist immer noch eine ganze Menge für jeden von uns. Iolana wird begeistert sein, dass sie sich endlich das iPhone kaufen kann, das sie sich schon so lange wünscht und das unsere Eltern ihr natürlich nicht kaufen können. Wie lange muss sie dafür an der Supermarktkasse oder als Aushilfe im Baumarkt schuften, bis sie das Geld zusammen hat?

Vor unserer Abfahrt zum Hotel haben wir uns ein paar von den Pillen geteilt, die ich von Kenoah habe, damit sie lockerer wird und nicht so verschüchtert herumzappelt. Dann habe ich ihr geholfen, das schöne, blaue traditionelle Kleid anzuziehen, in dem sie ihren Hula vorführen kann, habe ihr beim Schminken geholfen und ihr das Haar gebürstet. Als wir damit fertig waren, war sie schon viel ruhiger und Kenoah war sehr zufrieden mit mir.

Jetzt sind wir in der großartigen Villa von dem Amerikaner, der morgen heiratet, und haben Spaß. Ich habe schon so einiges getrunken und beschäftige mich mit dem Bräutigam, der seine Finger nicht von mir lassen kann.

Iolana war vom ersten Moment an von dem gutaussehenden blonden Engländer mit Beschlag belegt worden. Kaum hatte sie den Raum betreten, hat sich sein Blick an ihr festgesogen, so als ob er noch nie eine hawaiianische Frau gesehen hat.

Iolana hatte angefangen Hula zu tanzen, wiegte sich so wunderschön zum Takt der Musik, ließ die Hüften kreisen. Zwischendurch trank sie aus dem Glas Champagner, das der Engländer ihr gebracht hat, und lächelte ihm zu. Jetzt lässt sie es zu, dass er sie umarmt und küsst, macht keine Szene. Wahrscheinlich machen die Oxys sie wirklich locker und der Alkohol tut sein Übriges.

Ich kann mich jetzt nicht mehr auf Iolana konzentrieren, denn die Hände des Bräutigams werden nun immer fordernder, schieben sich unter mein Kleid, nesteln an meinem Slip und er rutscht immer mehr auf mich drauf. Ich muss kichern, weil die Situation irgendwie absurd ist. Er würde wahrscheinlich hier und jetzt mit mir vögeln, obwohl seine Verlobte nur ein paar Häuser weiter mit ihren Brautjungfern herumhockt. Wahrscheinlich würde er sich danach vor seinen Freunden auch noch damit brüsten. Ich schiebe lachend seine rechte Hand von meiner Pobacke, greife nach meinem Glas und nehme einen tiefen Zug. Der Drink fließt wie Feuer durch meine Kehle. Ich schaue ihn an, sein Gesicht ist gerötet und seine Augen lodern hungrig. Die Unterbrechung missfällt ihm. 'Lass uns auf eine der Liegen auf der Terrasse gehen,' flüstere ich ihm zu und lächle verschwörerisch. 'Ich möchte keine Zuschauer bei dem, was ich mit dir vorhabe.'

Das wirkt sofort. Er erhebt sich und zieht mich mit sich zur großen Glasfront, hinaus auf die Terrasse. Drinnen johlen und klatschen seine drei Freunde. Ich sehe aus dem Augenwinkel, wie der blonde Engländer Iolana in eines der Schlafzimmer drängt. Seine Freunde feuern ihn mit derben Sprüchen an. Sie stolpert und während sie versucht, sich am Türrahmen festzuhalten, wirft sie mir noch schnell einen hilfesuchenden Blick zu, aber ich wende mich ab. Der Bräutigam hat mich an den Oberarmen gepackt und stößt mich grob auf die Liege neben dem privaten Pool, schaut auf mich hinab wie ein Raubtier. Männer sind so, denke ich. Wie Raubtiere. Dann fällt die Tür hinter Iolana und dem Kerl zu.

"Das war das letzte Mal, dass ich meine Schwester lebend gesehen habe", sagte Malia leise, sich sachte hin- und herwiegend, ihren Sohn an ihre Brust gepresst. Der kleine Noah hatte schon lange keinen Laut mehr von sich gegeben. Entweder er spürte den Schmerz seiner

Mutter oder er war durch das Geschaukel eingeschlafen.

"Was ist dann passiert?"

"Daniel, der Bräutigam, und ich hatten draußen auf der Terrasse Sex miteinander. Irgendwann kam plötzlich mittendrin einer seiner Freunde rausgerannt und hat ihn von mir runter gezerrt, sagte, dass etwas passiert sei. Daniel stürzte in das Schlafzimmer, in dem Iolana mit dem Engländer verschwunden war, und ich warf mir schnell mein Kleid über und folgte ihm. Ich sah Iolana auf dem Rücken auf dem großen Bett liegen. Ihre Augen waren weit geöffnet und ihr Kopf in den Nacken gelegt. Sie war nackt, ihr hübsches Kleid lag zerrissen neben ihr, ihre Unterhose war ihr auf die Höhe der Knie heruntergezerrt worden. Die rote Hibiskusblüte, die sie im Haar getragen hatte, lag zerquetscht neben ihr auf dem Kopfkissen. Vor allem der Anblick dieser Blume hat mich so getroffen.

Iolana hatte rote Flecken und Striemen am Körper und im Gesicht. Es sah aus, als ob ein wildes Tier sie angefallen hätte.

Sie bewegte sich nicht, sie atmete nicht.

Neben dem Bett stand der Engländer, ganz aufgelöst und kreidebleich. Er murmelte irgendetwas, das wir nicht verstanden haben. Ich stürzte zu Iolana ans Bett und Daniel schüttelte seinen Freund und wollte wissen, was passiert war.

Ich konnte Iolana nicht aufwecken und bekam Panik, fing an zu schreien. Irgendjemand hat mich von ihr weggezogen und mir einen heftigen Stoß versetzt. Ich landete in der Zimmerecke und fing an zu heulen und zu zittern. Ich kenne mich nicht aus, aber ich wusste einfach, dass Iolana tot war."

Malia schaute in die Ferne, durchlebte den schrecklichen Abend vor zwei Jahren noch einmal, so wie sie es vermutlich in den vergangenen Monaten unzählige Male getan hatte.

Lauren musste sie nicht noch einmal auffordern, weiterzuerzählen. Nachdem sie einmal angefangen hatte über die Ereignisse zu sprechen, war sie vermutlich froh, sich diese Last von der Seele zu reden, zu beichten.

"Ich weiß nicht mehr, wie lange ich in der Ecke gesessen und geheult habe, aber plötzlich stand mein Bruder Kenoah vor mir und zog mich auf die Füße. Ich schrie ihn an, dass wir einen Arzt holen müssten, um zu versuchen, Iolana wiederzubeleben, aber mein Bruder sagte, dass es dafür schon zu spät sei. Dass wir sie nicht mehr retten könnten. Er sagte mir auch, dass Iolana vermutlich an dem Oxycodon gestorben war, das ich ihr gegeben hatte. Dass ich besser hätte aufpassen müssen, dass sie zusätzlich zu den Drogen nicht zu viel Alkohol trinkt und dass es jetzt darauf ankäme, mich zu schützen, damit ich nicht verhaftet würde.

Ich war so verängstigt und durch den Wind, dass ich alles Weitere ihm überließ. Er einigte sich mit den Männern auf irgendeinen Preis für unser Schweigen und kümmerte sich um Iolana. Er brachte sie in ihr Apartment und erzählte unseren Eltern, er habe sie dort gefunden, gestorben an einer Überdosis."

"Und eure Eltern haben das einfach so geglaubt?", wollte Lauren wissen.

Malia nickte. "Iolana hatte sich, nachdem sie nach Honolulu gezogen war, von unseren Eltern zurückgezogen. Sie hatte einen Freund, den unsere Eltern nicht akzeptierten, und Mum und Dad glaubten, dass Iolana durch ihn und Kenoah an Drogen geraten war." Malia lachte bitter. "Dabei war ich es gewesen, die sie mit dem Zeug versorgt hatte. Aber kein Heroin. Das hat sie niemals genommen", versicherte Malia. Das habe Kenoah nur inszeniert, um ihre Eltern davon zu überzeugen, dass Iolana sich aus Verzweiflung darüber, dass ihr Freund sie verlassen hat, zu viel gespritzt hatte.

"Kenoah hat euren Eltern eine erfundene Geschichte über den Tod ihrer jüngsten Tochter aufgetischt und sie haben das einfach so hingenommen?"

Malia hatte aufgehört, sich hin und herzuwiegen und wirkte nun sehr erschöpft, als hätte es sie ausgelaugt, endlich die Wahrheit zu erzählen.

"Sie wollten es ja glauben", sagte sie leise. "Es passte zu dem Bild, das sie von ihren Kindern hatten: der Sohn ein arbeitsscheuer, krimineller Drogendealer. Die ältere Tochter bricht ihre Ausbildung ab, hurt herum und lässt sich ein Kind machen, das sie ohne den Vater aufziehen muss, und die jüngere gerät an den falschen Mann und rutscht durch ihn in die Drogenszene ab. Unsere Eltern haben seit Iolanas Tod kein Wort mehr mit uns gesprochen. Sie hassen uns", sagte Malia fest überzeugt.

"Aber warum sind du und Noah mit Kenoah hier in diesem Zeltcamp?", wunderte Lauren sich. Wenn Kenoah von Daniel Stevens und Jamie Hayward Schweigegeld bekommen hatte, warum war er mit Malia und ihrem Kind nicht in eine normale Wohnung gezogen?

Sie stellte die Frage an die junge Frau, die ihr antwortete, dass sie zu Anfang tatsächlich noch für einige Zeit in ihren damaligen Wohnungen gelebt hätten. Das Geld, das Kenoah bekommen hatte, hatte ihnen mehrere Monate ein gutes Leben beschert. Sie hatte wegen ihrer Schwangerschaft sowieso nicht arbeiten gehen können und war froh gewesen, nicht mehr auf den von Kenoah organisierten Partys anschaffen zu müssen. Die Schuld an Iolanas Tod hatte sie beide fertig gemacht, jeden Tag ein Stückchen mehr. Aber Malia hatte sich ihrem ungeborenen Kind zuliebe zusammengerissen und sich gezwungen, weiterzumachen. Kenoah hingegen hatte ein halbes Jahr nach der Sache mit Iolana damit angefangen, sich mit Crystal zu betäuben und sie habe einfach nicht die Kraft gehabt, ihn daran zu hindern.

Sie waren vor einem Jahr aus ihrer Wohnung geschmissen worden. Das Geld war entweder aufgebraucht gewesen oder Kenoah hatte es verzockt und sie hatten keine andere Bleibe gefunden. Da seien sie schließlich im Camp gelandet.

Ja, sie hätte Kenoah verlassen und ihn hier seinem Schicksal überlassen können, aber dies sei ihre Art Buße dafür zu tun, dass sie ihre kleine Schwester auf dem Gewissen habe.

Lauren schüttelte verständnislos den Kopf. Ihr Blick fiel auf den kleinen Jungen, der apathisch in den Armen seiner Mutter lag. Er war zwei Jahre alt und hatte noch kein Wort gesprochen. Er war ungewöhnlich still und brav für ein Kind seines Alters. Sie fragte sich, ob er zurückgeblieben war oder krank. "Und Noah muss auch für deine Sünden büßen?", fragte sie deshalb. "Du zwingst ihn, hier aufzuwachsen, weil du dein Leben nicht auf die Reihe bekommst", sagte sie mit einem Blick auf die Zelte, den Dreck und den Müll, der überall in dem Park und auf dem Gehsteig herumlag. Ein Mann in schmutzigen Militärhosen und mit verfilztem Haar zog sich keine zehn Meter von ihnen entfernt die Hosen runter, um sich neben einem Busch zu erleichtern.

Lauren wandte sich angeekelt von ihm ab und dachte über das Gehörte nach. Sie glaubte Malia. Sie war sich sogar sicher, dass die Ereignisse vor zwei Jahren der Schlüssel zu dem Mord an Jamie Hayward waren. Lauren kramte ihr Handy hervor und suchte ein Bild von Jamie Hayward vor seinem Tod heraus. Sie zeigte es Malia. "Ist das der Mann, mit dem Iolana in dem Schlafzimmer verschwunden ist? Der, der bei ihr war, als sie gestorben ist?"

Malia brauchte nicht lange, um sich das Bild anzusehen. Sie nickte stumm.

Danach googelte sie die Seite von Evergreen Constructions, fand ein Bild von der Eigentümerfamilie Stevens und zeigte Malia auch das. "Kennst du den auch?", fragte sie nicht gerade freundlich. Malias Finger schwebte über dem Bild und senkte sich schließlich auf Daniel Stevens Gesicht. "Der Bräutigam", sagte sie mit einem winzigen Lächeln.

"Ist einer dieser beiden Männer Noahs Vater?", wiederholte Lauren ihre Frage vom Anfang ihres Gesprächs. Malia zögerte eine Sekunde, rang mit sich, dann schüttelte sie den vehement den Kopf.

"Bist du dir sicher?"

Malia versuchte, empört zu schauen, sah dann aber ein, dass es aufgrund ihrer Geständnisse nicht besonders viel Sinn machte und sagte: "Noahs Vater ist ein Geschäftsmann aus Los Angeles, der zweimal im Jahr in Honolulu zu tun hatte. Als ich bemerkte, dass ich schwanger war, war es schon zu spät, um etwas dagegen zu unternehmen. Nachdem ich meinem Liebhaber ein paar Monate später Noah präsentiert habe, hat er einen Vaterschaftstest verlangt. Der war positiv. Er hat mir daraufhin versprochen, sich um uns zu kümmern. Er müsse nur noch in Los Angeles verschiedene Dinge regeln, hat er gesagt. Damit ist er mit dem nächsten Flieger aus Honolulu verschwunden, hat seinen Job in L.A. gekündigt, seine Handynummer gewechselt und wurde nie wieder gesehen. Ende der Geschichte." Malia machte eine resignierte Geste und Lauren überlegte, ob Kenoah vielleicht trotzdem versucht hatte, Jamie

Hayward mit einer angeblichen Vaterschaft zu erpressen.

"Hast du mal darüber nachgedacht, ob Daniel Stevens und Kenoah dir damals die Wahrheit gesagt haben?", fragte sie Malia schließlich. Diese sah sie fragend an.

"Was wäre, wenn nicht die Pillen, die du Iolana gegeben hast, sie getötet haben, sondern Jamie Hayward? Was, wenn er - um deine Worte zu gebrauchen - 'wie ein Tier über sie hergefallen ist' und sie erstickt, erwürgt oder erschlagen hat? Und wenn das Geld, das Daniel Stevens euch gegeben hat, vor allem deshalb gezahlt wurde, damit Kenoah und du vergesst, dass es diesen Junggesellenabschied jemals gegeben hat. Damit der Schwager des Bräutigams, der Mann seiner Schwester Julia, nicht für den Tod Iolanas verantwortlich gemacht wird."

Malia schüttelte nachdrücklich den Kopf. "Das würde Kenoah mir nicht antun", sagte sie, allerdings nicht ganz so überzeugt, wie sie gerne wäre.

Lauren ließ nicht locker, auch wenn das Gespräch Malia immer mehr zusetzte und sie angefangen hatte, die dünnen Ärmchen ihres Sohnes zu kneten. "Wo ist Kenoah jetzt?"

"Ich weiß es nicht", murmelte sie weiterhin kopfschüttelnd. "Er hat die letzte Nacht irgendwo anders verbracht. Er ist seit ein paar Tagen noch öfter drauf als normalerweise und schläft kaum noch."

Lauren griff Malia unter das Kinn und zwang sie so, mit dem Kopfschütteln aufzuhören und sie anzusehen. Es war ihr egal, ob sie der jungen Frau damit wehtat.

"Ist er vielleicht seit letzter Woche Dienstag noch mehr durch den Wind als üblich?", fragte Lauren. Malia, die den Kopf weder bejahend noch verneinend bewegen konnte, zuckte mit den Schultern. "Weiß' nicht, vielleicht."

"Verdammt", ärgerte sich Lauren und ließ das Kinn der jungen Frau los.

Sie überlegte kurz, zog dann eine ihrer Visitenkarten aus ihrer Tasche. Sie schrieb Kaleis Mobilnummer darauf und hielt Malia die Karte hin. "Ich will, dass du dich sofort auf die Suche nach deinem Bruder machst und diese Nummer anrufst, wenn du ihn gefunden hast."

Widerwillig nahm Malia die Karte an und verzog das Gesicht. "Warum das denn und was, wenn ich ihn nicht finde?", fragte sie bockig.

"Du wirst dein Bestes geben, Malia. Und du wirst uns anrufen, wenn du ihn gefunden hast, auf der Stelle." Und als kleinen Ansporn fügte sie hinzu: "Ansonsten werde ich dafür sorgen, dass sie dir Noah wegnehmen. Verlass dich darauf."

Entferntes Donnergrollen begleitete Lauren, als sie den Park verließ. Sie entfernte sich von Malia und den anderen Menschen, die hektisch ihre Zelte auf den bevorstehenden Regen vorbereiteten. Sie lief die Cooke Street in Richtung Downtown hoch, während sie Kalei anrief. Sie hatte seine Mobilnummer tatsächlich im Kopf, denn es war dieselbe, die er auch damals vor acht Jahren gehabt hatte. Die 808-Vorwahl des Staates Hawaii, gefolgt von einer siebenstelligen Ziffernfolge, die man sich leicht merken konnte. Sie hätte ihn jederzeit erreichen können, wenn sie gewollt hätte.

Als Kalei endlich abhob, erzählte sie ihm in knappen Worten, was sie von Malia erfahren hatte. "Du hast was?", unterbrach Kalei ihren Redeschwall, nachdem ihm klar geworden war, dass sie soeben allein mit einer Zeugin gesprochen hatte.

"Welchen Teil von 'Halte dich aus den Ermittlungen raus' hast du eigentlich nicht verstanden?"

"Das ist doch bloß bürokratischer Schwachsinn", entgegnete Lauren ungeduldig. "Was zählt ist doch wohl, dass Kenoahs kleine Schwester Iolana möglicherweise von Jamie Hayward getötet worden ist und dass Kenoah damit zu unserem Hauptverdächtigen wird. Er hat ein starkes Motiv und die Gelegenheit hat sich an dem Tag ergeben, an dem Jamie Hayward nach Oahu zurückgekehrt ist. Er kann irgendwie davon erfahren haben und wollte entweder von Jamie mehr Geld erpressen oder sich für den Tod seiner Schwester rächen."

Auf der anderen Seite der Leitung war es ein paar Sekunden still.

"Kalei, wir müssen Kenoah finden", sagte sie in die Stille hinein.

"Okay, ich fahre mit Chris zu Malia und nehme ihre Aussage auf. Offiziell!" sagte Kalei schließlich. "Leite die Fahndung nach Kenoah ein!", rief Lauren noch, erhielt als Antwort aber nur ein Klicken. Kalei hatte sie weggedrückt.

Lauren zog rastlos durch den Stadtteil Kaka'ako, südlich von Honolulu. Sie wollte weder ins Hotel noch in die Polizeistation gehen. Sie wollte in der Nähe des Zeltcamps bleiben, für den Fall, dass Kalei und Chris mit Malia nicht weiterkamen oder sie Kenoah aufspürten.

Sie lief vorbei an bunt bemalten Fassaden, Lagerhäusern, Importfirmen, einem Boxclub und mehreren Foodtrucks. Erneut grollte der Donner, diesmal näher, als Kalei sie endlich zurückrief.

"Sie ist weg", sagte er anstatt einer Begrüßung.

"Malia war mit ihrem Sohn im Park an der Ilalo Street", berichtete Lauren.

"Ich weiß, aber da ist sie nicht mehr", sagte Kalei. "Ihre Zeltnachbarn rechts und links haben gesehen, dass sie mit ihrem Sohn in Richtung Hafen gelaufen ist. Sie hatte es wohl eilig." Lauren sah sich um, drehte sich um ihre eigene Achse, als erwarte sie, Malia und Noah jeden

Moment auf sich zukommen zu sehen. Aber die Straße blieb leer bis auf zwei Jugendliche, die vor dem Boxclub herumhingen.

"Wo bist du jetzt?", wollte Kalei wissen.

Lauren nannte ihm die Straßennamen der Kreuzung

"Warte dort", wies Kalei sie an. "Wir holen dich ab."

Lächelnd steckte Lauren ihr Mobiltelefon ein.

Kapitel 23

Lauren, Chris und Kalei fuhren in Chris' Charger durch Kaka'ako. Eine Straße herauf nach Norden, dann nach Osten und parallel wieder in Richtung Süden. Sie versuchten sich einzureden, dass diese Fahrerei einem sinnvollen Muster entsprechen würde, aber tatsächlich hatten sie einfach keine andere Idee, wie sie Malia oder Kenoah finden sollten.

Beide waren zur Fahndung ausgeschrieben. Die Streifenbesatzungen in der Stadt hielten Ausschau nach ihnen.

Kalei, Chris und Lauren waren gemeinsam zurück zum Zeltcamp in der Ilalo Street gefahren und hatten noch einmal alle Bewohner befragt, die sie antreffen konnten. In der Ferne war bereits Donnergrollen zu hören gewesen und die meisten Anwesenden hatten sich in ihre Zelte verkrochen. Keiner wusste, wohin Malia oder Kenoah gegangen waren.

Der Wind frischte weiter auf und zerrte an den notdürftigen Behausungen.

"Das macht wenig Sinn hier, oder?", sagte Chris schließlich seufzend.

Die Stimmung im Auto war eher frostig, seitdem Lauren eingestiegen war. Kalei hatte darauf verzichtet, Lauren für ihren Alleingang zurechtzuweisen, aber es war klar, dass er sauer war. Ob nur auf Lauren oder auch auf sich selbst, weil sie Malia offensichtlich knapp verpasst hatten, war nicht ganz klar.

"Was sollen wir denn sonst machen?", blaffte er schlecht gelaunt zurück.

Mitten in die darauffolgende Stille hinein klingelte Laurens Mobiltelefon. Sie zog es hastig hervor, schaute auf das Display: eine unterdrückte Nummer. Sie nahm den Anruf an.

Am anderen Ende der Leitung waren Hintergrundgeräusche zu hören, so als ob der Anrufer direkt neben einer vielbefahrenen Straße stand. "Hallo?", rief Lauren ungeduldig.

Eine aufgeregte Malia meldete sich. Sie redete schnell und hektisch und war nicht immer gut zu verstehen, was vor allem an dem lauten Hintergrund lag.

"Ich habe Kenoah gefunden", sagte sie.

Bevor Lauren 'Wo?' fragen konnte, sprach sie bereits weiter: "Er ist seit gestern Abend bei einem Kumpel in der King Street untergekrochen. Ich habe ihm deinen Verdacht an den Kopf geworfen, dass Iolana vor zwei Jahren nicht gestorben ist, weil ich ihr zu viel Dope gegeben habe, sondern weil dieser Engländer, mit dem sie auf der Party im Kaihalulu Hotel im Schlafzimmer verschwunden ist, sie gewürgt hat." Die letzten Worte gingen beinahe in einem lauten Gehupe im Hintergrund unter. Lauren presste sich den Lautsprecher des Gerätes dichter ans Ohr.

"Dieses Schwein von einem Bruder hat mir gebeichtet, dass genau das passiert ist. Dieser Engländer ist ausgerastet, wollte wahrscheinlich Sachen von Iolana, die sie nicht machen wollte, hat sie festgehalten und daran gehindert zu schreien."

Malia stieß ein gequältes Schnaufen aus. "Mein eigener Bruder hat mir zwei Jahre lang die Schuld am Tod meiner Schwester gegeben. Ich fasse es einfach nicht. Weil er wollte, dass ich bei ihm bleibe, mit ihm gemeinsam leide, was auch immer."

"Malia!", unterbrach Lauren ihren Redeschwall mit lauter Stimme. "Wo ist Kenoah jetzt? Ist er noch bei seinem Freund in der King Street?"

Malia verneinte das. "Kenoah war total mit den Nerven am Ende und hat mir erzählt, dass er gestern Abend im Zeltcamp Besuch von einem ehemaligen Kunden bekommen hat. Der Typ hat meinen Bruder massiv eingeschüchtert und bedroht und wollte ihn in seinem Auto mitnehmen, aber Kenoah hat sich geweigert. Weil so viele Leute aus dem Camp dabei waren, hat der Kunde sich wohl nicht getraut handgreiflich zu werden, aber Kenoah hat sich sofort aus dem Staub gemacht, nachdem der Kerl von ihm abgelassen hat."

"Welcher Kunde war das?" Warum musste man dieser Frau bloß alles aus der Nase ziehen, dachte Lauren ungeduldig. Kalei und Chris saßen im Wagen dicht neben ihr und versuchten, das Gespräch so gut es ging zu verstehen.

"Es war der Bräutigam, Daniel", sagte Malia endlich.

"Was wollte Daniel Stevens von Kenoah?", wisperte Kalei und Lauren gab die Frage an Malia weiter.

"Er wollte wissen, ob Kenoah die Nerven verlieren würde und drauf und dran sei, ihr kleines Geheimnis auszuplaudern."

"Wie kommt Daniel darauf?", wollte Lauren wissen. "Wieso verliert Kenoah die Nerven?"

Stille auf der anderen Seite der Leitung.

"Malia, sag es mir! Was hat Kenoah dir noch erzählt?"

Lauren hörte, wie auf der anderen Seite die Luft scharf eingesogen wurde. Malia schien abzuwägen, ob sie sowieso schon zu viel erzählt hatte und ob sie das Gespräch hier und jetzt beenden sollte. Dann traf sie eine Entscheidung. Gegen ihren Bruder.

"Kenoah hat vergangene Woche Jamie Hayward in seinem Hotel im Jacuzzi ertränkt."

Kalei hob die Augenbrauen. Chris machte die Becker-Faust. Lauren behielt ihren konzentrierten Ton bei: "Wo ist Kenoah jetzt?"

Malia schien ihre Offenheit schon wieder zu bereuen, denn es war wieder nur der Straßenlärm zu hören. Lauren fragte sich, ob Malia auf der vielbefahrenen King Street stand und wo ihr Sohn wohl war.

"Es wäre wirklich besser, wenn wir Kenoah vor Daniel finden", sagte sie. "Daniel wird sich nicht anhören, was dein Bruder zu sagen hat, sondern ihn wahrscheinlich direkt zum Schweigen bringen. Vorher wird er ihm allerdings noch sehr wehtun."

Ein Wimmern erklang auf der anderen Seite. "Das hätte das Schwein nicht anders verdient."

"Bitte, Malia, gib uns eine Chance mit Kenoah zu reden."

"Was soll ich denn jetzt bloß tun?"

Lauren musste nicht lange überlegen. "Fahr mit Noah zu deinen Eltern. Ich bin mir wirklich ganz sicher, dass sie euch nicht fortschicken werden."

"Kenoah ist vor zwei Stunden in die Ko'olau-Berge aufgebrochen", sagte Malia endlich. "Er hat sich von seinem Kumpel dessen Wanderausrüstung mit Zelt und Kochgeschirr ausgeliehen und will sich eine Weile in den Bergen verstecken. Er kennt dort eine Höhle, die nur sehr wenigen Leuten bekannt ist."

"Wo ist diese Höhle?"

"Etwa eine halbe Meile vor dem Ende des Triple Falls Trails zweigt ein Pfad zur Höhle ab, auf halbem Weg zum dritten Gipfel. Man muss den Trail für das letzte Stück verlassen."

Lauren sah zu Kalei, der nickte. Er kannte den Trail.

Kaum eine Viertelstunde später waren Lauren und Kalei in dessen Haus im Manoa Valley. Es war beschlossen worden, dass sie Kenoah auf den Trail folgen sollten, während Chris zusammen mit Yuna Takahashi den Einsatz des Polizeihelikopters koordinieren und ein Team zusammenstellen sollte, das ihnen in Kürze in die Ko'olau- Berge folgen sollte.

Eine alte Schussverletzung im Knie behinderte Chris beim Klettern, darum hatte er diese Aufgabe an Lauren abgegeben.

Lieutenant Takahashi ließ Lauren mitteilen, dass Randys Zustand noch immer stabil, er aber noch nicht aufgewacht sei. Es gab einen gewissen Anlass zur Hoffnung, dass er es schaffen würde.

Der Beginn des Triple Falls Trails lag auf der Ostseite Oahus, in der Nähe des Städtchens Kailua. Kaleis Haus lag fast auf dem Weg. Sie brauchten festeres Schuhwerk und etwas Ausrüstung, bevor sie den anspruchsvollen Trail angehen konnten. Besonders problematisch war das schlechte Wetter, das sich von Süden weiterhin auf die Insel zubewegte. Wenn es erst einmal richtig zu regnen begonnen hatte, würde der Trail zur gefährlichen Rutschpartie werden. Während Kalei zwei Rucksäcke packte, beobachtete Lauren mit mulmigem Gefühl im Magen die dunklen Wolken, die sich weiterhin am Himmel auftürmten.

Vor acht Jahren hatte Kalei noch in der Nähe von Waikiki gewohnt, aber inzwischen hatte er sich offensichtlich für das ruhigere und grünere Manoa Valley entschieden. Er bewohnte ein kleines Hinterhaus, das im Garten einer größeren Villa lag. Direkt vor der Eingangstür parkte sein Pickup.

"Schau mal, ob dir Malus Wanderschuhe passen", sagte Kalei gerade und warf ihr ein Paar neu aussehende Schuhe mit ausgeprägter Profilsohle und ein Paar Wandersocken zu.

Lauren zog sie schnell an und stellte erleichtert fest, dass sie gut passten. Sie selbst hatte aus London keine Schuhe mitgenommen, die sich für schwieriges Gelände eigneten.

"Was kannst du mir über den Triple Falls Trail sagen?", fragte sie Kalei, während sie eine Aluflasche mit Wasser füllte und Kalei dabei zusah, wie er seine lange Hose gegen eine leichte, kurze tauschte. Sie erhaschte einen Blick auf schwarze Boxershorts.

"Der Trail hat drei Gipfel und auf beiden Seiten des Grats geht es teilweise steil bergab. Der vorletzte Gipfel ist der steilste und schwierigste, aber offensichtlich müssen wir da durch, wenn wir zu der besagten Höhle wollen, in der Kenoah sich vor Daniel verstecken will."

"Wie oft bist du den Trail schon gegangen?", wollte Lauren wissen.

Kalei zuckte mit den Schultern. "Vielleicht ein halbes Dutzend Mal. Das ist auch eigentlich kein Problem, wenn man ein bisschen Erfahrung hat, aber wenn es geregnet hat, ist der Trail wirklich nicht zu empfehlen."

Er reichte Lauren den kleineren Rucksack, während er sich selbst einen größeren umschnallte. Er korrigierte den Sitz seines Pistolenhalfters, sodass die Waffe nicht blockiert wurde. Einen Moment schien er zu überlegen, dann griff er erneut in seinen Waffenschrank und zog ein Jagdmesser hervor, das er Lauren in die Hand drückte.

"Eine Schusswaffe kann ich dir leider nicht geben", sagte er. "Aber irgendetwas zur Verteidigung brauchst du wohl." Lauren schaute das einschneidige Messer mit Handschutz zweifelnd an. Sie war absolut nicht trainiert im Messerkampf. Trotzdem nahm sie es an, wog es in der Hand und steckte es ein. Es sah beeindruckend und gefährlich aus. Das allein war wahrscheinlich schon eine Hilfe, wenn es darauf ankam.

"Lass uns gehen, bevor das Unwetter losgeht", sagte Kalei und schob Lauren nach draußen. Vor der Tür räumten sie gemeinsam schnell die Boards von der Ladefläche des Trucks, dann warf Lauren den Rucksack auf die Sitzbank und kletterte selbst hinterher. Der Truck erwachte mit einem tiefen Brummeln zum Leben. Kalei gab Gas und schlitterte über die geschotterte Auffahrt auf die Straße.

Von Manoa aus fuhren sie in Richtung Highway 1. Zum Glück hatte die Rushhour noch nicht eingesetzt. Lauren warf einen raschen Blick auf ihre Uhr, es war kurz vor drei Uhr nachmittags. Kurz hinter dem Queens Medical Center, in dem Randy noch immer um sein Leben kämpfte, bogen sie auf den Pali Highway in Richtung Norden ein. Die Straße stieg auf ihrem Weg zu den Ko'olau-Bergen stetig an, bis sie schließlich an ihrem höchsten Punkt in zwei dicht aufeinanderfolgende Tunnel mündete. Sobald man den ersten Tunnel verlassen hatte, konnte man die Windward Side mit der Bucht von Kane'ohe sehen. Kurz hinter einer engen Kurve bog Kalei vom Highway in eine schmale Straße ab, die rechts und links von dichter Vegetation bewachsen war. Vermutlich hätte sich Kenoah einfach an dieser Stelle in den Wald schlagen können und wäre auch nicht gefunden worden.

Nach kurzer Fahrt durch das Grün kamen sie schließlich an eine freie Stelle, auf der Parken ausdrücklich nicht erlaubt war. Ein Schild markierte den Anfang des Triple Falls Trail. Auf dem Platz standen zwei Autos. Eines war ein Mietwagen der gehobenen Luxusklasse, der an dieser Stelle irgendwie fehl am Platz wirkte.

"Daniel Stevens' Mietwagen?", fragte Lauren und Kalei nickte mit grimmigem Blick. Der andere Wagen war ein alter Jeep Cherokee, auf den gerade zwei junge Wanderer zusteuerten, die soeben aus dem Dickicht getreten waren. Erstaunt beobachteten sie Kalei, der schwungvoll auf den Platz fuhr und in einer Wolke aus rotem Staub zum Stehen kam.

Kaum waren Kalei und Lauren aus dem Truck gesprungen, sprach der Wanderer mit dem roten Rucksack sie auch gleich an. "Ich würde an eurer Stelle jetzt echt nicht mehr losgehen, Mann. Es fängt gleich hundertprozentig zu regnen an und dann macht ihr auf dem Trail 'nen Abflug. Das wird richtig rutschig und gefährlich."

Wie zur Bestätigung seiner Aussage donnerte es in diesem Moment laut und lang anhaltend. Der Rucksackträger schaute furchtsam zum Himmel.

"Ich weiß, danke. Ist leider nicht zu ändern", antwortete Kalei mit Bedauern. "Ist euch auf dem Trail jemand entgegengekommen?"

Die beiden sahen sich kurz an, dann nickte sie unisono. "So ein feiner Typ in edlen Klamotten und gegeltem Blondhaar, absolut falsch angezogen. Was ist bloß mit den Touris los heutzutage?", sagte der Rucksackträger kopfschüttelnd.

"Wie lange ist das her?", fragte Lauren, während sie den Rucksackgurt um ihre Hüfte festzog und auf den Startpunkt des Trails zustapfte.

"Weiß nicht, Mann. Vor 'ner halben Stunde vielleicht?" Es klang eher wie eine Frage als wie eine Antwort.

Der Wanderer ohne Rucksack bemerkte plötzlich Kaleis Waffe im Holster.

"Auf was für einer Jagd seid ihr denn?", fragte er erschrocken mit großen Augen.

"HPD", sagte Kalei knapp und verschwand im Wald.

"Fahrt nach Hause, bevor das Unwetter losgeht!", sagte Lauren noch zu den beiden Männern, bevor sie einen langen Schritt über einen Wasserablauf machte und Kalei in den düsteren Blättertunnel folgte. Hinter ihr klatschten die ersten dicken Regentropfen auf die Straße. Es roch nach Petrichor, dem Geruch von Regen auf trockener Erde.

Kapitel 24

Kaum hatte Lauren den Wald betreten, spürte sie, wie die Temperatur um einige Grad sank. Das ohnehin graue Tageslicht wurde durch die dichte Vegetation verschluckt und ihre Augen benötigten einige Sekunden, um sich an die grüne Dämmerung zu gewöhnen.

Der Weg war ein ausgetretener, schlammiger Trampelpfad, der von Baumwurzeln durchzogen war und leicht anstieg. Die Blätter der Bäume und Büsche hingen tief.

Vor sich sah Lauren Kalei, der mit sicherem, schnellem Schritt über ein Gewirr von Wurzeln stieg. Sie beeilte sich, zu ihm aufzuschließen.

Nach einigen Minuten tauchte vor ihnen im Wald eine Art Hütte auf, die sich an die Flanke eines mächtigen Banjanbaumes schmiegte. Das Dach war eingesunken und es fehlten Fensterglas und Türen. Die Fassade war mit Graffiti besprüht.

"Einen Blick reinwerfen sollten wir wohl", sagte Kalei schulterzuckend und zog seine Waffe aus dem Holster. Lauren verzichtete darauf, das Jagdmesser hervorzuholen. Sie hielt sich stattdessen hinter Kalei, als dieser vorsichtig durch das seitliche Fenster spähte. In der Hütte, die nur aus einem einzigen, leeren Raum bestand, war niemand zu sehen. Ein paar leere Plastikflaschen und Snackverpackungen lagen in den Ecken herum.

Lauren drehte eine Runde um das Haus, fand aber nur zusammengeknüllte Papiertaschentücher, die darauf hindeuteten, dass dieser Platz als Toilette genutzt wurde. Sie checkte den Boden zu ihren Füßen nach Hinterlassenschaften und kehrte zur Vorderseite des Hauses zurück.

Sie setzten ihren Weg schweigend fort. Der schlammige Boden wurde nun zunehmend steiler und die Wurzeln der Bäume bildeten steile Treppenstufen, die sie nacheinander erklommen. Der Wald wich langsam zurück und gab den Blick auf die Kane'ohe-Bucht und den Ort Kailua frei. Das Gelände wurde nun steiniger und sie mussten die ersten Felsen erklimmen. Kletterseile, die von anderen Wanderern gespannt worden waren, halfen ihnen beim Aufstieg. Das Gelände wurde zunehmend unübersichtlicher und sie konnten nicht abschätzen, ob Daniel oder Kenoah hinter einem Felsen oder einer Biegung auf sie warteten. Möglich war es allemal. Da sie beide Hände brauchten und schauen mussten, wo sie Füße und Hände platzierten, wechselten sie sich beim Klettern ab, während der andere die Umgebung im Auge behielt.

Gerade als Lauren damit beschäftigt war, einen guten Griff für ihre rechte Hand zu finden, während ihr linker Fuß nach einem stabilen Tritt suchte, grollte lauter Donner durch das Gebirge. Die umliegenden Berge verstärkten den Sound noch und Lauren zuckte kurz zusammen. Der Regen begann stärker zu werden, die bisher vereinzelten, dicken Tropfen wurden zu einem beständigen Wasserstrom. "Mist, verdammter", murmelte sie und beeilte sich, nach oben zu kommen.

Der Aufstieg war nun nahezu vertikal und der Felsen wurde mit jedem Schritt nasser und feuchter. Anstatt in trockene Erde griffen ihre Finger immer öfter in braunen Schlamm. Ein ums andere Mal rutschte ihr Fuß ab, bevor er wieder Halt fand. Wenn sie jetzt den Grip verlor, wäre es ein tiefer Fall. Es war nicht einmal nötig, komplett in die Tiefe zu stürzen. Schon bei einem Fall zum nächsten Absatz würde sie sich alle Knochen brechen. Sie biss die Zähne zusammen und konzentrierte sich darauf, nicht abzurutschen. Immer eine Hand am Seil, kletterte sie nach oben. Trotz des kalten Regens brach ihr der Schweiß aus. Endlich war ein Absatz in Sicht.

Bevor sie ihren Körper über die obere Felskante zog, hob sie vorsichtig den Kopf und schaute sich oberhalb des Aufstiegs um.

Kein Mensch war zu sehen. Der böige Wind fuhr durch die Büsche und Gräser an der Spitze und verursachte ein Rauschen, Knacken und Heulen. Regen schlug ihr ins Gesicht, der vom Wind über das Plateau geweht wurde. Sie griff nach einem nassen Ast und zog sich über die Kante.

"Beeil dich", rief sie Kalei zu. "Es wird rutschig." Sie beobachtete, wie das Wasser an den Felsen hinunterfloss und sie glänzend dunkelbraun färbte. Kalei griff beherzt nach dem Seil und begann mit dem Anstieg. Lauren vergewisserte sich, dass niemand hinter ihm war, und sah sich dann auf dem Felsvorsprung um, der ihr eine willkommene Pause bot. Sie griff hinter sich an den Rucksack und zog ihre Trinkflasche heraus.

Die dunklen, regenschweren Wolken hingen tief, trotzdem konnte sie den Ozean erkennen, der nun nicht mehr dunkelblau, sondern grau wie flüssiges Blei war. Lediglich die Kane'ohe-Bucht hatte sich einen Rest Türkis bewahrt. Weiter im Osten konnte sie die Wohngebiete von Kailua rund um den Enchanted Lake erkennen. Sie erahnte die Konturen der beiden kleinen Inseln, 'Mokes' genannt, die Kailua vorgelagert waren. Als sie in Honolulu gelebt hatte, hatte sie dorthin gerne Kajaktouren unternommen. Rechts von ihr führte ein schmaler, steiniger Grat zum ersten der drei Gipfel des Trails. Er verdeckte die Sicht auf den weiteren Verlauf des Trails und die Gipfel zwei und drei.

Ein hässliches Knacken und ein unterdrückter Schrei unterhalb des Felsvorsprungs rissen sie aus ihren Gedanken. Sie lief zur Kante und schaute hinunter, wo Kalei sich mit beiden Händen am Seil festhielt, während er versuchte, mit beiden Beinen wieder Halt auf dem Felsen zu finden. Dabei pendelte er um die eigene Achse.

Ein abgebrochener dicker Ast war gerade auf dem Weg in die Tiefe.

"Brauchst du Hilfe?", rief Lauren ihm zu, obwohl sie nicht sicher war, was sie für ihn tun konnte. Er schaute mit schlammverschmiertem Gesicht zu ihr auf und schüttelte den Kopf.

Mit seinem rechten Fuß hakte er sich in einer Wurzel fest und zog sich nach oben.

Eine Minute später stand er neben ihr. Mit dem Handrücken wischte er sich über das Gesicht. Seine schwarzen Haare klebten an seinem Kopf.

Verärgert schüttelte er den Kopf. "Das ist keine gute Idee mehr", sagte er. „Es wird viel zu gefährlich. Lass den Helikopter den Rest übernehmen. Der Pilot kann vielleicht jemanden mit der Winde absetzen."

Lauren war skeptisch. Sie hatte die dichten Wolken zwischen den Bergen und Tälern gesehen, die es unmöglich machten, Luft von Land zu unterscheiden. Das war absolut kein ideales Wetter für einen Helikopterflug. Viel zu viele Piloten hatten in der Vergangenheit den Nebel oder die tief liegenden Wolken unterschätzt und waren bei schlechter Sicht mit einem Berg oder anderen Hindernis kollidiert. Es gab unzählige traurige Geschichten von Helikoptertouren, Filmshootings und Hochzeitsflügen, bei denen die gesamte Besatzung des Hubschraubers ums Leben gekommen war, weil der Pilot eine falsche Entscheidung getroffen und in den Wolken die Orientierung verloren hatte.

"Lass uns wenigstens zum ersten Gipfel hinaufsteigen. Von dort können wir viel mehr sehen", schlug sie vor.

Kalei begutachtete das letzte Stück des Weges skeptisch. Es war schmal und steinig und fiel zu beiden Seiten steil ab. Es gab weder ein Führungsseil noch Äste zum Festhalten. Wenn sie einen falschen Schritt machten oder ausrutschten, würden sie gut einhundert Meter in die Tiefe stürzen. Aber die Felsen schienen nicht rutschig zu sein. Der Untergrund bestand aus Stein und schien einigermaßen guten Halt zu geben. Man durfte nur nicht unter Höhenangst leiden. Kalei nickte und ging voraus.

Der erste Gipfel war nichts weiter als eine schmale Kuppe, die zu allen vier Seiten steil abfiel. Nicht mehr als zwei Leute konnten dort oben nebeneinanderstehen. Ein paar Büsche mit dünnen Ästen boten keinen echten Schutz vor einem Absturz, aber immerhin verhinderten sie, dass man sie von der anderen Seite sofort sehen konnte, sobald sie den Kopf über den Gipfel reckten.

Kalei und Lauren spähten fast gleichzeitig auf die andere Seite. Wind und Regen peitschten nun ungehindert von Süden auf sie ein und sie konnten sehen, wie Regenschleier und Wolkenfetzen über den Grat getrieben wurden. Über Kailua zuckten Blitze aus den schiefergrauen Wolken hervor. Er war ein beeindruckender Anblick. Sie fühlten sich klein und der Natur ausgeliefert. Der weitere Verlauf des Trails lag teilweise im Nebel, den zweiten Gipfel konnten sie nur erahnen.

"Da vorne sind sie", rief Lauren plötzlich und deutete in Richtung des zweiten Gipfels.

Hinter dem ersten Gipfel, auf dem sie gerade standen, fiel der Felsen ebenso steil ab, wie er zuvor aufgestiegen war. Auch hier waren Seile gespannt, von denen einige allerdings nicht sehr vertrauenerweckend aussahen. Einige knorrige Bäume, die es geschafft hatten, sich auf dem Gestein zu behaupten, boten zusätzlich die Möglichkeit, sich festzuhalten.

Danach begann der Grat, der den ersten mit dem zweiten und den zweiten mit dem dritten Gipfel verband. Kalei folgte Laurens ausgestrecktem Finger und konnte eine Gestalt in einem roten T-Shirt auf dem Weg zum zweiten Gipfel erkennen. Die Gestalt bewegte sich hektisch, hatte langes schwarzes Haar und trug einen großen Rucksack. Er war sich ziemlich sicher, dass es sich um Kenoah handelte, der kurz davor war, in dem Nebel, der den zweiten Gipfel umgab, unterzutauchen. "Wo ist Daniel?", fragte er und suchte den Grat ab.

Er fand ihn schließlich ein paar hundert Meter hinter Kenoah. Der Mann trug ein hellblaues Hemd, das ihm nass am Oberkörper klebte, und lange dunkle Hosen. An den Füßen trug er wahrscheinlich handgefertigte Schuhe aus Leder, vermutlich ohne Profil. Daniel hatte den Auf- und Abstieg vom ersten Gipfel irgendwie gemeistert und bewegte sich nun relativ zügig auf einem breiteren, flacheren Stück vorwärts. Sie konnten sehen, wie er immer mal wieder ins Rutschen geriet, aber das schien ihn nicht davon abzuhalten, Kenoah weiterhin auf den Fersen zu bleiben.

"Wie haben die beiden das bloß gemacht?", fragte sich Lauren verärgert. Als Kalei sie verständnislos ansah, sagte sie: "Kenoah ist ein Junkie und sicherlich alles andere als fit. Und Daniel ist in Anzug und Businessschuhen unterwegs."

Kalei zuckte mit den Schultern. "Kenoah hat sich wahrscheinlich vorher irgendetwas eingeworfen und fühlt sich jetzt wie Spiderman."

Er zog sein Telefon aus seinem Rucksack, um Lieutenant Takahashi anzurufen und sie darüber zu informieren, dass sie die beiden Männer entdeckt hatten.

Takahashi wiederum ließ sie wissen, dass sie ihnen bereits eine Spezialeinheit hinterhergeschickt hatte, die vom Royal Hawaiian Golfclub aus auf dem Weg zu ihnen war. "Bleibt wo ihr seid und behaltet sie im Auge", gab Kaleis Vorgesetzte ihnen Anweisung. "Es besteht kein Grund, sie weiterzuverfolgen. Das machen die Leute von der Special Unit. Der Helikopter wird von Kane'ohe aus aufsteigen, sobald die Wolkendecke etwas höher steigt und der Pilot freie Sicht hat. Erstattet mir weiterhin Bericht", bellte sie in ihr Telefon.

"Yes, Ma'm", bestätigte Kalei gehorsam und legte auf. Dann starrte er weiter auf den Grat, auf dem Kenoah angehalten hatte und vornübergebeugt stand, die Hände auf den Knien. Anscheinend ließ seine Kraft nach und er brauchte eine Pause. Daniel, der es leichter hatte, weil er bergab lief, verringerte den Abstand zwischen ihnen. Schließlich blieb auch er neben einem der knorrigen Bäume stehen, die den tiefsten Teil des Grates zwischen den beiden Gipfeln säumten. Er lehnte sich mit dem Rücken an den Baumstamm und hob die

Arme. Wenige Sekunden später hörten Kalei und Lauren den Schuss.

Kenoah hörte ihn ebenfalls, fuhr hoch und begann loszulaufen. Wenige Momente später war er im Nebel des zweiten Gipfels verschwunden.

"Gar nicht gut", befand Lauren und sah Kalei an. "Was machen wir, Chef?", wollte sie von ihm wissen. "Du hast Takahashi gehört", sagte er, ohne den Blick von Daniel abzuwenden, der sich ebenfalls wieder aufgerafft hatte und Kenoah nachsetzte.

Er schien mit sich zu ringen, schüttelte schließlich langsam den Kopf.

"Die Special Unit wird es niemals rechtzeitig schaffen, bevor Daniel Kenoah erreicht", sagte er. "Daniel wird Kenoah entweder vorher erschießen oder Kenoah stürzt in seiner Panik ab."

"Denke ich genauso." Lauren zappelte unruhig hin und her. "Entscheide dich", forderte sie ihn auf.

Kalei blickte zu Lauren auf, sah die Entschlossenheit in ihren Augen, das Jagdfieber in ihrem Blick. Die Regentropfen, die über ihr Gesicht liefen, den Hals hinunter und in dem Ausschnitt ihres T-Shirts verschwanden. Der nasse Stoff, der an ihrem Bauch klebte.

Kalei setzte den Rucksack ab und öffnete ihn. "Wir gehen weiter", sagte er entschlossen. "Aber wir seilen uns von diesem Gipfel ab. Das geht schneller und ist sicherer."

Er zog zwei leichte Klettergurte, Karabiner und zwei Sicherungsgeräte hervor, reichte Lauren einen Gurt und sah sie fragend an. "Du kennst dich aus?"

Sie nickte. "Kletterhalle in Earl's Court. Zweimal im Monat."

Sie sortierten die Klettergurte und legten sie an. Nachdem Lauren ihren festgezogen hatte, griff Kalei nach ihrem Hüftgurt, zog sie beherzt zu sich heran und überprüfte den Sitz des Verschlusses.

Er hätte das auch mit ausgestreckten Armen tun können, aber er spürte ein plötzliches und in der Situation völlig unangemessenes Bedürfnis, Laurens Wärme zu spüren. Sie lächelte ihn etwas schief an, ließ es zu, dass er mit seinen Fingern die nackte Haut an ihrem Bauch unter ihrem nassen T-Shirt berührte.

Unvermittelt ließ er sie wieder los, schnallte den Rucksack wieder auf seinem Rücken fest und wandte sich dem Kletterseil zu, das oberhalb der Kante des ersten Gipfels an einem soliden Eisengeländer befestigt war. Es sah neu und stabil aus. Mit einem doppelten Achterknoten verband er das Seil mit seinem Klettergurt und begann mit dem Abstieg.

Unten angekommen, löste er sofort das Seil von seinem Gurt und hakte stattdessen ein Sicherheitsgerät ein. Somit konnte sich Lauren, die sich oben am Gipfel bereits mit dem Kletterseil verbunden hatte, innerhalb einer Minute von oben nach unten abseilen, ohne dass sie Gefahr lief, abzustürzen, denn Kalei sicherte sie von unten.

Am Fuß des Felsens ging der Pfad sofort in einen schmalen Grat über, der den ersten Gipfel mit dem zweiten verband. Er bestand aus Steinen, Geröll, Gras und Matsch. Rechts und links fiel der Grat direkt und ungehindert über einhundert Meter ab. Einen Absturz würde keiner von ihnen überleben.

"Wir bleiben mit dem Seil verbunden", entschied er. Lauren nickte nur und sie liefen los. Kalei ging voraus, einen Fuß vor den anderen setzend. Es gab keine Büsche oder Äste, an denen sie sich hätten festhalten können. Sich gegen Wind und Regen stemmend, hielten sie auf den zweiten Gipfel zu. Zwischendurch machten sie kurz halt, um sich Regenjacken anzuziehen. Sie waren zwar bereits bis auf die Haut nass, aber der Goretex-Stoff verhinderte, dass sie noch weiter auskühlten. Der Wind auf nasser Haut führte dazu, dass sie zu schnell froren.

Daniel und Kenoah waren in den Wolken, die den zweiten Gipfel umwaberten, verschwunden. Sie hörten keinen weiteren Schuss, kein Geräusch ließ sie einschätzen, wie weit sie noch von ihnen entfernt waren. Hatte Kenoah den Abzweig zur Höhle bereits erreicht und war im Nebel und der dichten Vegetation untergetaucht? Oder hatte Daniel aufgeholt und ihn auf dem Gipfel gestellt?

Lauren und Kalei hörten nun das Geräusch eines Helikopters. Ein MD500 bewegte sich von Kane'ohe aus auf sie zu. Kalei erkannte trotz der schlechten Sicht die dunkelblaue Lackierung des Honolulu Police Department. Vermutlich saß Chris Logan in dem Polizeihelikopter, den manche Einwohner Honolulus abschätzig 'Ghettobird' nannten.

Der MD500 bewegte sich langsam auf sie zu, hielt aber Sicherheitsabstand zu den Wolken. Es wäre unverantwortlich gewesen, näher an die Felsen und die Nebelwand heranzufliegen. Ebensowenig konnten Lauren und Kalei in ihrer instabilen Position den starken Abwind des Hubschraubers gebrauchen. Wenn er zu dicht über ihnen flog, konnte er sie glatt vom Pfad in die Tiefe wehen.

Kaleis Handy klingelte, Chris war am anderen Ende der Leitung. Durch den Lärm im Inneren des Helikopters war er kaum zu verstehen. Kalei versuchte ihm schreiend klarzumachen, dass Daniel und Kenoah vor ihnen waren und sich irgendwo in der Nähe des zweiten Gipfels befanden. "Daniel ist bewaffnet", schrie er in das Mikrofon, war sich aber nicht sicher, ob Chris ihn verstanden hatte. Der Helikopter schwenkte ab und flog in Richtung des dritten Gipfels davon.

Lauren und Kalei setzten ihren Weg fort. Er stieg nun wieder an und zum Glück wuchsen nun auch wieder vereinzelt Fragipanibäumchen und andere Gewächse seitlich des Trails, die ihren Händen Halt boten. Kalei erinnerte sich von früheren Wanderungen auf dem Triple Falls Trail daran, dass der Aufstieg zum zweiten Gipfel mit einer gemäßigten Steigerung einherging, während es auf der anderen Seite ausgesprochen steil abfiel. Danach führte ein weiterer Gratweg zum dritten Gipfel, der in seiner spitz zulaufenden Form an das Matterhorn in der Schweiz erinnerte. Der Regen ließ etwas nach und die Wolken umspülten den zweiten Gipfel wie Wasser, sodass sie immer mal wieder die nächsten fünf bis zehn Meter des Weges vor sich sehen konnten. Sie sprachen nicht und verständigten sich mit Handzeichen, während sie dem Weg weiter folgten. Der zweite Gipfel musste jetzt unmittelbar vor ihnen liegen.

Die Länge des Seils zwischen ihnen betrug etwa acht Meter und Lauren sah zu, wie Kaleis Gestalt von den nasskalten Schwaden verschluckt wurde. Sie hielt sich gerade mit beiden Händen an einem Felsen fest, um sich mit den Beinen hochzustemmen, als sie an ihrem Klettergurt heftig und ohne Vorwarnung nach vorne gezogen wurde. Sie schlug mit ihrem Oberkörper an den Felsen und verlor den festen Stand. Ihre Beine schrammten schmerzhaft über das Gestein.

Lauren unterdrückte einen Schmerzenslaut und versuchte auf dem glitschigen Boden wieder Halt zu finden. Das Seil an ihrer Hüfte spannte sich immer wieder und brachte sie aus dem Gleichgewicht. Ich muss nach oben, befahl sie sich und kletterte auf allen vieren, so schnell sie konnte, vorwärts.

Nun hörte sie auch Geräusche vor sich im Nebel, ein Keuchen, Ächzen und Schlagen. Lauren folgte hastig dem Seil und durch einen diffusen Nebelschleier konnte sie Kalei mit jemandem ringen sehen. Kalei hatte Daniels rechten Unterarm gepackt und drückte ihn von sich weg. In Daniels rechter Hand befand sich eine Pistole, vermutlich die, mit der er vorher geschossen hatte. Mit seiner freien Hand versuchte Kalei Daniel an einer empfindlichen Stelle am Oberkörper oder am Hals zu treffen, aber Daniel wehrte Kaleis Schläge geschickt ab. Lauren riss sich den Rucksack von den Schultern und langte in der Seitentasche nach dem Jagdmesser, das sie dort deponiert hatte. Sie zog es aus der Scheide, aber noch bevor sie sich in Stellung bringen konnte, hatte Daniel seinen nassen Arm aus Kaleis Griff befreit und schlug mit der Waffe auf Kaleis Kopf ein. Kalei ließ von Daniel ab, schwankte, griff sich mit seiner Hand an die blutende Stirn und taumelte rückwärts auf die Felskante zu.

Lauren schrie ein entsetztes "Nein", versuchte Kalei zu erreichen, aber er verlor im selben Moment den Boden unter den Füßen, stolperte rücklings über einen Felsbrocken und stürzte in die Tiefe.

Sofort zog das Seil, mit dem sie beide verbunden waren, Lauren in dieselbe Richtung. Der Zug war hart, schmerzhaft und sie konnte ihm überhaupt nichts entgegensetzen. Sie stolperte unkontrolliert vorwärts und prallte gegen Daniel, den sie durch ihren Schwung mit sich auf den Boden riss. In einem Gemenge von Armen und Beinen fiel er auf sie, sie spürte sein Gewicht auf ihrem Brustkorb und das Gewicht von Kalei zog gleichzeitig an ihrer Hüfte, es fühlte sich an, als wolle man sie in der Mitte durchreißen. Durch den Aufprall und Daniels Gewicht blieb ihr die Luft weg und sie versuchte vergeblich einzuatmen. Ihr wurde einen Moment schwindelig, dann übernahm ihr Instinkt und sie wehrte sich gegen den Mann, der versuchte seinen linken Unterarm auf ihren Hals zu drücken. In der Rechten hielt er noch immer die Pistole, die er nun in ihre Richtung schwang. Mit ihrer linken Hand griff sie nach seinem Unterarm und versuchte, die Waffe von sich wegzudrücken. Aber Lauren konnte immer noch nicht atmen und der Drang, Luft zu holen, wurde mächtig und immer notwendiger. Sie spürte, wie Panik in ihr aufstieg, spürte die Angst zu ersticken und versuchte verzweifelt, ihren rechten Arm und ihre Beine zu bewegen, um ihn von sich wegzuschieben. Sie stieß ihren Kopf ruckartig vor und traf Daniels Nase hart mit ihrer Stirn. Blut schoss hervor und er riss seinen Oberkörper für einen Moment zurück. Lauren zog die Arme unter ihren Körper, holte tief Luft und machte sich bereit, ihn mit beiden Händen von sich wegzustoßen. Er fiel wieder auf sie zurück, zuckte aber jäh auf, verzog das Gesicht schmerzverzerrt und stieß einen jämmerlichen, langen Schmerzensschrei aus, der Lauren durch Mark und Bein ging. Daniels Körper sackte schwer und schlaff auf sie, begrub sie unter sich, kämpfte aber nicht mehr. Sie spürte plötzlich den Griff des Jagdmessers in ihrer Faust, den Widerstand darauf und sie wusste plötzlich, dass die lange Klinge bis zum Schaft in Daniels Brust oder Bauch eingedrungen sein musste. Warmes Blut lief über ihre Hände und sie begann panisch zu strampeln, um das Bündel Mensch von sich zu schieben. Sie hörte immer noch sein Wimmern an ihrem Ohr, hoch und schmerzerfüllt wie der Laut eines sterbenden Tieres.

Mit einem Mal löste sich der Druck, der auf ihr lastete. Der schlaffe Körper wurde weggezerrt und sie nahm einen tiefen, gierigen Atemzug. Kalei stand über ihr, starrte schwer atmend auf sie herab. Seine rechte Gesichtshälfte war blutverschmiert und er hatte tiefe Schrammen an beiden Unterarmen. "Seine Waffe", krächzte Lauren und Kalei verschwand kurz aus ihrem Blickfeld, um Daniel die Pistole aus der Hand zu treten. Dann beugte er sich zu ihr hinunter. "All das Blut", stammelte er und sah sie entsetzt an.

Sie sah schwer atmend an sich herunter. Brust und Bauch waren blutverschmiert. Sie öffnete die rechte Hand und ließ das Messer neben sich fallen. "Ist nicht meins", sagte sie, obwohl sie sich noch nicht auf Verletzungen untersucht hatte. Das Adrenalin dämpfte mögliche Schmerzen. Sie versuchte sich aufzurichten.

Kalei sank vor ihr auf die Knie, zog sie in seine Arme und presste sein Gesicht in ihr nasses, schmutziges Haar. "Bist du okay?", fragte sie leise, während sie sich an ihn drückte, so erleichtert, ihn lebend zu sehen. Sie hatte plötzlich wieder das Bild vor Augen, wie er über die Kante in den Abgrund fiel. Dieser Moment, als er aus ihrem Blickfeld verschwand und sie eine Sekunde später nach vorn geschleudert wurde.

Er wäre in den Tod gestürzt, wenn das Seil, das sie miteinander verband, ihn nicht gehalten hätte. Und Daniel hätte sie vermutlich erschossen, wenn Kalei ihr in Manoa nicht sein Messer gegeben hätte.

So saßen sie einige Atemzüge eng umschlungen auf dem schlammigen Plateau und versuchten, das eben Geschehene zu begreifen. Schließlich löste Kalei sich von Lauren, strich ihr eine nasse Haarsträhne aus dem Gesicht und lächelte sie an. Er nahm das Seil in die Hand, das sie an ihrem Klettergurt festgeknotet hatte und presste es mit seiner Hand zusammen. "Danke", sagte er, "dass du mich nicht losgelassen hast."

Dann stand er auf und begutachtete Daniel Stevens. Er fühlte überflüssigerweise nach einem Puls. Es war offensichtlich, dass der Mann tot war. Eine große Blutlache hatte sich unter seinem Oberkörper gebildet. Lauren sah ihm schweigend dabei zu.

Neben dem toten Körper lag Daniels Waffe, eine Ruger P89 9mm Pistole, dasselbe Kaliber, mit dem Randy angeschossen worden war. Sie war sich sicher, dass die ballistische Untersuchung ergeben würde, dass der Schuss auf ihren Partner aus dieser Waffe abgefeuert worden war.

"Der Helikopter kann ihn nachher abholen. Lass uns zusehen, dass wir Kenoah noch finden, bevor es dunkel wird und er in seine geheime Höhle verschwindet." Auch wenn die Sonne hinter den dichten Wolken nicht zu sehen war, wusste er, dass jetzt Sonnenuntergang war. Es würde in kürzester Zeit Nacht werden.

Er half Lauren auf die Füße und ging auf das alte Metallgestell zu, an das zwei Kletterseile gebunden worden waren. Lauren humpelte ihm hinterher. Er sicherte sich und ließ sich über die Kante gleiten. Dann verschwand er in der Tiefe. Kontrolliert diesmal, gesichert, lebendig. Lauren seufzte tief und ergriff das zweite Kletterseil. Als sie sich einklinkte, sah sie die tiefen, blutigen Striemen, die der Klettergurt in ihre Hüfte geschnitten hatte, als Kaleis Gewicht sie mit sich gerissen hatte. Sie stöhnte auf, als sie sich in den Gurt setzte, um sich abzuseilen. Der Gurt drückte in die verletzten Stellen und es tat höllisch weh. Sie biss die Zähne zusammen.

Lauren atmete auf, als ihre Füße den Boden am Fuße des Felsens berührten und der Druck auf die verletzte Haut nachließ. Kalei hatte ihren Gesichtsausdruck bemerkt und zog ihre Jacke etwas hoch, um sich die blutigen Stellen anzusehen. Er verzog das Gesicht, als er die tiefen Einschnitte sah. Lauren wehrte ihn ab. "Los jetzt", drängte sie und schob sich an ihm vorbei.

Sie folgten dem Weg auf den Grat, dessen weiterer Verlauf noch immer im Nebel verschwand.

Nach einigen Metern abwärts lichteten sich die Nebelschwaden endlich und gaben den Blick auf den schmalen Weg und den dritten Gipfel frei. Kenoah schleppte sich etwa einhundert Meter vor ihnen vorwärts. Er ging vornübergebeugt, der Rucksack schien ihn nach unten zu ziehen und er wirkte vollkommen erschöpft. Er hielt sich mit beiden Händen an Pflanzen und Steinen fest.

"Kenoah", schrie Kalei ihm hinterher. Seine Stimme hallte laut durch die Berge. Sie sahen, wie Kenoah zusammenzuckte, seinen Schritt zunächst beschleunigte, dann aber stehenblieb. Er drehte sich langsam zu ihnen um und blickte zu ihnen hinüber.

"Bleib, wo du bist", rief Kalei ihm zu, zog seine Glock 17 aus ihrem Holster und beschleunigte seinen Schritt, um zu ihm aufzuschließen. Lauren versuchte, mit ihm mitzuhalten. Kenoah schien am Ende seiner Kräfte zu sein. Er hatte angehalten, versuchte nicht zu fliehen, sah ihnen nur schwankend entgegen.

Als sie auf etwa zwanzig Meter an ihn herangekommen waren, kam plötzlich wieder Leben in Kenoah. Ein panischer Ausdruck lag auf seinem Gesicht.

"Kommt nicht näher", schrie Kenoah ihnen entgegen und wich vor ihnen zurück. Er schien keine Waffe bei sich zu haben. Trotzdem traute Kalei sich nicht, seine Dienstpistole einzustecken. Man konnte ja nie wissen. Um Kenoah zu beruhigen, unterließ er es, die Glock weiterhin auf ihn zu richten, sondern nahm die Arme seitlich hoch, die Mündung zeigte in Richtung Boden.

"Wir wissen, was vor zwei Jahren mit Iolana auf der Party im Hotel geschehen ist", rief Kalei ihm zu. "Wir wissen auch, dass du in der vergangenen Woche den Tod deiner Schwester gerächt hast, indem du ihren Mörder getötet hast. Es besteht kein Grund mehr, wegzulaufen. Aber wir möchten gerne deine Version hören."

"Meine Version, Mann?", rief Kenoah ungläubig. "Ich wollte doch nur die Stimme in meinem Kopf zum Schweigen bringen."

"Welche Stimme meinst du, Kenoah?"

"Iolanas Stimme natürlich. Seit Monaten ist sie in meinem Schädel, Tag und Nacht, immer. Sie macht mich wahnsinnig. Sie ist immer, immer da."

Wie zur Bestätigung schlug er sich mit beiden Händen grob gegen den Kopf, so heftig, dass er vor Schmerzen die Augen schließen musste.

"Sie sagt mir immer wieder, dass es meine Schuld gewesen ist, dass sie tot ist. Dass ich sie an ihren Mörder verkauft habe. Ich kann sie einfach nicht abstellen."

"Und da dachtest du, Jamie Hayward zu töten wäre eine gute Idee, um Gerechtigkeit für Iolana zu schaffen?", half Kalei ihm auf die Sprünge.

"Klar, Mann. Genau das hab ich gedacht. Wenn Iolana weiß, dass ich ihren Mörder getötet hab, dann verzeiht sie mir und verschwindet aus meinem Kopf, lässt mich wieder schlafen."

"Und, hat es geklappt?", fragte Kalei.

Kenoah schüttelte mit geschlossenen Augen hektisch den Kopf. "Nein, verdammt. Jetzt ist der Engländer auch noch da, in meinem Kopf. Jetzt schreien sie alle beide." Wieder boxte er sich mit der Faust an die Schläfe.

Kenoah tat Lauren und Kalei beinahe leid. Kalei trat ein paar vorsichtige Schritte an den jungen Mann heran, bis dieser plötzlich die Augen weit aufriss und ihn entsetzt anstarrte, so als hätten sich Iolanas und Jamies Geister plötzlich hinter Kalei materialisiert.

"Ich muss mich persönlich bei Iolana entschuldigen! Das ist es. Warum bin ich nicht vorher darauf gekommen?"

Er redete offensichtlich mit sich selbst und nicht mit den beiden Polizisten vor sich.

Kalei machte einen weiteren Schritt auf ihn zu. Die Waffe ließ er weiterhin in Richtung Boden zeigen. Die andere Hand streckte er Kenoah entgegen.

"Komm mit uns, Kenoah. Es gibt ganz sicher jemanden in Honolulu, der die Stimmen zum Verstummen bringen kann."

Aber Kenoah reagierte nicht auf ihn. Er ließ die Arme sinken, schaute in Richtung des letzten Gipfels, der neben ihnen wie ein dunkler Schatten aufragte. Eine seltsame Ruhe schien sich in ihm auszubreiten. Er sah mit einem Mal erleichtert aus, fast glücklich.

Lauren war sofort alarmiert. Sie hatte diesen Ausdruck schon einmal auf dem Gesicht eines in die Enge getriebenen Mannes gesehen. Sie und Randy hatten mal einen Kerl, der im Suff seine Ehefrau totgeschlagen hatte, bis auf das Dach seines Apartmenthochhauses in Hammersmith verfolgt. Er war vor ihnen geflohen und erst an der Dachkante zum Stehen gekommen. Randy hatte ihm mehrere Minuten gut zugeredet, dann war der Pfarrer der Gemeinde des Mannes dazu gestoßen und hatte etwas davon erzählt, dass Gott den Sündern vergeben würde, oder einen ähnlichen Mist. Der Mann hatte sich das ein, zwei Minuten unter Tränen angehört, dann war irgendwann die Panik aus seinen Augen verschwunden und er hatte gelächelt. Erleichtert, gelöst. Mit seitlich ausgestreckten Armen, den Rücken durchgedrückt wie bei einem Turmspringer, war er in die Tiefe gesprungen. Lauren war zur Dachkante gelaufen und hatte zu dem zerschmetterten, verdrehten Körper heruntergeblickt. Sie hatte an die geschlagene, tote Ehefrau gedacht, die sich jahrelang nicht getraut hatte, ihren Mann zu verlassen und durch die Hölle gegangen war und Lauren hatte gehofft, dass es für diesen Mistkerl keine Vergebung in einer anderen Welt gab.

"Ich werde Iolana um Verzeihung bitten", sagte Kenoah und nickte bei seinen Worten überzeugt und entschlossen. Dann trat er ohne zu zögern einen großen Schritt zurück, stolperte rückwärts ins Leere und verschwand ohne einen Schrei fast lautlos hinter dem Grat in der Dämmerung

Sie hatten sich kurz vor dem Anstieg zum dritten Gipfel in einen fast völlig zugewucherten Seitenpfad geschlagen. Das Tageslicht schwand nun sehr schnell, sie konnten der Dunkelheit praktisch dabei zusehen, wie sie sich über die Ko'olao-Berge senkte. Kalei hatte entschieden, dass es besser sei, den Abstieg vom Trail in der Dunkelheit nicht zu wagen, sondern stattdessen in der Höhle zu kampieren, die Kenoah als Versteck gewählt hatte.

Nach einem weiteren Telefonat mit Chris hatten sie sich darauf geeinigt, dass der Helikopter sie am folgenden Morgen auf dem zweiten Gipfel des Trails abholen würde. Es bestand keine Gefahr mehr durch Daniel oder Kenoah und Kalei wollte die Besatzung des Helikopters nicht unnötig gefährden, indem er sie zu einem nächtlichen Rettungseinsatz bei schlechtem Wetter beorderte. Drei Mitglieder der Spezialeinheit, die Yuna Takahashi geschickt hatte, bewachten die Leiche von Daniel Stevens und die Stelle, an der Kenoah Kahele in die Tiefe gesprungen war. Laurens und Kaleis Einsatz war beendet.

Kalei hatte die Führung übernommen, um die versteckte Höhle zu finden. Lauren stolperte hinter ihm her.

Er wusste, dass sie nur etwa zweihundert Meter abseits des Triple Falls Trails lag und dass der Zugang weniger steil und gefährlich war als der Gratweg.

Sie waren beide zutiefst betroffen, dass sowohl Daniel als auch Kenoah tot waren und dass sie an dem Tod beider Männer beteiligt gewesen waren. Der eine war durch Laurens Hand in Notwehr getötet worden und der andere hatte den Freitod gewählt.

Trotzdem mussten sie sich nun selbst in Sicherheit bringen, bevor die Dunkelheit es unmöglich machte, sich im Gelände zu bewegen.

Lauren lief schweigend hinter Kalei her, immer noch mit ihm durch das Kletterseil verbunden. Kalei leuchtete die Büsche zu seiner rechten und mit seiner Kopflampe ab und betete, dass die Höhle kein Hirngespinst Kenoahs gewesen war.

Rechts von ihnen erhob sich die steile Bergflanke und der graue, dicht bewachsene Fels erhob sich wie eine dunkle Mauer neben ihnen. Nachdem er mehrmals ohne Erfolg Büsche und Sträucher beiseitegeschoben hatte, beleuchtete seine Lampe plötzlich eine Spalte im Felsen, die sich in den Berg hinein erstreckte. Aufgeregt trat er an die Öffnung heran, schob die dichte Vegetation beiseite und leuchtete in den Raum dahinter. Er atmete erleichtert auf, als er sah, dass sich die Höhle nach wenigen Metern erweiterte und dass es im Innern trocken zu sein schien.

"Wir haben es gefunden", rief er Lauren erleichtert zu und winkte sie zu sich. Er zog den Kopf ein und drückte sich durch die Äste. Augenblicklich ließ der Wind nach und Stille umfing ihn. Er leuchtete den Boden und die Wände ab. Entweder Kenoah oder andere Wanderer hatten einige trockene Äste zu einer Feuerstelle aufgeschichtet und in einer Ecke lag ein alter, etwas schmutziger, aber trockener Schlafsack.

Lauren betrat hinter ihm die Höhle und seufzte befreit auf, als sie in die trockene Dunkelheit trat. Sie streifte den Rucksack ab und danach den Klettergurt und verzog das Gesicht, als der Tragegurt über die tiefen Striemen auf ihrer Hüfte rieb.

Erschöpft ließ sie sich auf dem Schlafsack auf dem Boden nieder.

Kalei nahm ebenfalls seinen Rucksack ab und wühlte in dessen Inneren. "Ich habe ein bisschen Desinfektionsmittel und Verbandszeug dabei", sagte er und förderte ein Päckchen zutage. Er kniete sich vor Lauren auf den Boden und breitete den Inhalt des Verbandspäckchens vor ihr aus.

"Lass uns erst ein Feuer machen", bat Lauren bibbernd, die spürte, wie die nassen Sachen auf ihrer Haut auskühlten. Ihr Adrenalinpegel sank und ließ sie frösteln.

Kalei nickte, legte die Lampe neben sich auf den Boden, sodass sie auf die Felswand hinter ihnen leuchtete und ihnen indirektes Licht spendete. Er holte ein Feuerzeug aus dem schier unerschöpflichen Vorrat seines Rucksacks und Lauren sah ihm lächelnd dabei zu, wie er trockene Blätter unter die aufgeschichteten Äste schob und den kleinen Haufen entzündete. Die Feuerstelle war so angelegt, dass der Rauch aus einer Felsspalte abziehen konnte, der Regen das Feuer aber nicht löschte.

Sofort konnte sie die Wärme der Flammen an ihren Händen spüren.

Lauren riss ein Päckchen mit Baumwollpads auf und tränkte eines mit einem Desinfektionsmittel. Dann griff sie nach Kaleis rechtem Handgelenk und drehte es so, dass sie seinen Unterarm mit dem Pad säubern konnte. Bei dem Sturz über die Felskante hatte er sich tiefe Kratzer an beiden Armen zugezogen. Seine Arme waren außerdem mit Schlamm und Erde verkrustet und Lauren bemühte sich, die Haut möglichst gut zu reinigen. Sie bearbeitete konzentriert seine Arme und Hände und Kalei ließ es geschehen, während er sie stumm betrachtete.

Wie sie es von ihm erwartet hatte, zuckte er nur unmerklich zusammen, wenn sie mit der alkoholischen Lösung über offene Stellen fuhr. Der Krieger kennt keinen Schmerz, dachte sie.

Als sie mit den Armen fertig war, strich sie ihm mit einem neuen Pad über die Wangen, die ebenfalls dreckig und voller Kratzer waren. Dabei sah sie ihm in die Augen und er erwiderte ihren Blick ruhig und mit einem leichten Lächeln.

Schließlich nahm er ihr das Baumwollpad aus der Hand und legte es beiseite.

"Jetzt bin ich dran", sagte er und nahm ebenfalls ein Stück weißer Watte in die Hand, tränkte es mit dem Mittel und hob vorsichtig Laurens Shirt an. Dabei strich er mit seinen Fingern über ihren festen Bauch und verharrte erst kurz vor der Rundung ihrer Brüste. Sie zuckte zusammen und zog scharf die Luft ein, als er mit dem feuchten Tuch einen der blutigen Striemen auf ihrer Hüfte bearbeitete. "Tut mir leid", entschuldigte er sich und tupfte vorsichtig das Blut von ihrer Haut.

Wie ein Maler mit einem Pinsel folgte er dem Striemen auf Laurens Rücken und von dort wieder nach vorne auf die andere Seite. Der Alkohol brannte höllisch und Lauren hatte ihre Finger in die Decke gekrallt, auf der sie saß. Trotz der Schmerzen und der medizinischen Notwendigkeit hatte die ganze Prozedur etwas sehr Intimes und Erotisches und Lauren stellte fest, dass ihr Körper auf Kaleis Berührungen reagierte. Eine Erinnerung von damals zog an ihr vorbei, in der sie beide in einem Zelt, das sie illegal am Mokule'ia Beach aufgebaut hatten, zum ersten Mal miteinander geschlafen hatten.

Als er erneut langsam über ihren Bauch fuhr, spürte sie Schmetterlinge im Bauch und eine warme Welle durchfuhr sie.

Kalei war mit dem Tuch an dem Bund ihrer Hose angekommen, der blutige Striemen zog sich noch ein paar Zentimeter weiter nach unten in Richtung Leiste. Ohne sie anzusehen, scheinbar konzentriert, öffnete er den Knopf ihrer Hose, zog mit der linken Hand langsam den Reißverschluss nach unten und führte mit der rechten das Baumwolltuch weiter entlang des Kratzers, der knapp über ihrem Schamhügel endete. Lauren atmete schwer. Kaleis Hände strichen über die weiche Haut ihres Unterleibs, glitten einen Fingerbreit unter den Bund ihres Höschens und sie hatte Mühe ein Stöhnen zu unterdrücken. Mit einem Mal hielt er inne und blickte zu ihr auf. In seinem Blick lag Unsicherheit, aber auch Lust. Er beugte sich zu ihr vor. "Lani", flüsterte er und dieses eine Wort sagte mehr, als er in einem Dutzend Sätze hätte sagen können.

Lauren griff mit einer Hand in sein Haar und zog ihn zu sich, küsste ihn und drängte sich ihm entgegen. Er warf das blutgetränkte Baumwollpad beiseite und fuhr mit der Hand erneut unter ihr Shirt, bemüht, die wunden Stellen nicht zu berühren, aber trotzdem auf der Suche nach dem Verschluss ihres Sportbustiers. Lauren streifte sich, unbeeindruckt von dem Brennen auf den verletzten Stellen, ihr Shirt zusammen mit dem Bustier über den Kopf und zerrte an seinem nassen Hemd. Das Frösteln, das sie noch vor wenigen Minuten verspürt hatte, war einer fiebrigen Erregung gewichen und sie wollte in diesem Moment nichts anderes als Kaleis nackte Haut auf ihrer spüren.

Lauren erwachte von einem Sonnenstrahl, der sie im Gesicht traf und von dem Lärm eines Helikopters. Sie blinzelte ins Tageslicht und versuchte, sich aufzusetzen. Kalei hatte seinen nackten Körper an den ihren geschmiegt und den linken Arm um sie gelegt. Sie drehte sich zu ihm um und betrachtete ein paar Sekunden sein friedliches, schlafendes Gesicht. Am liebsten hätte sie sich einfach zu ihm umgedreht und genau dort weitergemacht, wo sie vor einigen Stunden aufgehört hatten. Aber der Helikopter war auf der Suche nach ihnen und sie mussten sich zu erkennen geben.

Also streifte sie vorsichtig seinen Arm von ihrer Taille und stand auf. Ihr ganzer Körper schmerzte wie bei einem üblen Muskelkater und sie brauchte einen Moment länger als üblich, um sich aufzurichten.

Benommen schlüpfte sie in ihre noch nasse Hose und das verschmutzte T-Shirt, verzichtete auf ihre Unterwäsche und stolperte zum Eingang der Höhle.

Der dunkelblaue MD500-Helikopter des Honolulu Police Department kreiste tief über dem Triple Falls Trail, auf dem sie nun auch die Beamten der Special Unit sehen konnte.

Über Kailua stand die Sonne über dem Meer und färbte den Himmel hellblau und gelb, durchzogen von fedrigen weißen Wolken. Vor ihr stiegen Dunstschwaden aus dem Wald an den Hängen auf. Es war ein unbeschreiblich schöner Anblick.

Kalei trat hinter ihr aus dem Eingang zur Höhle heraus und schaute in Richtung des Trails und des lärmenden Hubschraubers.

"Wir sollten uns wohl bemerkbar machen", sagte er bedauernd und griff nach Laurens Hand. Die ließ es geschehen. Mit seinem freien Arm winkte er dem Piloten zu, der daraufhin auf sie zuflog und ihnen signalisierte, dass er sie gesehen hatte.

Wie in Hawaii üblich, flog der Helikopter ohne Türen und so konnten sie sehen, wie Kaleis Partner Chris Logan sich vom Co-Piloten-Sitz aus der Maschine herauslehnte und ihnen zuwinkte. Gleich darauf klingelte Kaleis Mobiltelefon und Chris erläuterte ihm, wie und wo der Helikopter Kalei und Lauren an Bord nehmen würde. "Und sag Lauren, dass Randy heute Morgen aufgewacht und auf dem Weg der Besserung ist", ließ Chris ausrichten.

Nachdem sie in die Höhle zurückgekehrt waren, um ihre Sachen zu packen und aufzubrechen, drehte Kalei sich zu Lauren um und zog sie an sich.

"Ich hätte hier noch den ganzen Tag mit dir verbringen können", murmelte er, nachdem er sie geküsst hatte.

"Meinst du nicht, dass wir uns vielleicht einen Tag Urlaub verdient haben?", sagte sie lachend und dachte an den einsamen Strand von Mokule'ia, eine weiche Decke, Marshmallows über dem Lagerfeuer und das Geräusch der Brandung an der North Shore.